賺夠銀子和離去

上

文創風 1087

京玉 著

風文創 1087

目錄

風 文創
1087

序文

京玉

這個故事能夠順利誕生，首先要特別感謝朋友的幫助與指導，因為是我第一本書，在最初選擇題材的時候，我有些無從下手，其實就是想法太多了，不知道該寫哪一種，是朋友告訴我「寫妳最擅長、最喜歡的故事」。

我認真想了想，我最擅長什麼？

我平常的工作與農牧業相關，最擅長的自然就是農牧方面，但農牧能玩出什麼花樣？除非帶著現有的技術回到古代。這麼一捋，我發現，這不就是古穿嗎？我最熟悉的就是食用菌栽培，那我就寫女主帶著現代食用菌技術去古代搞食用菌栽培。

至於男主，我一時不知道該給他什麼樣的設定，朋友說：「要不，妳寫男主是考科舉的。讀書嘛，我們都有經驗，也相對容易掌握。」

我覺得她說得很有道理，於是便將男主的設定定了下來。

這本書就這樣在我腦中漸漸有了輪廓。

我希望我的故事能多傳遞一些正能量，希望每個人的付出都能有回報，所以在書中，女主用自己的專業知識，將食用菌栽培出來，改變了貧困的生活現狀，因為勤勞、聰明，讓男主不知不覺從厭惡轉為喜愛；男主勤學苦讀，終於金榜題名，因為優秀，自然能得到同樣優秀的女主喜愛。書中的配角太子也因堅持不放棄地尋醫問藥，最終得到了女主的各種蘑菇作藥引，獲得健康的體魄。

其實生活中，這些也都是真實存在的，只要我們夠努力，終會得到好的結果，遇上同樣努力、同樣優秀的另一半。

說到這本書女主栽培各種食用菌，我忍不住想誇一下食用菌，它們真的是好東西，各種專業術語的誇法我就不多說了。

據我瞭解，靈芝孢子粉對心腦血管方面效果還是不錯的，尤其是高血脂和高血糖，效果是真的不錯。另外，對一些囊腫、瘜肉也有一定效果。但這東西只能調理身體，而且需要長期服用才能見效，並不是兩、三個月就能治好病。所以大家在嘗試選擇的時候，也不要盲目聽信各種廣告宣傳。

因為從事農牧相關工作，往後的創作中應該還會融入各種農牧元素，希望未來我能創造出更多我喜歡、大家也喜歡的有趣故事。

第一章

宋雁茸睜開眼睛。

映入眼簾的是深黑色的屋頂、青灰色的帳子，以及布置古樸而簡陋的房間。

這已經是她穿越到這個世界的第三天，從最初的不可置信，如今已慢慢接受這個事實。

上一秒還在聽兩個學姊討論課題的進度，下一秒就發生車禍，跌落懸崖。

腿上的傷還一陣陣地鈍痛著，宋雁茸支起身子，看著身邊熟睡的青年。

這是原主名義上的丈夫沈慶，此刻，他束起的烏髮有些凌亂，還有一縷落在側臉，與他蒼白的皮膚形成鮮明對比。此刻他眉頭微皺，那雙時刻能朝她嗖嗖放冷箭的雙眸緊閉著，宋雁茸只覺得心中少了些許慌亂。

初見時，被他冷眼瞧著，宋雁茸只覺得心跳得厲害，倒不是心動，而是被他眼中的冷意給嚇著了，甚至都沒發現他生得如此好看，也不知道莊戶人家的沈家如何養出這樣白皙的男兒？是因為他身子不大好，又多數在書院讀書的緣故吧？

不過現在看他的樣子，若不是因為看過原著，還真看不出沈慶是個身子不大好的人，白皮鳳目在他臉上，不但不讓人覺得妖異或女氣，反而禁慾味十足。

宋雁茸發覺自己思緒跑偏，便扭頭繼續盯著黑漆漆的房頂，不再看沈慶。

穿越後的第三天，她終於慢慢消化完原主的所有記憶。

她穿越到的世界，正是她當年熬夜追完的小說之一。

這是一本以梁燦為主角的小說，而她穿成的既非女主，又非女配，甚至都不是和男、女主相關的角色，而是那個和她同名同姓，男主對照組沈慶的炮灰媳婦。

書中，宋雁茸與沈慶自小便訂下娃娃親。宋雁茸母親早逝，是父親一手帶大的，宋雁茸十二歲那年，宋父得了重病，好不容易熬到宋雁茸及笄，宋父怕自己看不到女兒出嫁，便在及笄後就與沈家將婚事辦了。沈家念在宋雁茸年幼，沈慶又還在備考，便一直未曾讓兩人圓房。誰知，宋雁茸去了書院幾趟給沈慶送衣物，竟對男主梁燦動了心。

這次受傷，還是因為看見梁燦沒有冬衣，便偷偷攢了些銀兩給他做了身衣服送去，誰知路上遇到歹人，差點被擄，若不是沈慶恰巧在附近碰上了，宋雁茸這次怕是凶多吉少。

饒是如此，宋雁茸還是摔斷了一條腿。

宋雁茸如今的處境實在算不上好，唯一慶幸的是，劇情到這裡時，沈慶還沒有確定宋雁茸對梁燦動了心，才剛在心中種下懷疑的種子。

這應該是不幸中的萬幸，不然就沈慶那性子，現在都用眼神朝她放冷箭了，若是確定她愛上了別人，豈不是得手起刀落要了她的命？

宋雁茸還在胡思亂想，沈慶睜開了眼睛，淡淡看了宋雁茸一眼。

他們感情不算好，尤其最近這段時間，她一直沒給他好臉色，沈慶也懶得搭理她，每次回家就直接回自己房中看書，省得大家相看兩相厭。

這幾天也是礙於宋雁茸昏倒，沈慶才不得不到宋雁茸的屋子照顧她，畢竟她還是他名義上的妻子，總不能讓體弱的母親、年幼的妹妹或自己的弟弟來照顧宋雁茸。

昨天晚上，聽她一直喊媽媽，還死死握著他的手，說了不少胡話。

沈慶掙脫不開，怕把她弄醒，自己照顧她又實在是太累，於是趴在這裡睡下了。

「妳身體怎麼樣了？」

他的聲音很好聽，卻明顯透露著公事公辦的疏離。

「還好，就是有些頭疼。」宋雁茸老實回答。

「妳昨日燒了一天，想是還沒恢復，回頭我讓娘再給妳找個大夫看看。」

「不用了，我沒事……」

宋雁茸從國中開始就在寄宿學校唸書，父母忙於工作，還經常出差，寒暑假她也是自己奔波於各個補習班，經常都是她睡下了，父母還沒回來，等她起來的時候，桌上擺好了早餐，但父母已不見人影，她早就習慣自己照顧自己，突然有人給她安排這些瑣事，她下意識的拒絕。雖然這人是名義上的夫君，但到底還是陌生人。

況且在原主的記憶中，沈家並不富裕，又要供沈慶讀書，日子過得挺緊，還是不要浪費了，她也沒想要欠對方太多人情。

看沈慶的目光帶著幾分審視的意味，宋雁茸覺得有必要解釋一下，便補充道：「你讀書也花錢，我還可以忍受。」

沈慶聽了這話眉頭微皺，宋雁茸這幾天著實奇怪，以往宋雁茸與他也不親近，但他能感受到她對他敢怒不敢言的不滿與厭煩，宋雁茸對沈家人的不耐及那些自私刻薄的行事，他也不是不知道。

可如今，宋雁茸對他除了疏離，似乎並無別的情緒。

這樣也好，省得家宅不寧。

沈慶「嗯」了一聲。「妳先休息，我去看看藥熬好了沒。」說完轉身朝屋外走去，走到門口時突然停下，說道：「想是我在妳這裡睡過去了，家裡人見了將我移到妳的床上。」沒頭沒腦的說完這話，沈慶立刻出屋、關門。

看著他離去的背影，宋雁茸忽然明白，他這是在解釋剛剛為什麼與她躺在一起。

想到他布滿血絲的雙眼，剛才又說她燒了一天，想必沈慶是為了照顧她才熬得挺不過去，趴在床邊睡著了，之後被家人就近移到她床上躺下。

這表現好像和書中所寫不太像，是因為沈慶是對照組，所以書中沒有太多關於他的日常吧？

宋雁茸想到書中那些劇情，她自認不會走書中宋雁茸的劇情，可也不願意好不容易死而復生，卻去陪其他人讀書考試，上輩子她讀書都讀夠了！

至於結婚……還是算了吧。

這不可多得的生命，她只想一個人歲月靜好，哪裡有空去見證對照組的黑化，參與他那慘烈的一生。

可如今她有傷在身，又是已嫁之身，卻不是脫身的時機。

為今之計，也只能先將傷養好，別落下什麼後遺症，等徹底適應這個世界後，再慢慢找機會拿到和離書，過自已想要的生活。

正想著，房門被人從外面一把推開，一個十三、四歲的小姑娘端著藥進來，一屁股坐在宋雁茸床邊，伸手將藥碗遞給她，沒好氣道：「快點喝藥吧！」

來人是沈慶的妹妹沈念。

宋雁茸吃力地撐起身子，沈念就那樣面無表情的看著，也不伸手幫忙。

宋雁茸也不敢多說，畢竟原先的宋雁茸可沒少懟沈念，而且別看沈念年紀小，沈家最先發現宋雁茸喜歡梁燦的就是沈念。

小姑娘嘛，總有幾個手帕交，女孩子們在一起最愛聊的就是八卦。

沈念就是在一個小姊妹那裡聽到宋雁茸去書院給梁燦送過紙筆，因此偷偷留了心眼。

愛慕一個人的時候，哪裡真能藏得住，這一觀察，沈念便很快發現了。

可她又不敢說出去，倒不是怕壞了宋雁茸名聲，宋雁茸對她又不好，她是怕她大哥沒臉，於是前幾日便私下偷偷說了宋雁茸，誰承想宋雁茸竟然直接跟她承認了！

真是不要臉！

沈念見宋雁茸慢騰騰的，有些不耐煩道：「妳快點，我還有事呢！」

「我腿疼，妳若有事先去忙吧！我有事叫妳大哥就行。」

沈念一臉嫌棄地壓低聲音，怒道：「妳作夢呢！還想讓我大哥來伺候妳？我大哥考試在即，妳是不是存心想耽誤我大哥讀書，好讓那個梁燦壓我大哥一頭？」

宋雁茸臉抽了抽，她自己都不知道是因為腿疼還是因為太尷尬，眼下卻只得應道：「怎麼可能，妳大哥是我夫君，我自然希望夫君考個頭名，我好跟著沾光！」

沈念一臉不相信的覷著宋雁茸。

宋雁茸連忙表真心。「我說的是真的！」

沈念何曾見過這麼老實的宋雁茸，冷哼一聲。「算妳識相！」這才伸手扶宋雁茸。

宋雁茸喝完藥，沈念也懶得多看她，端著空碗轉身出去。

宋雁茸看著沈念的背影，有些無奈的搖了搖頭。

原主給她留下的都是什麼爛攤子？

要是她沒記錯，沈家人都不太喜歡她，沈念幾乎可以說討厭宋雁茸！試想一下，一個好吃懶做，還不懂得關心人，嘴巴也不甜的人，誰喜歡？如今才成婚一年，就已經這樣了，若真按照這樣發展下去，書中的宋雁茸即使沒死，也會被休！

接下來幾日，宋雁茸倒是沒再見到沈慶，聽說是第二日就早早去了學堂。每天都是沈念將飯菜和藥送到她屋中，她的生活幾乎都是沈念料理的。

這幾天生活下來，宋雁茸越發下定了早早離開這個地方的決心。

別的方面還可以忍，唯獨吃這件事她實在忍不了。

這麼多天，白米都沒見過，要麼是全粗糧，要麼就是摻著來。最初兩、三天，她還能吃個新鮮，可時間一長，她都覺得刮嗓子。依著記憶，宋雁茸知道，這就是沈家的真實生活。

她需要錢，要吃好飯，要吃上肉，還想睡軟軟暖暖的棉被。

於是，宋雁茸幾乎是腿剛能行動，就迫不及待的站了起來，一瘸一拐的挪到門口，想看看屋外的世界，看看自己在這裡能幹點什麼掙錢的門路。

第二章

和書中的描寫一樣，沈家的小院不大，一排四間小屋，外加最西側搭了間廚房，東側的籬笆下闢了一片小小的菜地，這會兒快入冬了，只種了點白菜、蘿蔔。

原本沈家三兄妹各自都有一間屋子，沈慶婚後因為未圓房，剛開始與宋雁茸一間屋子，左右他也不常在家，便在窗下搭了個小榻，供他每次休假在家中歇息，可沒幾日，便受不了宋雁茸的性子，便和弟弟沈元湊合著住了。

也因這事，沈家人看宋雁茸很是不爽，他們沈家可就等著沈慶出人頭地呢，宋雁茸倒好，入門沒幾天，沈慶就和沈元擠在一處了。

宋雁茸正想怎麼扶著牆，挪步去那處籬笆，就聽見廚房傳來沈念不滿的聲音。「妳怎麼自己出來了？大夫可沒說妳可以走動了。」

宋雁茸轉頭，看見沈元也正看著她，看樣子，這兩人剛才應該是在煮飯。沈家兄弟都很照顧沈念這個妹妹，沈念做飯的時候，但凡二人在家，都會幫忙去灶臺下燒火。

宋雁茸道：「躺太久了，我想出來透透氣，大夫上次也說我可以活動一下。」

「那妳……」

沈念話未說完，被一旁的沈元扯了扯袖子，沈元衝宋雁茸道：「嫂嫂就在院中走走吧，別走遠了，畢竟傷筋動骨的，我去給嫂嫂挑個順手的柴禾當枴杖。」

說完也不顧沈念猛扯衣衫表達不滿，轉身往一旁的柴火垛翻找去了。

沈元很快挑了根順手的，撿了一旁的柴刀，三下五除二的削去毛刺，走過來遞給宋雁茸。「嫂嫂先湊合著用，明天我去打柴的時候再給嫂嫂砍根好的。」

沈念在後面很不爽的翻了個白眼。

聽到宋雁茸的「謝謝」，兄妹倆似乎都有些不習慣。

沈元還好，撓撓後腦就又退到廚房那邊去劈柴了，沈念回身去廚房端了碗藥出來，見宋雁茸真拿那根柴當枴杖，一瘸一拐往外走去，一時間有些怒從中來。「喂！在門口透氣就行了，往哪裡走呢。」

說著幾步走到宋雁茸跟前，把藥碗塞給她。「快把藥喝了。」

宋雁茸接過藥碗，正要道謝，就聽沈念用只有她們兩人能聽到的聲音說：「妳腿都瘸了，難不成還想出去見誰？」

宋雁茸扯了個比哭還難看的笑，對沈念道：「妳也知道我腿瘸了，能走到哪裡去？以前是我不懂事，故意說話氣妳，以後我會改進的。」

沈念一副見鬼的模樣盯著宋雁茸。「妳剛才說什麼？」

宋雁茸也不惱，耐著性子道：「我說，我以後會改的。」

「不是、不是，是前面那句，妳說妳之前那話是氣我的？妳不是喜歡梁燦？」

宋雁茸點頭。

「妳可不許騙我！」

「不騙妳。」

沈念轉念又想到。「那妳上次去學堂，包袱裡那件新衣服是？」

「自然是做給妳大哥的。」宋雁茸這幾天早就想過了，不管怎麼樣，得先把沈念這關過了，不然早晚出大事。小姑娘雖然每次都沒給她好臉色，但到底是原主有錯在先。原著中對沈念沒多少描寫，但這幾天相處下來，宋雁茸覺得沈念其實就是刀子嘴、豆腐心，若是換作別人，這麼討厭原主，還知道原主變心的事情，這些天也不會伺候得如此周到，每頓藥和飯菜都會準時送來。

沈念聽完，想了想，道：「可我偷偷看了那包袱裡的衣服，我大哥穿似乎有點大了。」

「我特意做大了點，冬衣嘛，裡面能多穿一件，穿著暖和。」

見宋雁茸應對自如，沈念似乎有些相信了，嘟了嘟嘴，道：「妳不早說，我怕家裡人發現，還將那衣裳藏了起來。」

「那我謝謝妳這麼為我考慮了。」宋雁茸笑道。

沈念有些惱羞。「我才不是為妳考慮。」

沈念自己都沒發現，說話間，她已經接過了宋雁茸手裡的空碗，並扶著她走到了籬笆下。

宋雁茸看著院中巴掌大的菜地，一時也不知道能幹點什麼，身後傳來老母雞的「咯咯」聲，突然想到什麼。「咱們家為什麼不多養些雞或養頭豬？」

沈家人都挺勤快的，買豬崽的銀錢湊湊也能拿出來，這時代豬都是吃草的，沈元經常去山裡挖草藥，順便打點豬草也不費事。

「說得輕巧，養豬得有豬圈，就咱家這點地方，豬圈要搭在哪裡？萬一養死了，銀子就打水漂了。再說了，我娘說了，養豬太臭了，影響我大哥讀書就得不償失了。」沈念說完後，突然愣住，宋雁茸什麼時候開始關心他們家了？隨後警惕道：「妳想幹麼？」

宋雁茸卻已經被籬笆上的木耳吸引了目光，沈家土地不多，原主嫁來沈家沒多久，宋父病重，原主回去伺候了月餘，宋父就撒手人寰。因宋家只有宋雁茸一個女兒，宋家為數不多的田產自然也都是宋雁茸的了。沈家離宋家有些距離，也不方便打理，宋雁茸便將田產都變賣了，手裡倒是攢了近五十兩銀子。

在這個時代，五十兩銀子可以說是鉅款了，沈家因為有個讀書人，開銷算大的，一年到頭花費個六、七兩，其中還有大半是沈慶筆墨紙硯的開銷。

宋雁茸攥著這些私房錢，從不肯貼補沈家，第一次動那筆銀子居然還是為了給梁燦添冬衣。

宋雁茸沒有回答沈念的話，倒是笑著問：「院子小了，就再買塊地，將院子擴大些。」指著菜地外頭那片土地問道：「回頭讓妳二哥去里正那裡問問，這塊地要多少銀子。」

沈念聽得睜大雙眼，不可置信地看著宋雁茸道：「妳不會是……」

宋雁茸知道，沈母之所以沒養豬，主要是怕養死了浪費銀子，臭不臭的哪裡那麼重要。再說，即使沈母是怕豬圈味道太臭，有她在，還能讓蒼蠅、蚊子滿天飛不成？

「我不是有幾十兩銀子嗎，買地和養豬的銀子我掏。」

沈念見宋雁茸說得認真，不像是誆她，便不再如剛才那般趾高氣揚。「這事妳自己和娘說吧。」

宋雁茸心中已經有了一個大致的規劃，她要在這裡弄一個種養結合的生態農場。

沈家土地不多，宋雁茸打算弄食用菌栽培。她看過原書，書中的食用菌還沒有人工栽培的，而野生菌，因為很多品種是有毒的，人們認識的、可以食用的品種其實並不多，因此那幾個品種，在這個時代都是有錢人家才吃得起的。

食用菌不與農爭地，正好解決了沈家土地少的困局。

宋雁茸手頭那點銀子，一時半刻幹不了太大的事情，只能一點點開始。直接說要養蘑菇，沈家人估計沒人搭理她，畢竟這會兒還沒有人工栽培一說，只能從他們了解的行業入手。

宋雁茸將打算用自己的銀子買地、搭豬圈、養豬的事情同沈母一說，沈母心中也是一喜，他們家雖然不惦記宋雁茸那筆銀子，可宋雁茸能將銀子拿出來，幫扶家裡，她自然高興。

「妳想養就養吧，只是別花太多銀子，妳自己留一些傍身，萬一有什麼事情，也不至於因為沒銀子給耽擱了。」

沈母一槌定音，宋雁茸忙高興道：「謝謝母親。」

沈母一愣，這兒媳婦好像真的變了，沈念跟她嘀咕的時候她還不太相信。

宋雁茸說做就做，她腿腳不方便，便指揮得沈元和沈念團團轉，因為是給家裡添進項，兩人也是幹勁十足，很快就將買地的事情給辦好了。

沈家因為有沈慶，家中自然不會少了紙筆，宋雁茸拿著自己畫好的豬圈圖紙跟沈元說豬圈要怎麼修建。「你多找幾個幹活索利的，盡快把豬圈建好。」

又對沈念道：「小妹，最近妳就要辛苦些了，這些工人的飯菜就有勞妳了。」

轉眼，豬圈修建完畢，沈母看著那豬圈，有些後悔答應得太爽快了，畢竟是孩子，哪裡有人家豬圈這麼大的？

「茸茸，妳這是打算養多少豬啊？」

「先養十頭試試吧。」

沈母以為自己聽錯了。「十頭？」還是試試？

「茸茸呀，妳能想著家裡，母親就很高興了，銀子妳還是好好收著吧。」這豬圈修得這麼好，改建還能當房子住，沈母語重心長。

「母親，我心裡有數。我已經讓沈元幫我訂好豬崽了，過些時候人家就會把小豬送過來了。」

「這都快冬天了，人家養豬不都是開春才買豬崽的嗎？」宋雁茸這行事，讓沈母心中越發沒底了。

「現在買便宜。」

就為了省那麼點買豬錢？

晚上，沈母將沈元和沈念叫進屋中。「你們嫂嫂真的要養豬嗎？十頭呀，她怎麼敢？你們兩個竟然也不攔著，還天天幫著她跑前跑後的胡鬧！」

沈元笑道：「娘，您就放心吧，嫂嫂說了她有數。」

「有什麼數，我可沒聽說宋家養過十頭豬！聽她那口氣，似乎以後還要養更多呢，這不是瞎折騰嘛。」

沈念卻道：「她又不是沒折騰過，我覺得她如今這樣折騰比之前那樣折騰可好多了，至少我現在每天心裡挺舒坦的。」

沈母不滿道：「妳個臭丫頭，說的什麼話呢？她要是將她手裡的銀子折騰沒了，往後如何收場？」

沈元卻滿不在乎。「娘，我覺得嫂嫂不像是在瞎折騰呢。」這幾天與嫂嫂打交道，她每一步都安排得很有條理。「左右我最近也沒什麼事，就當陪嫂嫂玩好了。左右也是嫂嫂自己的銀子，她花得開心，也不鬧咱們，不是挺好的嗎？萬一成了，還能掙不少銀子呢。」

沈元有句話不敢說，他想吃肉。若嫂嫂養豬成了，他以後能一直吃肉；沒養成，這次也能有肉吃。畢竟豬都死了，總不能把死豬全賣出去，自己總能吃上一點。

但沈元知道，只為了自己能吃肉，就不把嫂嫂的銀子當銀子，那是不對的！可再不對，也擋不住他想吃肉，那就不反對嫂嫂。

沈母一聽，似乎是這個理，嘴裡還是忍不住嘀咕了一句。「你也說了，那是萬一成了，你見過誰家豬圈還鋪那麼多木屑的？」

宋雁茸知道沈家人不相信她能做好這事，不過，在宋雁茸那裡，只要沈家人不阻止，就已經是在給她行方便了。

第三章

宋雁茸的腿已經不像一開始那麼疼了，拄著枴杖，她已經能自己行走。

這會兒，沈元正按照宋雁茸的要求，挖了各種有落葉的泥土。

廚房旁邊，宋雁茸已經改造出一個小溫床，打算將這處暫時當作培養室。

如今手頭資源不夠，她也只能湊合用米飯、麩皮和紅糖等物來調培養基，經過幾輪篩菌，宋雁茸總算得到了自己想要的複合菌種，擴繁後，便準備投入使用。

看著宋雁茸又去小廚房旁邊，沈念越發沒底。「二哥，你說，她真能養豬嗎？」

沈元一副等著吃死豬肉的無奈樣。「妳小聲點，別讓娘聽見，她又該擔心了！對了，妳下次什麼時候去鎮上採買？記得買點大料。」

「買那個幹麼？你去撈魚了？」沈念疑惑。

「這麼冷的天，哪裡有魚讓我撈，我是怕嫂嫂那些豬到時候沒幾天就死了，咱們不得準備好處理死豬肉的料？我得趕緊多找些柑子葉……」

「二哥！你也太歹毒了，她買的豬明天就要進豬圈了，你居然在這裡想著怎麼吃死豬肉，你這是咒她的豬進來就趕緊死？」沈念打斷了沈元。

沈元連連擺手。「我不是……」

沈念「呸」了一嘴。「平時見你嫂嫂前、嫂嫂後的，背後居然這麼損！回頭我告訴大哥去！」

「哎！小妹別呀！」

沈家兄妹那些話，宋雁茸並不知道，因為明天豬崽就要進場了，她正忙著檢查發酵床的發酵程度，又對周圍消毒一番。

忙完這些，便對沈念說：「小妹，回頭還得再買些紅糖。」

沈念聽了就肉疼，養豬而已，怎麼還需要那麼多紅糖，他們自己都捨不得用，這種感覺，真的是豬都不如！

可因為沈母在一旁，不想讓沈母擔心，沈念還得強裝信心滿滿的樣子應著。「好！」

而沈元在得知還要準備些木屑的時候，那表情和沈念沒差多少，都是因為怕沈母擔心，而故作信心滿滿，宋雁茸自然看在眼裡。

忽然覺得對照組這家人其實都挺好的，這麼好的一家人，若是沒有經歷那些，那麼作為對照組的沈慶之後也不會黑化，成了主角的墊腳石，就那麼死掉了吧？

這一夜，院子中，宋雁茸一夜好眠，沈家母子三人卻都擔心得失眠了。

那麼大一筆銀子呀，冬天來臨的時候買豬崽，一個寒冬過去，不知道會凍死多少頭豬呢！都是銀子呀，雖然他們都不喜歡宋雁茸，但到底是進了自家門就是自家人了，何況這些天宋雁茸可都沒再挑過事了。

第二天賣豬崽的那兩家人早早就趕著牛車將豬崽裝籠送來了。

在宋雁茸的指揮下，宋家兄妹頂著眼下的烏青，將豬崽弄進了發酵床豬舍中。

沈母本就身子不大好，熬了一夜，這會兒有些顫巍巍的，但也仍舊堅持過來幫忙打掃豬舍過道上散落的木屑。

宋雁茸發現了，趕緊過去拿走她手裡的掃把。「母親，這裡有我們呢，您身子不好，趕緊回屋歇會兒去！」

沈母伸手去搶掃把。「最近沾了這些豬崽的光，經常喝到紅糖水，我身體好多了，我得幫著伺候好這些豬崽，不然就太對不住那些紅糖了！」

沈母一臉的擔憂。

宋雁茸笑道：「母親，之前是我不懂事，往後您就負責好好養身子，也別費眼睛繡花了，往後我養您。」

沈母本想拒絕，但轉念想到這豬舍和豬花了那麼多銀子，她往後有繡花那些時間，還不如過來幫忙照看豬崽來得划算。

這些孩子，沒一個省心的！沈念他們還覺得宋雁茸省心了，她怎麼覺得比往常更會折騰了？

「妳少折騰點，我身子自然能好很多。」沈母無奈道。

日子一天天過去，那十頭豬崽並沒有如沈母擔心的那般長勢不好、體弱多病，沈元準備的那些大料更是沒派上用場。

又到了學堂月休的日子，沈慶回來了。

路上碰見幾個村裡的熟人，幾乎都和他說了一句同樣的話。「你媳婦可真厲害！」起初他心中隱有不安，以為宋雁茸又在家裡折騰出什麼鬧人的事情，以往也不是沒有過，為了件衣裳能和沈念撕打，為了口吃的能站在院中罵到沈念不敢出門，為了句不中聽的話，能將沈念損到一文不值……

可連續遇上幾個村民後，沈慶心中疑惑漸漸生起，緊了緊身上的包袱，加快回家的步伐。

沈慶老遠就看見自家屋子旁邊建了新屋子，看樣子還沒完工，四面還扣上牆板子。也不知道是誰家建的，速度還挺快，他才一個月未回來，竟就已經如此有模有樣了。

還未等他開口喊人，就聽到廚房裡傳來沈念的聲音。「二哥，快放下，你手裡那個是你嫂嫂的！」

接著是沈元的咕噥聲。「嫂嫂說了，她吃不下，讓我多吃一個！」

「她說吃不下就吃不下了？她腿剛好沒多久，得吃點好的補補！快放下，給你嫂嫂！」

「我說小妹，妳怎麼同妳二哥說話的？還有，什麼我嫂嫂、我嫂嫂的，難道我嫂嫂不是妳嫂嫂？」沈元不滿。

這兩人，這都什麼跟什麼？

還有，聽這對話，貌似是沈念在幫著宋雁茸護食，沈念什麼時候這麼維護宋雁茸了？

沈慶心中疑惑更盛，宋雁茸到底做了什麼了不起的事情？村裡人誇，連向來跟她不對盤的小妹也開始幫她了？

「二弟、小妹，我回來了！」沈慶在院門口喊了一聲。

聽到聲音，沈元和沈念連忙跑出廚房，齊聲道：「大哥回來啦！」

說話間，沈念還乖巧地跑過去，接下沈慶的包袱。「大哥快去屋裡坐著，我這就……哎呀，糟糕！我忘記今日是大哥月休的日子，肉餅忘記大哥那份了！」

說到後面，聲音越來越小，帶著濃濃的自責。

沈慶也是一愣，他就覺得今天有些怪，往常他回家的日子，小妹總會坐在門口朝外張望，老遠見了，就迎過來接包袱了，還會問他有沒有帶什麼好東西。

自從和宋雁茸鬧了幾次，小妹更是會遠遠的迎出來，在外面就將帶給她的小糕點幾口吃了，省得被宋雁茸占了去。

今天，不但沒問他要吃的，甚至連他回來的時間都忘記了，沈慶心中竟突然生出些許失落，臉色卻依然是淡淡的。「大哥不餓，你們自己吃。」一時竟忘了問他們哪來的銀子。

沈慶一邊往裡走，一邊問道：「旁邊那屋子是誰家建的？怎的先前沒聽說？」

沈念和沈元頓了一下，沈念道：「哎呀！最近都忙傻了，這事竟忘記讓人跟大哥說一聲了。二哥，你跟大哥說說！」

沈元撇撇嘴。「妳就叫她一聲嫂嫂，難道會少塊肉？」

沈念沒理會沈元，幾步跑去屋裡幫沈慶放包袱去了。

沈慶見自家弟弟還在沈念背後撇嘴、皺鼻子，肅起臉。「說，怎麼回事？」

沈元立刻立正站好。「大哥，那是咱們家的豬舍！是嫂嫂掏銀子建的，前兩天豬崽剛進場！」

「豬舍？」不就是豬圈嗎？

「進場」這詞倒是挺新鮮，剛才他還以為是誰家的房子沒完工，原來是自家的豬舍。

「是嫂嫂這麼說的。」

「沈元，快過來幫忙翻堆，墊料下面溫度有些高了！」宋雁茸的聲音從旁邊的豬舍傳了過來。

沈元立刻應聲。「我馬上過去！」說完就跑走了。

沈慶還想叫住沈元問個清楚，卻連沈元的一片衣角都沒抓住，正瞧著自己伸出去的那隻手微微愣神，沈母的聲音正好響起。

「是老大回來了嗎？怎麼還不進屋裡來？」

「娘，我這就進去。」正好問問最近家裡發生了什麼事，怎麼一個個都變得跟之前不一樣了，沈元剛才的「嫂嫂」，怎麼聽著叫得那麼歡快？

沈慶一進屋，沈母便拉著他道：「你可回來了，快去管管你媳婦吧！你瞧瞧她這些天折騰的，又是建豬舍，又是養豬，還一養就是十頭！這怕是要把她爹留給她的銀子給賠光了！」

說完又指著桌上那一大堆瓜子、果仁。「你瞧瞧，現在買吃的都是一大摞、一大摞的讓你小妹和弟弟去買，那兩個敗家玩意兒，竟真的天天跟著茸茸胡吃海塞，每天一歇下來不是瓜子、果仁，就是糕點、肉餅，還一個勁的叫我吃，我這心口是又堵又疼！哎喲，你快管管你媳婦吧！若不是怕她又撒潑，我能一天說她八百遍！」

他娘好像也變了。

他娘素來不是話多的人，宋雁茸以前那麼鬧騰，他娘都是眼不見、心不煩，最多來一句「你自己媳婦，你自己看著辦」，何時一口氣數落這麼多的？

「她真的養了十頭豬？怎麼咱們院裡一點臭味都沒有？」

沈母一頓。「茸茸說那個叫什麼床養豬來著，不會有臭味，我原本還不信，這幾日，日日擔心那些豬崽死掉，還看著這些敗家孩子胡吃海塞，都沒注意這臭味的問題。你坐著，我過去看看！」

說完，竟也扔下沈慶匆匆出門了。

他娘果然也變了。

沈慶起身，正好看見沈念出來。「小妹……」

話還未出口，就見沈念朝他揮揮手。「大哥好好看書，我也去豬舍幫忙了！」說完幾步追上沈母，一同離開了。

行！他去看書！

可那個叫豬舍的豬圈方向，不斷傳來的說話聲和驚呼聲，擾得沈慶心中煩悶，他忍了好久，終於站起身來，準備去看看，豬舍裡放的是什麼樣能養豬的床！

還沒走出自家小院，宋雁茸在沈家母子三人的簇擁下，正有說有笑的朝這邊走來。

是的，是簇擁！

此刻，與其說是宋雁茸挽著沈母的胳膊，不如說是沈母高興地倚著宋雁茸，宋雁茸另一邊是沈念，她此刻也拽著宋雁茸的袖子在說什麼，身後的沈元也不時湊上來問幾句，宋雁茸都微笑著一一解答。

這畫面是沈慶根本不敢想像的，宋雁茸竟然能與他的家人相處得這麼融洽？

以至於他一時只聽見四人嘰嘰喳喳的說話聲，但究竟說什麼，竟然一句都沒聽懂。

宋雁茸抬頭，見沈慶正冷著臉站在院門口，立刻收起笑，朝沈慶禮貌點頭。「夫君回來啦！」

「妳也忘了今天是我月休的日子？」沈慶也不知道為什麼，張嘴就問了這麼一句。

「我……」宋雁茸一臉尷尬，她是真不知道，原主對沈慶並不上心，哪裡知道他什麼時候月休？而她宋雁茸本人，新來乍到的，原主沒給她留這記憶，她上哪裡知道沈慶月休去？

很好！全家人居然沒一個記得他今天回來的，或者說，是全家人都把他給忘記了！修豬圈、養豬、買零嘴，他沒有一樣知道！

沈慶轉身回了屋子。

「夫君他生氣了？」宋雁茸輕聲問道。

沈念和沈元沒敢接話，沈母卻拉著她道：「誰知道他怎麼了，怕是這回考試沒考好，心情不好，咱們先別管他，讓他靜靜。」

「對對對！嫂嫂，那個發酵床為什麼熱呼呼的？」沈元道。

沈念也忙追問。「是啊！為什麼裡面都看不見豬糞，也聞不見糞臭味？」

沈母卻道：「多跟你們嫂嫂學著點，娘這下總算放下一半的心了，那豬舍暖烘烘的，比咱屋子裡還暖和，娘也就不擔心豬崽冬天凍著了。」

幾人笑作一團。

沈慶覺得自己好像真的是多餘的了。

沈慶煩悶的朝外喊道：「沈元，還不快將你的東西收拾好，我都沒法寫字了！」

外頭總算清靜了。

沈元不知道今天大哥怎麼了，縮著脖子，老老實實將桌上的瓜子殼收拾乾淨。

第四章

沈慶就讀的書院為每個月末休假三天。

自從娶了宋雁茸後，沈慶就覺得回家總有各種煩心事，擾得他心煩意亂，幾乎都是宋雁茸引起的。

如今，家中一派祥和，沈慶竟也覺得心煩意亂。他知道，還是因為宋雁茸。

夜裡，他輾轉反側，木床「嘎吱」作響，沈元忽然迷迷糊糊道：「大哥，你吵死人了，要不你回你自己屋裡睡吧，我明早還得早起幹活呢！」

他這是被嫌棄了？沈慶瞬間不敢再動。

回他自己屋中睡覺？那豈不是……

沈慶沒再往下想，閉上眼睛，強忍住不翻身，竟也不知不覺睡著了。

或許是夜裡沒有睡好，沈慶起來的時候，沈元已經去山裡割豬草了。

沈慶端著盆子，準備去廚房取熱水漱洗，卻聽見沈母正在教訓沈念。

「別總是她她她的，她是妳嫂嫂，妳也向妳二哥多學學，我看著妳如今是越發不如妳二哥懂事了！」沈母道。

沈念不服氣回嘴。「向二哥學習？娘自己去二哥屋中看看，他偷偷藏了不少柑子葉在屋裡！」

沈慶沒等兩人繼續說完，就直接拿著小木盆進去了。「藏柑子葉幹什麼？」

沈念連忙打起小報告。「大哥來得正好，娘說二哥比我懂事，你評評理！嫂嫂買的豬崽還沒進豬舍，二哥就想著怎麼吃死豬肉了，準備了好些柑子葉，等著嫂嫂的那些豬崽死了，他就有肉吃了！大哥，你說說……」

沈念話沒說完，宋雁茸也來廚房取熱水了，不理會眾人的尷尬，笑著對沈念說：「我覺得沈元想法不錯，要不，咱們趁今天妳大哥也在，吃頭乳豬？」

沈母手中正舀米湯的瓢和沈念手裡的燒火鉗齊齊掉落，兩人驚呼。「什麼！」

吃乳豬？

若不是沈慶心理素質過硬，這會兒怕是也同樣抓不住手裡的木盆。

誰家的小豬好好的會宰了當肉吃的？這個時代，吃乳豬肉都是因為小豬病死，或是快要死了才會吃。

好好的小豬，養成大肥豬不香嗎？

宋雁茸卻笑咪咪道：「夫君讀書辛苦了，給夫君補一補。」

沈慶用力抓住手裡的木盆，冷著臉道：「我不用補。」然後立刻往小木盆裡舀了點熱水端出去，他突然覺得有些熱，到院子裡吹了會兒冷風才緩過來。

不對啊！宋雁茸剛才是拿他當藉口吧？明明是自己饞，非要說成是給他補補，這個女人，現在竟還學會拿他當筏子了。

沈慶草草漱洗完畢，很快調整好自己的情緒，轉身就回房了。

沈慶認真學習的時候是真的兩耳不聞窗外事，以至於突然見到沈元進屋在床底下翻找的時候，他才抬頭看了沈元一眼。「你在做什麼？」

「嫂嫂讓我來取柑子葉。」沈元說完便捧著一大把柑子葉出了屋。

沈慶轉頭朝窗外看去，只見沈母正朝沈元使眼色，可沈元卻視而不見，抱著柑子葉就準備去廚房。

沒想到，一向溫柔的沈母竟然伸手揪住沈元的耳朵，壓著聲音道：「你這敗家孩子，你幹麼呀？」

沈元卻大喊：「嫂嫂救命！」

就見宋雁茸笑盈盈的從廚房出來，抱住了沈母的胳膊，略帶著撒嬌的口吻，拖著長音道：「母親～～您就讓我們解解饞嘛！一頭乳豬咱們吃不完，等夫君明天去學堂，我們三個也一起去鎮上，賣掉些肉，再買些家裡需要的東西回來，我腿好後還沒去過鎮上呢！」

沈母本想拒絕，可聽宋雁茸說得可憐，一時不忍，可還是心疼豬崽，邊念叨著。「管不了你們了，一個個都翻了天了！等妳手裡那些銀子折騰光了，看妳到時候找誰哭去！」說完便將宋雁茸的手推開回屋了。

院中的沈元朝宋雁茸比出一個大拇指，宋雁茸得意一笑便轉身回廚房，沈元立刻跟上，還不忘一副狗腿樣幫宋雁茸將廚房的門打開。

廚房裡立刻傳來沈念不屑又壓抑著雀躍的聲音。「二哥可真能耐！」

廚房裡傳來三人說笑聲，院子中卻空盪盪的。

沈慶覺得眼前這一切怎麼這麼不真實？

他母親剛才竟然默認他媳婦帶著弟弟、妹妹吃乳豬？

沈慶不淡定了，放下書就朝沈母屋子走去。

廚房中，沈元正討好道：「嫂嫂，今天真的吃乳豬？」

宋雁茸道：「那是自然。」

沈念卻道：「二哥，你能不能有點出息啊，為了一口吃的，你就差屁股後面長條尾巴搖擺了！」

沈元皺皺鼻子朝沈念「哼」了一聲，轉身繼續給宋雁茸打下手。

沈念又道：「你倆真忍心殺豬崽？」

宋雁茸摘柑子葉的手一頓，沈元立刻道：「什麼忍心不忍心的，妳不忍心待會兒別吃就行了，就妳話多！」

再讓沈念念叨下去，嫂嫂要是反悔了，他上哪裡吃肉去！

宋雁茸聽沈元的話，點點頭道：「我覺得二弟說的有道理！」

沈念一梗，卻也不敢再叨叨了，她雖然也心疼豬崽，可她也想吃肉……

此刻的沈慶正在沈母屋中。

「娘，豬圈才剛修建，就把豬崽吃了，您也不攔著點？」

沈母放下手裡正在繡的花樣，抬頭道：「誰的媳婦誰去管。」

沈慶被堵了一下，站起身來。「我去看看那豬舍！」

他要看看宋雁茸到底做了什麼事，竟然讓家裡人都開始圍著她轉了。

可等沈慶來到豬舍時，卻發現豬舍外面還有一層架子，似乎是將整個豬舍與外界隔絕開來，入口處還落了鎖。

這是怕豬崽被人偷了？

不過這圍欄圍得似乎更像是怕被人看了去。

「大哥！」沈元的呼喚打斷了沈慶的思考。「大哥是想看豬崽？」

沈慶還來不及說自己想不想，沈元又道：「嫂嫂說了，這豬舍只有我們幾個能進去，因為自從開始弄這豬舍，我們就沒再吃豬肉了，大哥常在學堂，免不了會吃豬肉，不能進去，省得過了病氣給豬崽。」

沈慶嘴角抽了抽，有些不可置信。「她說我會過了病氣給豬崽？」

沈元點點頭，瞧見自己大哥的黑臉又搖搖頭。「不不不，嫂嫂不是說大哥，是說除了我們四人以外的所有人。」

沈慶冷哼一聲，什麼時候他在家裡還成了以外的人了？「你們不是昨天才吃肉餅嗎？」

「我們吃的是雞肉。」沈元忙解釋。

行！不過是個豬圈，有什麼好看的，沈慶轉身便往回走。

誰知道剛走到門口，就碰上宋雁茸一手拎著一個瓦罐出院子，兩人碰了個照面。

「夫君。」宋雁茸笑著打招呼，側身讓沈慶先進院子。

沈慶也站在籬笆院側身讓宋雁茸。

兩人都發現對方的目的，以為對方會讓自己先走，不約而同一起動身，一時間差點撞上。

還是沈慶眼疾手快，扶了宋雁茸一把，宋雁茸這才沒把手裡的瓦罐摔在地上。

宋雁茸一邊道「謝謝夫君」，一邊將自己的胳膊從沈慶手裡掙脫開來。

沈慶感覺到宋雁茸的疏離，心中有些不悅，面上卻依舊淡淡的。「手裡拿的是什麼？」

宋雁茸晃了晃手裡的瓦罐，道：「這是要加到發酵床上去的複合益生菌。」

又是豬圈裡那個床？沈慶覺得宋雁茸現在說的每個字他都懂，可連起來他卻不知道什麼意思了。

他是最近讀書讀傻了？

沈慶點點頭。「妳去忙吧，我回屋溫書了。」說完匆匆往屋裡走去，像是身後有人追他似的。

宋雁茸到豬舍的時候，沈元忙道：「嫂嫂，妳有沒有覺得大哥這兩天怪怪的？」

「怎麼了？」宋雁茸是真沒注意，以前的宋雁茸也沒怎麼注意沈慶，哪裡知道他怎樣叫做正常？

沈元一邊拌料、一邊道：「是不是嫂嫂上次用了些大哥的筆墨和紙張，被大哥發現了？」他實在想不到別的事了。

「啊？不就是些筆墨嗎？你大哥這麼小氣？」宋雁茸半信半疑。

「大哥平常都不大捨得用紙，除非先生布置要交的作業，大哥才會用紙。」沈元越想越覺得是這麼回事。

宋雁茸想到這個時代的筆墨確實挺貴，她前些日子畫圖紙，可沒少花費沈慶屋中的紙，想必沈慶是心疼了。「明天咱們一起去鎮上吧，賣掉些乳豬肉，順便給你大哥買些筆墨紙硯。」

「好！」聽見嫂嫂這麼關心大哥，沈元自然毫無意見。

晚上，沈家人吃了一大鍋乳豬肉，沈母和沈念的手藝，自然用不著宋雁茸插手，自從準備養豬，在宋雁茸的要求下，沈家一點豬肉都沒再買過，今晚大家自然吃得很開心。

沈母和沈念將剩下的乳豬肉用煙燻了，宋雁茸讓沈元給里正家送去一塊。

第二天一大早，宋雁茸就與沈家三兄妹帶著剩下的乳豬肉往鎮上去了。

為了不耽誤沈慶讀書，宋雁茸不顧沈慶反對，三人先將沈慶送到學堂，才又折回去賣乳豬肉。

他們運氣挺好，剛好遇上了酒樓的採買，直接將乳豬肉全部買走，一共賺了四百八十文。

沈元和沈念從來沒見過這麼多銅板，為了安全，三人將銅板分開，各自揣著沈甸甸的一百多文，喜孜孜的逛街去了。

「先給你們大哥買些筆墨紙硯吧！」

宋雁茸一提議，兩個小的立刻應是。

鎮上最大的鋪子就在沈慶的書院外頭，畢竟沈慶讀的書院可是附近幾個鎮裡頂頂好的「鹿山書院」，門口不遠處這家「逐鹿書齋」，則是遠近知名的書屋，據說逐鹿書齋的總店在省城，裡頭的筆墨紙硯也是種類最齊全的。

三人往逐鹿書齋走去，沈元和沈念有興奮也有緊張，畢竟他們都沒進過書齋。

剛一進去，就有小二迎了過來。「幾位客官看點什麼？」

宋雁茸道：「需要點筆墨和紙張。我夫君在書院讀書，備些紙張做課業的。」

小二忙給宋雁茸指了一種微微泛黃的紙張。「這種紙寫字不暈墨，又划算，小娘子可以多備些這樣的。」

「怎麼賣？」

「一沓五十文。」

這麼貴？因為之前的宋雁茸從未關心過紙價，這個價格著實驚到了她，看著那一沓也就三十張的樣子，這都差不多兩文錢一張了，這還只是質量一般的紙張，宋雁茸眉頭微皺，難怪沈慶會生氣了。

小二見宋雁茸皺眉，以為她嫌貴不想買，正要再說點什麼，就聽宋雁茸道：「來三沓這種紙，再給我挑枝好點的筆吧！」

紙可以湊合，可筆一定要用好的，宋雁茸不太了解毛筆，便在小二推薦下，買了根中上等的毛筆，花了兩百三十文。

這下也不用買墨了，錢不夠。

小二見宋雁茸爽快，一邊給她包東西，一邊指著另一邊的硯臺道：「小娘子可以去那邊看看硯臺，有什麼看上的隨時來買。」

宋雁茸點點頭，往硯臺的方向走去，留下沈元和沈念在櫃檯處結帳數銅板。

「雁茸姊姊！真的是妳呀？」一個女聲低聲喚道。

宋雁茸抬頭，來人竟是書中男主梁燦同父異母的妹妹，梁婷婷。

見宋雁茸不似往常熱絡，梁婷婷又道：「聽說姊姊買了好些豬崽，今早去賣豬崽肉了，可是豬崽病死了？」

妳家豬崽才病死了呢！宋雁茸還來不及罵出來，梁婷婷又道：「唉！最近家裡為了給哥哥湊銀子讀書，都沒錢了，好久都沒吃上肉，哥哥都瘦了好些了！」

「實在上不起學堂就別上了，省點銀子吃肉吧！」宋雁茸見不慣梁婷婷這樣的人，不就是想利用之前那個傻乎乎的宋雁茸對梁燦的愛慕之心來騙點肉吃嗎？她才不慣著她。

何況，那原著宋雁茸又不是沒看，男主梁燦的繼母和這個妹妹，跟男主感情一般，若不是因為繼母沒生出兒子，梁燦哪裡還能讀書！梁燦讀書的銀子都是他母親當年的陪嫁，幸虧梁燦的父親還算拎得清，知道梁燦是個讀書的料，便一門心思指望梁燦光宗耀祖，不然梁燦母親留下的那點陪嫁，指不定就被梁燦的繼母給弄走了。

說起來，梁燦家境比沈慶好得多，可他那繼母不是個會過日子的，不然梁婷婷怎麼連口肉都要來誆宋雁茸？

以往，宋雁茸沒少被梁婷婷騙走些東西，梁婷婷也沒想到，宋雁茸今天怎麼了？

「嫂嫂，包好了！」沈念走過來說道。

梁婷婷看見沈念，給了宋雁茸一個「她了解」的眼神，便轉身走了。

第五章

「妳剛才叫我什麼？」宋雁茸笑著故意問道。

沈念卻彆扭的跺腳，扭身就朝書齋外走去。

宋雁茸也不生氣，沈念肯叫她嫂嫂，那就是真正接納她了。

宋雁茸追著沈念出了書齋，沈元拎著包好的紙筆跟在後頭。

「小妹，走錯方向了，咱們得去書院將這些東西送給妳大哥。」宋雁茸好心提醒道。

沈念這才轉身走到宋雁茸身邊，用只有她們能聽見的音量道：「妳可別再相信那個梁婷婷的話了，她從妳這裡騙走的東西都是自己用，自己用不了的東西也會轉手賣，根本沒有送去她哥哥那裡。」

「我知道。」

「知道妳還送她糕點！」沈念恨鐵不成鋼道。

宋雁茸卻像根本不走心一般回道：「本來就是看她可憐嘛！」

沈念疑惑了。「那妳現在為什麼不送了？」

宋雁茸一本正經的道：「本來是看她可憐，分些吃的給她，可她竟敢敗壞我名聲，說我看上她哥，我豈能再慣著她？」

「妳真的一點都不喜歡她哥哥？」沈念問得小心翼翼。

宋雁茸爽快回答。「妳大哥可比她哥哥厲害多了，我幹麼放著這麼好的夫君不喜歡，去喜歡一個爹不疼、娘不愛的梁燦？」

沈念連連點頭，這會兒也不彆扭了，笑嘻嘻道：「我也覺得我大哥比較厲害！」

說話間已經來到鹿山書院的大門口，高聳的書院大門，左右各一頭雕刻精美的石獅，連前面的馬路都較其他路寬大許多，看來這鹿山書院果然是個大書院，可原主宋雁茸記憶裡卻對書院沒多大印象，看來之前幾次來書院送東西盡想別的去了。

「嫂嫂，妳去送吧，我不太敢過去。」沈念有些畏縮地朝大門看去。

難得看見沈念的慫樣，宋雁茸倒也沒為難她，正想叫沈元一起過去，沈念卻拉住了沈元。「二哥在這裡陪我，嫂嫂去吧，我倆在這裡看著嫂嫂。」

沈元一想，這樣也好，正好讓大哥和嫂嫂說些體己話，說不準大哥就不那麼生氣了，遂連忙將裝了紙筆的小包袱遞給宋雁茸。「那就辛苦嫂嫂了。」

今天書院的學子都剛休完假，此刻正是眾學子返回書院的時候，門口來往行人、馬車眾多，宋雁茸找了門房幫忙傳話，原以為會費些口舌，沒想到報了沈慶的名字，那門房竟是一口答應下來，見宋雁茸沒有梳婦人髮髻，便道：「姑娘稍等，我這就去叫沈學子出來。」

宋雁茸這才恍然，沈慶可是鹿山書院數一數二的學生，能與沈慶相比的也只有梁燦了，這些人都是要下場科舉的，往後指不定就一飛沖天，這些門房自然會多些關照。

宋雁茸還沒等到沈慶，倒是又見到梁婷婷了。

梁婷婷剛才看到宋雁茸買了紙筆，這會兒正看著她手裡的包袱，歡喜道：「雁茸姊姊！」說完轉身拉了拉身邊一個男子。「哥你看，我沒說謊吧，你的紙筆在雁茸姊姊這裡，剛才我托她幫忙拿過來的。」

宋雁茸這才看到梁婷婷身邊的男子，這就是原著中的男主梁燦了，原以為原主對梁燦的記憶多少有些情人眼裡出西施的意思，這會兒見了真人，宋雁茸才明白為什麼梁燦是男主。

他比沈慶略高大些，沈慶是那種文弱書生的好看，或許是因為身子本就不大好，雖然好看，卻多少有些陰鬱，可梁燦不同，梁燦屬於那種陽光美男，看了就讓人覺得溫暖。

宋雁茸忍不住多看了幾眼。

梁婷婷將這一切都看在眼裡，心中一喜。她這次是來給哥哥送銀子添置筆墨紙硯的，見到宋雁茸，她就改了主意，沒想到宋雁茸還真來送紙了，她就知道，剛才在逐鹿書齋，宋雁茸是為了糊弄沈念，才故意那麼說的。

見宋雁茸看呆了的模樣，梁婷婷心中有些好笑，朝宋雁茸走去，一邊道：「謝謝雁茸姊姊了！」一邊伸手準備接過宋雁茸手裡的小包袱。

宋雁茸手中一緊，拉回了小包袱，皺著眉頭沒好氣道：「妳幹麼！」

梁婷婷身子一僵，宋雁茸這表情不對啊，遂小心又委屈道：「姊姊說的什麼話，這是買給我哥哥的，自然是要給我哥哥呀！」

宋雁茸冷笑一聲。「小姑娘慎言，莫要壞了我的名聲，這些都是買給我夫君的，我的銀子憑什麼給妳哥哥買紙筆？」

梁婷婷呆住了。「妳不是喜歡……」

「住嘴！」話未說完，就被一旁的梁燦打斷了。

梁燦瞪了梁婷婷一眼，朝宋雁茸拱手施禮。「舍妹不懂事，唐突姑娘了！」

姑娘？難道梁燦不知道宋雁茸是沈慶的妻子，宋雁茸回顧以往，原主確實與梁燦交集不多，送過一次筆，梁燦也只是施禮感謝，如今看梁燦這模樣，怕是根本就沒記住宋雁茸這號人物。

瞧著梁燦雙眼清明，倒是個真君子，與梁婷婷絕不是一路人，宋雁茸對梁燦多少生出些許好感，禮貌的點頭示意，便往一旁走去，不再理會梁燦打算如何教訓梁婷婷。

她可不敢和男主多有牽扯，原著中，宋雁茸就是為了救梁燦死去的，她到底繼承了這具身體，還是與梁燦保持距離，免得被劇情波及。

宋雁茸在門口等了好一會兒也不見沈慶出來，那個傳話的門房都回來好一會兒了。

宋雁茸忍不住又過去問道：「這位大哥，請問沈慶什麼時候出來？」

那門房意外道：「沈學子不是已經出來了嗎？姑娘沒看見？」

出來了？她可一直在這裡呀，哪裡見到沈慶的影子？

難道是剛才與梁燦說話時被沈慶看見了？

糟糕！書中的劇情，好像就是宋雁茸傷好後，又來書院給梁燦送那件衣服，被沈慶看見，沈慶對宋雁茸也徹底寒了心的。

她只想著穩住了沈念，那衣服也不會送給梁燦，劇情就改變了，沒想到繞了一圈，竟還是走入了這個劇情。

門房見宋雁茸臉色不太好，生怕耽誤了沈慶的事情，試探問道：「想必是剛才沈學子出來沒看到姑娘就又回去讀書了，我再去叫一次？」

宋雁茸乾笑一聲。「不用了。」沈慶是個心思重的人，這會兒怕是不會出來見她了。

「能不能再麻煩一下大哥，幫我把這個包袱帶給沈慶，就說是他的妹妹沈念幫他送的紙和筆，讓他好好讀書。」宋雁茸捧著小包袱，請求道。

門房自然沒有二話。

「嫂嫂，大哥怎麼沒出來？」沈念道。

沈念剛才雖然沒聽見宋雁茸與梁燦說了什麼，但也看懂了梁婷婷又想打那包紙筆的主意，被宋雁茸拒絕了，梁婷婷被梁燦訓得抬不起頭，因此她現在一點也不懷疑宋雁茸了。

「不知道，或許是沒看見我吧。」

「沒看見？大哥怕是讀書把眼睛讀瞎了，嫂嫂那麼大個人站在那裡，他居然沒看見？」沈元故意說笑著。

沈念似乎想到了什麼，故意轉移了話題。「先不管大哥了，我們還要買些什麼？家裡現在什麼都不缺了，嫂嫂買點自己喜歡的吧！」

沈元這才注意到，沈念竟然改了稱呼，笑呵呵附和。「對！買嫂嫂喜歡的東西吧！」

宋雁茸倒也不客氣，將剩下的銅板盡數買了小瓦罐和牛皮紙，又買了一捲棉線和細鐵絲就高興的回家了。

沈元現在是宋雁茸說什麼就是什麼，跟著嫂嫂有肉吃。

沈念腦子裡想著大哥的事情，竟也不曾留意，宋雁茸並沒有買女兒家家喜歡的頭繩、香囊之類的小玩意兒。

回到家中，宋雁茸又去了廚房旁邊隔出來的小培養室，這段時間這裡已經不再培養發酵床所需要的複合益生菌了。

此刻，這裡培養的是宋雁茸從籬笆上採來的木耳。

她仔細觀察過了，那些木耳是可以食用的，宋雁茸從沈母屋裡挑了兩個納鞋底的鑽子，讓沈元幫著將尖頭捶成個小直角，用那個當做接種針，選了肥厚的木耳撕開，從生長點上挑取一小塊做組織培養。

這會兒已經長了些菌絲，宋雁茸此刻正忙著將菌絲擴繁製成一級種。

原本這在無菌檯上操作非常簡單，可現在條件有限，宋雁茸好不容易找到能稍微對這小屋熏蒸滅菌的草料，這會兒，正小心的在燈邊擴繁。

沈元只覺得最近家中的柴似乎用得特別快，他又得上山砍柴了。

宋雁茸忙完，出來的時候也看到柴快沒了。「二弟，明天砍柴叫上我。」
沈元忙道：「沒事沒事，我一個人能行！」
莫不是他剛才感嘆柴又沒了，被嫂嫂聽見了？
「我不是幫你砍柴，我是想去山上看看還能不能採到別的蘑菇。」宋雁茸一邊洗手、一邊說道。
沈元這才答應。
宋雁茸又道：「對了，這段時間去村裡找些稻草，還要準備些椴木，到時候把木頭架好，挨著籬笆架一圈，再將稻草做成棚頂，遮在上頭。」
「好！」
沈念卻好奇問道：「嫂嫂這是打算做什麼？這籬笆下也就是蘿蔔、白菜，不用搭草簾吧？」
宋雁茸道：「栽培木耳。」
「木耳？」這會兒，連沈元也和沈念一同疑惑了。
宋雁茸指著籬笆上還生長著的幾片木耳道：「就是這個。」
「我知道木耳是什麼，只是木耳根本沒有種子，嫂嫂如何種？」沈念還是不敢相信。
「我這幾天已經在製種了，很快就有了，所以要準備木頭，我們要栽培木耳了。」
沈念與沈元對視一眼。「這幾天嫂嫂天天窩在廚房旁邊是在製作木耳種子？」

太不可思議了！

這木耳不是野菜嗎？明明沒有種子呀！

第六章

宋雁茸要栽培木耳的事，沈母當晚就知道了，她只是搖頭嘆息，倒沒當面多說什麼。有點事情讓宋雁茸折騰，省得她又做出其他浪費更多銀子的事情。

沈母努力說服自己。

第二天吃過朝食，宋雁茸與沈元一同上山，沈念卻揹著竹簍追了出來。「嫂嫂等等我！」

因為今天要砍柴，打豬草的事情便落在沈念身上。

「小妹，打豬草不用這麼早吧？早上露水重，再說，豬舍的豬還沒餵呢！」宋雁茸道。

小姑娘家家的，這會兒要是著涼就麻煩了。

沈母卻道：「讓她跟你們一起去吧，我如今沒接太多繡活，今天我來餵豬吧！」這些天，沈母跟著宋雁茸天天喝紅糖水，三不五時又是雞、又是羊的，身子骨兒倒是漸漸硬朗。

見沈母如此說，宋雁茸也不再拒絕。「那一塊兒去吧！」

一路上，三人倒是有說有笑，到了山上，三人便約好了碰頭地點，分頭行動。

沈念往草多的地方去，沈元往柴禾多的小林子而去，而宋雁茸則循著背陽面的大樹林找蘑菇。

臨近冬天，其實並不是採蘑菇的好時機，只是宋雁茸穿越的時間就這麼不趕巧，她也不能一直等，好歹能找出些低溫菇。

其實低溫菇口感更鮮美，還更能賣個好價錢，有助於她攢錢。

宋雁茸找了好久，可沈家所在的這個叫灣溪村的地方，似乎只能找到野生的平菇和木耳。

宋雁茸將看到的野生蘑菇都小心的採了回來，畢竟在不同地方找到的，就算同是木耳，也不見得是同一品種，現在不能藉助DNA比對，她只能帶回去做些試驗來判斷。

若真不是一個品種，宋雁茸打算挑些單孢，看能不能將性狀優良的做出雜交新品種，提高產量或者縮短生長週期。

因為忙活大半天，只找到小半簍的平菇和木耳，宋雁茸正有些失落，她輕輕晃了晃腰間的小簍，正打算趕回約定的地方與沈家兄妹會合，突然被眼前一抹黃吸引住。

宋雁茸走近一看，居然是一小叢榆黃菇。

她小心採下，心裡正高興，沒想到又發現不遠處有黃色影子，她本以為又是榆黃菇，走近卻看清竟然是尖鱗環鏽傘。

今天的運氣實在太好了！

就在宋雁茸捧著尖鱗環鏽傘清理上面的細碎落葉時，忽聞不遠處有枯葉的沙沙聲。動靜不是很大。

不會是大型動物，這裡也不是林子深處。

這時節難道還能有蛇？

宋雁茸顧不得許多，趕緊將尖鱗環鏽傘裝進腰間的小簍，並將上頭的蓋子扣上。一邊往相反方向悄悄走去，一邊忍不住回頭看了一眼。

宋雁茸發現，大樹後面居然有一片黑色衣角。

一時間，宋雁茸更不敢發出聲音，伸長脖子偷偷往樹後瞄了一眼，似乎是一個靠坐著的人，此刻手垂在地上，應該是重傷之人。

宋雁茸腦子迅速運轉，電光石火間，想起了書中的劇情。

原著中，應該就是這段時間，沈慶與沈元上山挖草藥，救了一個人，後來才知道，那人竟是太子！沈慶之後自然就成了太子的人。

不過原著中，太子不是最後贏家，因為太子身子不好，還沒繼承到皇位就病逝了。

最後贏家是三皇子。

而書中男主梁燦，剛好是三皇子陣營的。

宋雁茸想到這裡，倒抽了一口氣。是因為沈慶剛好沒回來，所以遇見太子的劇情被她碰上了？

想到書中，沈慶並沒有做什麼，只是陪著太子等到了救他的人，宋雁茸便放心大膽的撤退了。

對照組沈慶可不就是因為站錯了陣營，既然她知道劇情，自然不能再捲入其中，宋雁茸只想好好掙錢，在沈慶進京前存夠銀子，拿到和離書，從此天高任鳥飛。

宋雁茸心臟一頓狂跳，沒有任何遲疑的逃走了。

直到與沈元、沈念碰頭，回到家中，宋雁茸那顆狂跳的心才稍稍落了地。

總算避開了這個劇情。

可不知道為什麼，宋雁茸總覺得哪裡不對。

見宋雁茸心事重重的樣子，沈母對沈元道：「去把家裡那隻老母雞宰了，今天燉了吃吧！」

三人齊齊看向沈母，連向來只管吃、不想事的沈元都納悶了。「娘，那隻母雞不是還在下蛋嗎？」

沈母眼神閃了閃。「你嫂子不是說了，家裡養雞，對豬舍的發酵床不好嘛！我原先不當一回事，今天我在家打理豬舍，覺得那母雞果然討厭，我轉身的工夫，牠就將墊料刨得哪裡都是，確實礙眼。」

宋雁茸心中一暖，笑著道：「母親，家裡就一隻雞了，沒事的，左右現在豬也不是很多。」

九隻豬還不算多，多少才算多？沈母見宋雁茸揚起笑臉，都不敢再與宋雁茸多說，生怕她又有什麼驚人之語。「還是宰了吧！明天你們誰去書院給老大送點雞肉和雞湯，讓他也補補。」

沈念雙眼一亮。「我去！」

宋雁茸卻立刻道：「小妹在家歇著吧，明天我去送。」

她記得原著中，就是在沈慶幫助太子後，不久，沈念就走丟失蹤了，沈母原本就身子不好，又被此事刺激，不過月餘就病逝了。

對照組沈慶的生活發生了天翻地覆的變化，以至於此次鄉試被梁燦甩開一大截，梁燦拔得頭籌，一時間聲名鵲起。

宋雁茸不記得沈念是什麼時候失蹤，或者書中並沒有詳細描寫，可今天剛在後山見到了黑衣人，說不定接下來就要走「沈念失蹤」的劇情了。

沈念可以說是宋雁茸在這個世界最親密的人了，受傷時都是這小姑娘忙前忙後照顧，人家小小年紀，廚藝還沒得挑，若不是因為沈念是沈慶的妹妹，宋雁茸離開沈家都想帶著這小姑娘一起走，哪裡能眼睜睜的看著她失蹤？

沈念不知道宋雁茸的顧慮，只想著要去跟大哥解釋上次在書院門口的事情，固執道：「嫂嫂剛採了這麼多蘑菇回來，不是說要做蘑菇種子嗎？二哥要餵豬，娘身子又不大好，也就只有我有空，我明早給大家做好朝食，就去給大哥送吃的，正好！」

「不行，妳這段時間都不要出門了。」宋雁茸見沈念堅持，她更沒底了，這就是劇情的力量嗎？想到自己今早還帶著沈念去打豬草，心中就一陣後怕。

她怎麼把沈念失蹤的劇情給忘記了，今天若是把沈念弄丟了，她還怎麼安心「天高任鳥飛」？

沈念不明白了。「為什麼？」

為什麼？她總不能告訴沈念，他們現在生活在一本書中的世界，故事裡，沈念快要失蹤了吧？

別說沈念不會相信，但凡在她穿書前，有人這麼跟她說，宋雁茸自己也不會相信。

宋雁茸看著屋簷下那一堆陶罐，靈機一動。「因為我最近要製種，需要妳幫忙，別人我還真不放心。」

沈念半信半疑。「真的？」她在嫂嫂心中這麼厲害？她可從來沒製作過蘑菇的種子。

宋雁茸笑著解釋。「自然，因為我接下來需要人幫我將小麥煮到七分熟，加上我準備的料，拌勻後裝進洗乾淨的陶罐中，封好牛皮紙，放入蒸籠裡蒸三個時辰。這活兒，家中也只有妳能做得好了。」

沈念和沈元一聽，都覺得是這麼回事。

於是，給沈慶送雞肉、雞湯的事情就落在了宋雁茸手裡，宋雁茸呼出一口氣。

原來自己總覺得哪裡不對，是因為這個劇情？

第二日，宋雁茸不敢太早去，還特意花了一文錢，搭了村裡去鎮上的牛車，以防遭劇情波及，受了無妄之災。

別看宋雁茸這些日子買了各種東西，她可沒有亂花一文錢。

宋雁茸早就算過了，這個時候她若是和離，又沒了娘家人，就得自己去立戶，這本來沒什麼，問題就出在宋雁茸立戶屬於立女戶，立女戶收費有點高，沒有五十兩銀子辦不來。

她也考慮過，她一個女子，至少得住在鎮上才能安全些，畢竟有官府的巡視，女戶的銀子可不是白繳的。

鎮上買個小院都是二十兩起跳，畢竟太小的，她還住不慣呢！

而這時代的柴火灶臺，宋雁茸還真不會用，雇人恐怕不安全，她可能還得去買個丫鬟、婆子專門做飯，最少也得五兩銀子。

宋雁茸覺得自己要在這個時代生活下去，恐怕還需要間鋪子，這個價錢，原主宋雁茸還真不知道，但宋雁茸推算，百八十兩還是得準備吧？

還得準備好周轉的銀子，宋雁茸可過不了苦哈哈的日子。

如此一算，宋雁茸給自己定的目標是，掙夠五百兩銀子就找沈慶談和離！

如今，宋雁茸是有出沒有進，身上只剩不到二十兩了。

她得趕緊讓銀子變多，不然就只能坐吃山空了。

宋雁茸一路緊張地坐著牛車到鎮上，所幸一路平安，並無意外，看來路遇不測的劇情，應該只對沈念起作用。

這麼想著，宋雁茸便拎著裝著雞湯的提籃往鹿山書院去了。

今天不是書院的休息日，書院門口顯得有些冷清。

宋雁茸走到門房處，守門的又是上次幫她傳話的小哥，小哥顯然也認出了宋雁茸。「沈家妹子，又來給妳大哥送東西？」

宋雁茸也沒有糾正，笑著道：「麻煩小哥幫我把這個交給我大哥！家裡熬的雞湯，讓他補補！」

小哥接過，還特意問了句。「不用我去叫妳大哥出來？」

宋雁茸連連擺手。「不用了，還是別耽誤他讀書了。」她也不想與沈慶有過多牽扯，畢竟是要和離的。

「我幫妳交給沈慶吧！」從斜後方伸出一隻骨節分明的手。

宋雁茸皺眉，這聲音她認得，準確的說是這具身體記得。

果然，一扭頭就看見梁燦。

第七章

這會兒書院外面根本沒有學生，梁燦怎麼會出現在這裡？

在宋雁茸疑惑時，梁燦已經接過提籃。宋雁茸雖然不想和男主有瓜葛，但這會兒若是不同意，勢必還得和梁燦說幾句，便退後一步，朝梁燦點頭。「那就多謝了！」

門房卻笑著朝梁燦道：「梁學子這是回來讀書了？」

梁燦道：「家中還有點事情，我這次回來是跟先生再告幾天假的。」

門房忙道：「那您快去忙吧！」

等門房送走梁燦，宋雁茸忍不住問道：「書院不是都以讀書為主嗎？怎麼這位學生為了家中瑣事就可以任意告假？」

門房笑呵呵道：「沈姑娘有所不知，梁學子是因為父親病重，回家侍疾。百事孝為先，書院自然不會不准假，況且梁學子的學業很好……」

梁燦的父親病重？

宋雁茸腦子「轟」的炸開，門房小哥後面說的話，她一句都沒聽進去，只看見他的嘴巴一張一合。

原著中，男主梁燦的人生大逆襲點就是這個時候，在父親病重時，繼母讓他每天早晨去打柴，梁燦卻因此在山中救下了三皇子。

差不多也是這個時候，對照組沈慶的人生也開始逆轉，開始遭遇各種不順，幸虧太子暗中相助，沈慶才得以撐下去。

宋雁茸心中惶惶不安，現在梁燦的命運應該正按照劇情走，而沈慶卻因為她的原因，錯過了太子，那麼沈慶的結局是不是會更慘？

耳邊安靜下來，宋雁茸這才回神，原來門房小哥已經說完話了。

宋雁茸垂眼，掩飾尷尬與慌亂。「多謝小哥，我還要買些東西，先走了。」

「哎！沈姑娘慢走！」這是還將宋雁茸當作沈慶的妹妹呢！不過宋雁茸卻不在意。

她順著臺階往下走，一不留神，狠狠地扭了腳，幸虧她反應快，沒直接摔撲下去。

宋雁茸特意回頭看了眼，門房沒往這邊看。

正覺得有點丟人，突然想到劇情的進展，現在連帶著她也被沈慶的劇情安排影響了？

不然怎麼這麼倒楣，走得好好的，突然就扭了腳？

宋雁茸站在原地緩了好一會兒，才讓疼痛降到能忍受的範圍。

她緩緩往外挪去，可這附近除了逐鹿書齋，並沒有其他能歇腳的鋪子，如今她這腳，根本走不遠。

她今天可是為了給沈念避禍才出來的，若是拖著扭傷的腳出去，會不會遇到不測？

她到底能不能將沈念的劇情避開？

宋雁茸是個惜命的，想到此處，便果斷決定，先去逐鹿書齋歇會兒，等到了晌午，學子們休息需要出來買東西，外面也會來很多附近的小販，到時候再跟小販們一同撤回鎮上的繁華地段。

宋雁茸沒想到，她剛一瘸一拐地走到書齋門口，上次招呼她的店小二竟然認出了她。「呀！這不是上次來買紙筆的小娘子嘛，這是怎麼了？」說著便拖了一張凳子到門口。「快坐著歇會兒！」

宋雁茸連忙道謝。「多謝，剛才不小心扭到腳了，我歇會兒就走。」

「您別客氣，可要幫您叫個大夫？看您這樣，怕是傷得不輕呢！」

「沒事，您忙吧，不用管我。」

店小二因為還要收拾店內的東西，見宋雁茸拒絕，也沒再多話，只讓她隨意坐，便轉身去忙了。

這日天氣不錯，太陽暖暖的曬著，原本努力回憶劇情的宋雁茸，這會兒都忍不住靠在書齋門邊，有些昏昏欲睡。

也不知過了多久，突然聽見有人驚呼著衝過來。「找到啦、找到啦！快去叫掌櫃的出來！」

宋雁茸睡眼惺忪的抬頭望去，只見一個鬚髮皆白的老頭，手裡拿著什麼，高興得像個孩童般揮舞著。

書齋的櫃檯後跑出一個中年男子，看到老頭手裡的東西，也是滿眼高興。「在哪裡找到的？多不多？怎麼還摘下來了，一會兒壞了可怎麼是好！」

老頭笑道：「灣溪村後山上，我發現了一大片。」

掌櫃與老頭都是滿眼的高興，可隨後，掌櫃的又嘆了口氣。「唉，這玩意兒，再大片又能有幾個，吃完了再去哪裡弄？」

宋雁茸聽到灣溪村，來了興致。

什麼東西讓這兩人一會兒高興，一會兒嘆氣的？

宋雁茸伸長脖子往老頭手裡看去。「雞腿菇？」

兩人聞言，齊齊朝宋雁茸看過來，似乎才發現門上靠坐著一個人。

店小二忙解釋道：「這位小娘子扭傷了腳，小的便讓她在此處歇息。」

白鬍子老頭卻像沒聽到店小二的話一般，幾步走到宋雁茸跟前。「姑娘認識此物？」

宋雁茸點頭。當然了，什麼蘑菇是她不認識的？

不過，她原來那個世界沒有的，她肯定不認識。

「姑娘還在哪裡見過？」老頭急切問道，眼神裡全是狂熱。

宋雁茸嚇得身子後仰了些，店小二連忙過來拉了拉老頭，道：「牧老，人家不是小姑娘了，這位小娘子的夫君在鹿山書院讀書！」

牧老這才驚覺自己失態，忙後退一步，笑道：「老朽失禮了，小娘子莫見怪！實在是這東西對老朽來說太重要了，小娘子若還在別處見過，可否告知？」

宋雁茸自然看出了雞腿菇對這個老頭的重要性，但她來到這裡，還真沒見過，她才剛出去尋找過蘑菇，根本沒找到雞腿菇。

宋雁茸只得搖頭。「沒見過。」

「那小娘子為什麼一見到此物，就稱之為雞腿菇？」掌櫃的有些不相信，又補充道：「姑娘若是肯告訴我們，往後，但凡妳夫君要用的筆墨紙硯，我們都半價出售！」

見宋雁茸還是搖頭，掌櫃的又說：「我們也可以免費送些！」

眼見掌櫃的還要加價，宋雁茸連忙擺手。「不是，我不是故意不說，我認得此物，是因為以前見過，但現在真沒見過，不過如果你們想要，我可以培養出來。」

老頭眼中的狂熱頓時消散，一副教訓人的口吻說道：「小娘子家中也是有讀書人的，怎的什麼話都敢說？蘑菇哪裡有種子？沒有種子又談何培養？」

第八章

宋雁茸見對方說得肯定，忍不住嘆氣。

牧老見了，怒道：「妳還嘆氣？妳這女娃，老夫……」

「小娘子莫怪！」掌櫃的連忙攔住牧老，對牧老說道：「您少說幾句，這是鹿山書院，學子眾多，莫要節外生枝！」

牧老聽完，甩了甩袖子。「哼！我才懶得跟個女娃娃計較呢！」

這兩人明顯特別需要雞腿菇，而且還是不差銀子的主。

宋雁茸卻覺得這是一個商機，只要她能抓住，五百兩銀子指日可待。

宋雁茸連忙說道：「掌櫃的，我是真的能栽培出來，我在家中栽培的木耳，很快就能長出來了，這雞腿菇雖與木耳不同，但它們都是蘑菇……」

掌櫃的聽聞，眼中的驚訝根本掩不住。「當真？」

牧老立刻轉身。「妳說什麼？妳真的將木耳養出來了？」

宋雁茸點頭。「是的，這次養得不多，我只是先試了試，不過我已經準備擴大栽培了，如今我家中只有七、八根木頭長出了木耳，等我再用這批木耳完成製種，往後就能多栽培些了。」

「老先生手裡那個蘑菇叫雞腿菇，又叫毛頭鬼傘，與木耳的栽培稍有不同。木耳是木腐性真菌，栽培的時候以木頭為主要原料，而雞腿菇是草腐性真菌，栽培時則需要以稻草秸稈之類的為主要原料。另外雞腿菇出菇的時候，需要土壤中的微生物加以刺激，所以菌絲長滿後，還需要在上面進行覆土，來刺激出菇。」

宋雁茸為了讓對方能相信她，又故意將她所知道的雞腿菇知識以對方能接受的方式說了些。

掌櫃的和牧老聽得一愣一愣，雖然「真菌」這些詞他們聞所未聞，但卻聽懂了宋雁茸的意思。那就是栽培木耳用木頭為原料，栽培雞腿菇則要以稻草為原料，在表面蓋上土。

見宋雁茸說得頭頭是道，牧老忍不住問：「那這蘑菇的種子應該怎麼取？」

「我現在的條件，是採用組織分離的方式來獲得菌種。」

「這麼說，還有別的方式？」牧老自己都沒發現，他聽完宋雁茸的話，內心已經完全相信了她，這會兒一副虛心討教的樣子，雖然他連什麼叫「組織分離」都還沒搞懂。

宋雁茸點頭。「還有種方法是取孢子。」

「取包子？」牧老納悶了。「養個蘑菇還需要包子？」

也不知道要的是什麼餡的包子，估計不同的蘑菇，需要的包子餡料也會不同吧？牧老覺得自己挺厲害，簡直觸類旁通！

卻不料宋雁茸笑著連連擺手。「不是您想的那種包子，是蘑菇自己彈射出來用以繁殖的種子？」

牧老認真想了會兒。「妳是說蘑菇自己會彈出一種叫孢子粉的東西，那種粉就是蘑菇的孢子粉，就是蘑菇的種子。」

宋雁茸點點頭。

「是不是就是蘑菇下面經常會看到的那種粉末？」

「老先生觀察果然仔細！」

牧老捋了捋鬍子，提議道：「不知小女娃可否帶老夫去看看妳家中栽培的木耳？」

「牧老，這位小娘子扭傷了腳……」見牧老想一齣、是一齣，在身後擦櫃檯的店小二忍不住插嘴。他已經不想糾正牧老對宋雁茸的稱呼了，一會兒小姑娘，一會兒小女娃，他都說了幾次了，人家成親了！

「小事！老夫這兒正好有藥膏，治療扭傷絕對不含糊！」

說著便從袖袋裡摸出一個小瓷瓶遞給宋雁茸。

掌櫃的趕緊說道：「小娘子，這書齋後有廂房，妳可以去後頭上藥。」

宋雁茸趕緊單腳用力站起來。「那就多謝了！」

牧老給的藥膏果然好用，清清涼涼的，不一會兒宋雁茸就覺得腳踝處沒那麼火辣辣了，不過走路恐怕還是有點困難。

「老夫有馬車，走！」牧老一句話就解了宋雁茸的後顧之憂。

牧老的車伕一看就是練家子，馬車旁還跟了兩個小廝，行動間也看得出來是練過的。宋雁茸頓時無比放心，這麼回去肯定不會發生意外了。

掌櫃的一道上了馬車，與牧老坐在一側，牧老的馬車很是寬大，坐了三人，竟也不覺擁擠。

得知宋雁茸就住灣溪村的時候，牧老對掌櫃的笑道：「佟掌櫃，你看看，灣溪村果然是個好地方呀！老夫瞧著，這雞腿菇的事情多半能成。」

佟掌櫃點頭附和。「如此說來，倒是佟某慚愧了，竟是沒早發現這麼個好地方。」而後隆重朝宋雁茸一揖道：「在下逐鹿書齋掌櫃，佟明勇，不知小娘子如何稱呼？」

「我叫宋雁茸。」話一出口，猛然想起這個時候已婚女子多半要跟人介紹夫家姓氏，趕緊補了一句。「夫君沈慶，是鹿山書院的學生。」

「原來是沈慶學子的娘子，沈學子的娘子果然和旁人不同！」佟掌櫃讚道。

原以為是句場面話，沒想到佟掌櫃竟然還真的知道沈慶。「佟某聽說，這屆的鹿山書院出了兩位厲害的學子，一位是沈慶，一位是梁燦，沒想到還沒見著沈慶學子，倒是先認識了沈慶的娘子了。」

「佟掌櫃過獎了。」宋雁茸低頭做出謙虛狀，心裡想著，原來沈慶的名聲這麼響，作者將這對照組捧得這麼高，所以跌落的時候沈慶才更不容易接受現狀吧！

牧老倒是不關心這些，又問了些宋雁茸關於蘑菇栽培的事情。

牧老的馬車又快又穩，說話間就到了沈家。

宋雁茸早上剛坐過牛車，如今體會了馬車的舒適，默默又在心中給自己加了個奮鬥目標——擁有一輛牧老這樣的馬車！

村中難得見到如此華麗的大馬車，馬車行至沈家門口時，倒是吸引了好幾個好奇的村民。

這會兒見宋雁茸從車上下來，紛紛投來異樣的眼光。

沈家這兒媳婦原本就不是省油的燈，前段時間摔斷了腿後，竟然折騰出一個大豬圈，養豬就養豬唄，還不讓人進去看，說是怕傳染病！

人怎麼可能過病氣給豬？

這是罵誰呢？

本就有些人對宋雁茸不滿了，這會兒看見她從這麼好的馬車上下來，紛紛猜測。

宋雁茸多少也能猜到大家在想些什麼。

馬車停在門口，連沈母都出來了，更別說沈元和沈念。

沈念心中惴惴不安，嫂嫂本就嫌貧愛富，這段時間更是花銀子如流水，該不會是手裡銀子沒了，就直接找了這馬車上下來的老頭或者那位大叔了吧？

早知道這樣，她今天說什麼也不讓嫂嫂自己出去了。

第九章

宋雁茸笑著朝沈母大聲道：「母親，這位是逐鹿書齋的佟掌櫃和牧老，他們都知道夫君會讀書，這會兒聽夫君說咱們家養了木耳，特意來看看！」

宋雁茸故意說得大聲，來看熱鬧的那些村民自然聽了個清楚。

牧老和佟掌櫃知道宋雁茸這麼說是為了避嫌，倒是很配合地朝沈母點頭，表示宋雁茸說的是真的。

「原來是沈慶的熟人！」

「沈家老大讀書這麼厲害？我可聽說那逐鹿書齋的總店在省城呢，逐鹿書齋的掌櫃的都知道沈家老大讀書厲害，那就是真的厲害了！咱們村裡會不會出個狀元郎呀！」

「狀元郎？你當考狀元是去河裡摸魚呢？哪有那麼容易！」

「剛才沈慶媳婦說什麼？他們家養了木耳？」

知道這幾個人是沈慶介紹來的，村民們便知道沒有八卦可看了，一時間話題也轉了方向。

沈念這才鬆了口氣，親熱地喚了聲。「嫂嫂！」

沈母得知是自己兒子介紹的人，也放了心，只道：「兩位快快請進，木耳那些都是茸茸這孩子搗鼓出來的，我也不太清楚，就讓孩子們先招呼你們，我去給你們弄些吃食去！」

牧老連忙道：「沈夫人莫要忙，我們看看木耳就去山裡看新鮮蘑菇，本就還有事要麻煩妳家兒媳婦，哪裡能第一次見面還讓你們請客吃飯的，回頭老夫讓人去鎮上買些現成的回來吃就行！」

牧老雖醉心於各種食療養生，看見沈家人的穿著與屋舍也知道這家人沒多少銀子，若是今晚在這兒吃一頓，人家指不定得省吃儉用多久。

沈母還要說什麼，宋雁茸倒是不客氣，連忙拉住沈母。「母親就聽牧老先生的吧！」遂又低聲對沈母道：「人家還不一定吃得慣咱們鄉下的吃食，到時候豈不是讓人為難？」

沈母想想好像是這個道理。「行，那你們先忙，我去給你們燒壺熱茶。」說著便轉身去了廚房。

「二弟，快去廚房拿鑰匙，幫我把培養室的門打開。」宋雁茸朝沈元道。

沈元應了聲，忙轉身進廚房拿鑰匙開門去了。

宋雁茸朝牧老和佟掌櫃道：「兩位請隨我來。」

牧老笑呵呵的指著廚房外那堆稻草，以及鋸得整整齊齊的一堆木頭，問道：「宋丫頭，妳這些東西都是打算用來栽培蘑菇的？」

宋雁茸點點頭。

牧老來了興致。「那妳打算栽培哪幾種蘑菇？木耳是木腐性的用木頭，那這些稻草是打算栽培什麼草腐性蘑菇？」

宋雁茸很是詫異，沒想到她只和牧老提了下木腐性和草腐性的概念，牧老就領會了。

「原本是打算栽培木耳、平菇、榆黃菇還有尖鱗環鏽傘的，不過都只採了樣回來，還不知道能不能製種成功。」

「木耳和平菇老夫倒是知道，不過榆黃菇和尖鱗環鏽傘是什麼樣的蘑菇？宋丫頭可知道這些蘑菇都有什麼藥效？」牧老認真道。原本在逐鹿書齋聽了宋雁茸的話，他覺得這女娃娃能栽培雞腿菇的事大約有四成希望，現在到了宋雁茸家裡，又聽她說了別的蘑菇，眼見著還能看到她栽培出來的木耳，牧老覺得這事八成能成。

「我將新採的蘑菇都掛在屋簷下，待會兒給老先生看。」一邊應著，一邊帶著兩人走到培養室門口。

推開廚房旁邊明顯新搭建的那個小屋的門，牧老只覺得裡面暖暖的。「宋丫頭，這屋子是燒了地龍？」

「差不多吧，我這邊是挨著廚房灶臺的，裡頭接了個水箱，每次廚房燒水的時候就能把水箱裡的水燒熱，這邊也就暖和些了，不然冬天太冷了，這邊沒法製種。」宋雁茸帶著大家進了培養室，指著一處牆體道。

屋子本就不大，裡頭還放了些架子，四人都進來便顯得有些擁擠。

「木耳在這裡。」宋雁茸又指著挨著那處牆體的一排架子說道。

只見那架子中間有一根橫放的木條，靠著木條擺了十來個碗口大的木樁，木樁上稀稀疏疏長著木耳，這會兒顯然還沒長開。

牧老和佟掌櫃對視一眼，這明顯不是將外頭長出木耳的木頭移進來的，因為他們發現，每個有木耳長出的地方都有一個小洞。

牧老指著木樁上那些小洞。「宋丫頭，妳是將木耳的種子放入木頭上鑿出的小洞裡，然後那些種子就能發芽長成蘑菇了？」

「算是吧！不過栽培蘑菇的時候，我們不說發芽，而是說菌絲萌發，菌絲萌發期間，這裡不需要光，菌絲成熟後，有了光的刺激，溫度和濕度又都適宜的時候，就出菇了。」在這個世界裡，難得有人對食用菌這麼有興致，宋雁茸也儘量用這個時代的語言將食用菌栽培的基本知識娓娓道來。

「原來如此，菌絲不需要光照，在菌絲萌發的時候避光，這樣在妳這培養室裡，菌絲的生長速度就能比外面快。那等出菇需要光照的時候，這裡夜間點上燈，豈不是又能提高速度了？」牧老學得認真。

宋雁茸卻笑道：「話是如此，不過我們並不急著要吃木耳，而這裡的木耳又不多，晚上點燈有些浪費燈油。這屋子裡比外頭暖和些，尤其是夜間，適宜的溫度也可以提高蘑菇的生長速度。」

牧老點點頭，指著那面裡頭有個水箱的牆體。「這法子倒是不錯，誰幫妳想的主意？」

家中到底有個讀書人，就是不一樣。

「我也就是瞎琢磨的。」

牧老吃驚。「這是妳自己想的？不是妳夫君沈慶？」

佟掌櫃也是一臉意外。

宋雁茸還沒說什麼，沈元倒是先說話了。「自然是我嫂嫂想的主意，我嫂嫂不僅會養蘑菇，還會養豬，我嫂嫂的豬舍一點臭味都沒有。」

「哦？豬圈裡沒有臭味？」牧老和佟掌櫃均來了興致。

佟掌櫃道：「不知沈娘子家中的豬舍離這裡遠不遠，待會兒能否帶我們也去看看？」

第十章

宋雁茸尷尬的笑了笑。「豬舍就在屋外，倒不是不能看，只是因為防疫需要，我們家豬舍不讓在外吃過豬肉或者有接觸活豬的人隨便看，怕將一些病氣過給豬。」

佟掌櫃只好遺憾道：「那我看不了，我有吃過豬肉。不過妳說的豬舍就在屋外，可是你們家旁邊那屋子？」

宋雁茸點頭。

「那還真是一點味道都沒聞到呢！」

牧老認真思考了一番後，問道：「宋丫頭，老夫不吃豬肉，也沒接觸過豬，不知可否去看看？」

牧老剛才在外頭，聽到豬舍裡的豬叫聲可不像一、兩隻，養那麼多豬，竟然沒點異味，牧老很是好奇，他想看看裡頭有什麼乾坤，當然若是宋雁茸拒絕，他也不會強求。

沒想到宋雁茸卻爽快的答應了。「行，牧老就去看看吧！」她覺得牧老不是撒謊的主。

於是宋雁茸與沈元便帶著牧老去豬舍看豬，可憐佟掌櫃一個人站在門口往裡張望。

牧老看到豬舍裡的九隻豬崽，驚了一下。「妳養這麼多豬，是對養豬也很在行？是不是豬生病了妳還能治豬病？」居然還懂防疫，雖然宋雁茸的防疫要求他聞所未聞。

宋雁茸老實搖頭。「老實說，我不懂獸醫的知識，若是豬得了病，我只能儘早殺了，能吃的就吃，不能吃的就只能深埋了。」

「還有病得不能吃的豬？」牧老還真沒聽說過，農家裡，好不容易養頭豬，即使病了，主人家誰會不要豬肉，而去深埋的？

牧老沒有進到豬舍裡面，只是進了外圍欄，在豬舍門口朝裡看了看，很有分寸地提議。「咱們也別站在這裡說話了，還是退出去吧！」說完便往外走。

「您不進來看了嗎？」沈元很實誠的拉開豬舍的門欄，朝牧老問道。

牧老頭也不回的擺擺手。「不用進去了，在外頭我都看見了，宋丫頭有那樣的防疫要求，老頭子我還是少進去湊熱鬧了。」

來到院子裡，沈母將宋雁茸前不久買的一包茶葉泡了熱茶，放在臨時支起的桌上。「家中沒有合適的待客地方，委屈兩位貴客了。」

牧老和佟掌櫃自然不會介意這些，他們的心思全在發現了「宋雁茸」這個寶身上，尤其是牧老。

「宋丫頭，妳還沒告訴我，為什麼有些病豬不能吃？豬真的會將疾病傳給人？」除了這個，牧老想不到別的不吃豬肉的理由了。

宋雁茸點頭，儘量用這個時代通俗的說法道：「有的疾病是豬之間能傳染，但人卻不會發生症狀，可那些病氣可以帶在人身上，所以若是豬養得多，自然不能什麼人都可以進來看，畢竟病氣這東西，我們眼睛又看不見。而有的病卻是人和豬都會有症狀，嚴重的就類似瘟疫，能在人和豬之間都爆發出來。」

牧老聽得連連點頭。「妳說的有道理，前些年我還真看過這樣的事情，只是那會兒不知道豬也能傳染。

「對了，妳那豬舍裡一點異味都沒有，是下面那些木屑加了什麼料吧？」牧老的求知慾十分強烈。

「是的，這個叫做發酵床養豬，裡頭加了些養料，起作用的是裡面的各種細菌，細菌就是我們眼睛看不見的一種小生物，也可以叫微生物，它們共同作用，就能將糞便分解了，這樣不僅不臭，還能產熱，為豬崽過冬提供熱量，不至於讓豬崽凍傷。」

「微生物……這個名字妙！宋丫頭，妳是怎麼知道這些的？老夫一生也算是博覽群書了，怎的從未聽聞？」

完了，死亡問答來了！

還好宋雁茸早有準備。「我未出嫁時，因為家中就我一個孩子，爹娘多有嬌慣，也不用我幹什麼，我閒著沒事就愛到處聽人說書，有時候也會看些奇人異事的話本，我也不記得是在哪本書上看過，那時候都是偷偷看的，看完就又把話本賣了，添點錢再買新話本。」

反正原主爹娘都不在這個世界了，她說什麼就是什麼，再說了，她都說那些話本賣了，別人也沒法再去查證了。

「宋丫頭識字？」

宋雁茸尷尬點頭。「識得一些，我看話本都是連矇帶猜的，所以更喜歡聽人說書。」原主是識得些字，而宋雁茸本身卻是因為對這個朝代不熟悉，對這裡的文字更不熟悉，恐怕並不比原主識字多。

這倒是提醒了宋雁茸，往後還得好好學認字了。

牧老卻十分滿意的點頭。「妳父母將妳教得挺好。」

說話間，牧老的人已經從鎮上打包了上好的飯菜，沈母和沈念說什麼也不肯吃，宋雁茸和沈元倒是吃得挺開心，或許是吃膩了沈念的手藝，宋雁茸覺得鎮上的大師傅手藝十分了得，等她掙到銀子，就帶著沈家人去鎮上吃頓大餐慶祝一下。

吃完，牧老便提議。「宋丫頭跟老夫去山裡看看那雞腿菇？要不要這次就採回來，用妳說的那個什麼組織分離的方法，開始製種？」

宋雁茸想到雞腿菇成熟後若不及時採收，會發生褐變及自溶現象，便點頭道：「行，那咱們去採些回來吧。」

說完又轉頭叮嚀沈念先製作培養基。

這些天，宋雁茸做很多事情並沒有避著沈念和沈元，現在沈念已經完全可以獨自製作宋雁茸需要的一級培養基和二級培養基了，成了宋雁茸的得力小助手。

沈念自是點頭應好。

宋雁茸與沈元跟著牧老的人一起去山裡，採了雞腿菇回來，路上牧老也問了很多關於食用菌栽培的問題，宋雁茸都給出了通俗易懂的專業回答。

牧老滿意道：「老夫出門匆忙，沒帶多少銀兩，這裡是五十兩銀票，宋丫頭先收著，就當是訂金了。」

宋雁茸沒想到栽培雞腿菇居然給這麼多銀子，還只是訂金？一時有些猶豫。「老先生，是不是有些多了？」

牧老連連擺手。「不多、不多！宋丫頭這手藝，值得更多的銀子！」

宋雁茸本就需要銀子，見對方不是頭腦發熱，便愉快的收下了。「老先生待會兒跟我一塊兒做組織分離吧，我正好把昨天採的蘑菇也都一併做了。」

第十一章

聽了宋雁茸的話，牧老不可置信的瞪大眼睛。「宋丫頭，妳剛才說什麼？帶老夫一起做組織分離？」

宋雁茸笑著點頭。

牧老欲言又止。「宋丫頭，妳知不知道，若是靠妳這手藝，將來指不定能有什麼樣的作為。」

宋雁茸彷彿看透了牧老的內心，沈穩道：「難道我教了牧老，我這手藝就消失了嗎？」

「話是這麼說，可妳不怕教會徒弟，餓死師父嗎？」

宋雁茸卻笑著反問道：「難道牧老學會了組織分離，還能眼睜睜看著我餓死不成？」

看著老頭一副糾結的樣子，宋雁茸覺得有些好笑，這個世界果然還是好人多。

牧老立刻表態。「怎麼可能！」

說完轉身朝佟掌櫃道：「佟掌櫃，你身上還有沒有銀子？都拿出來給老夫！」

佟掌櫃不明所以，但還是掏出袖袋裡的荷包，遞給牧老。

牧老看也沒看，轉手就塞到宋雁茸手裡。「喏，宋丫頭，給妳買糖吃！」

宋雁茸哭笑不得。「牧老先生，您這是做什麼？」

這回換牧老滿不在乎的擺手道：「宋丫頭都將獨門秘技傳授於老夫了，老夫怎麼也得表示一番，若是宋丫頭願意，老夫現在就可以行拜師禮。」

宋雁茸見牧老故作冷靜的將手背至身後，眼神裡卻滿是期待的模樣，笑著道：「哪裡用得著您拜師，往後但凡有您想知道的、有我會的，您問我，我就都告訴您。」

「當真？」牧老歡喜得手都藏不住了。

還有這樣的好事？

直到牧老跟著宋雁茸進了培養室裡的一個緩衝間，宋雁茸遞給牧老一個乾淨的自製口罩，讓他戴上，又告訴他待會兒進去儘量少說話，牧老這才慢慢相信，自己真的能跟宋雁茸學習組織培養。

進了接種室，牧老很聽話，什麼也沒多問，跟著宋雁茸用烈酒擦拭雙手，然後坐在接種箱前，將雙手伸進接種箱中。

宋雁茸遞了一把小刀給牧老，牧老學著宋雁茸的樣子，將小刀在宋雁茸自製的酒精燈上烤了烤，等刀片冷卻，又學著宋雁茸的動作，將平菇從中間撕開，從生長點的位置切下一小塊，接種到沈念早已備好的培養基上面。

如此便完成了平菇的組織分離。

接下來，牧老心中略微有了底，又做了幾個平菇的組織分離，動作也漸漸流暢，宋雁茸便開始帶著牧老一起做尖鱗環鏽傘和雞腿菇的組織分析。

還不到半個時辰，牧老與宋雁茸就從小隔間出來了。
牧老有些激動的摘下口罩。「宋丫頭，這就是妳說的組織分離？」
比想像中簡單多了！
不過牧老也知道，若是沒有宋雁茸教他，他這輩子也琢磨不出來。
何況，剛才那些小碗裡的培養基，他根本看不出原料是什麼。
宋雁茸點點頭。「對，這就是組織分離。」
認真做事的時候，時間總是過得特別快。
冬日的天本就黑得早，佟掌櫃再三催促下，牧老終於依依不捨的上了馬車。「宋丫頭，那我五天後再來看結果！」
等牧老離開後，宋雁茸這才打開牧老從佟掌櫃那裡要來的錢袋子。
沒想到佟掌櫃隨身攜帶的錢袋子裡除了碎銀子，居然還有幾張銀票！
宋雁茸有些財迷地挑了挑眉，將銀票展開，一張張看過去。
好傢伙！光銀票就有五張，碎銀不多，加起來也就二兩左右，這一共是六十多兩。
加上牧老給的那五十兩，宋雁茸心裡樂壞了，覺得自己朝目標邁進了一大步。
這個時代，果然遍地黃金！
天色已暗，不多久，沈念就端著飯菜往沈母屋中走去，經過宋雁茸的房間，從未關緊的窗下瞧見她拿著錢袋子笑得合不攏嘴，笑喊道：「嫂嫂，別數銀子啦！吃飯啦！」

宋雁茸應了一聲，將牧老給的五十兩銀票和錢袋裡的五十兩銀票湊滿了一百兩，藏在床板下，拿著餘下的十幾兩銀子去了沈母的屋中。

沈元正是長身體的時候，中午吃了頓有生以來最好吃的飯菜，自然吃得多了些，可這會兒依然餓了。「嫂嫂，快來吃飯，我都餓死了！」

「餓了就先吃，不用等我。」宋雁茸親切道。

「我倒是想先吃，可娘不准……」

沈元話沒說完，腦門就被沈母拍了一把。「你這臭小子，你嫂嫂累了一天了，你也好意思！」

「嫂嫂……」沈元揉著腦門朝宋雁茸求救。

宋雁茸忙道：「母親可別這麼說了，今天大家都辛苦了！」

說著拿出佟掌櫃給的錢袋子，將碎銀子倒了出來，剛好四小塊，給沈元和沈念一人兩塊，道：「這是二弟和小妹的，這段日子辛苦了！」

兩人吃驚地看著眼前的碎銀子，還來不及反應，沈母正要說什麼，被宋雁茸打斷。「母親，這是給您的。」

沈母那聲「不用」剛出口，宋雁茸故意笑道：「母親拿著吧，萬一我們幾個亂花錢花光了，還能找母親要一點呢。」

沈母一聽，好像是這個道理，便不再拒絕。「行，那我先幫妳存著，你們也不要亂花銀子，家裡現在什麼都有了。」

沈母也沒看錢袋裡是多少，等大家吃完飯，宋雁茸走後，她才打開，一看居然是十兩銀子，馬上塞進錢袋子，找了宋雁茸問道：「茸茸，妳給我這麼多銀子，自己可還夠花？」

宋雁茸看著沈母滿眼的關心，心中不由得有些愧疚。「母親，我還有呢！」

第十二章

前世裡，父母為了生活，都是早出晚歸，宋雁茸甚少能得到沈母這般的關懷。

沈家過得向來拮据，但卻從未打過原主宋雁茸手裡銀子的主意。

現在她來了，花銀子如流水，沈母也只是言語勸阻，並不曾苛責。

宋雁茸想到原著中的劇情，沈母大概在來年的春天病逝，心中不由得暗下決心，她離開前要給沈母好好調理身子，如今沈念沒走丟，沈母好好養著，說不定也能活到沈慶出人頭地的那天。

說起來，若不是與書中的男主梁燦比較，沈慶也算是這一屆的厲害人物了。

「茸茸，想什麼呢？」沈母見宋雁茸有些心不在焉，忍不住問道。

宋雁茸笑著搖頭。「我在想，今天咱們掙了銀子，明天是不是要去趟鎮上，快過年了，咱們得添置些新衣裳和年貨了。」

沈母笑著點了點宋雁茸的腦門。「妳這孩子，銀子還沒捂熱呢，就開始想著怎麼花了！」

又說了幾句，沈母便回屋休息了。

宋雁茸一時睡不著，想到白天被人問起識字情況的尷尬，便想著找本書，好好學學這個時代的文字。

她好歹是三十世紀的高材生，不能在這裡當半文盲。

這個時代的文字跟前世的繁體字有些相像，宋雁茸住的這個屋子原本就是沈慶的，屋中自然有些書本。

宋雁茸依照原主留下的記憶，打開牆角的一個木箱，從裡頭翻找出幾本啟蒙讀物，《百家姓》、《弟子規》、《三字經》，還有些書她不認得，就沒拿出來當識字書了。

合上箱子，宋雁茸將燈撥亮了些，坐在沈慶讀書的地方開始認真識字。

宋雁茸原本以為應該不會太難，可真正開始她才發現，真是高估了自己！

就在她累得頭昏眼花的時候，終於扛不住，倒頭就睡了。

第二天，沈元、沈念兄妹倆起得格外早，他們第一次得到這麼多零用錢，況且今天要去鎮上買新衣服和年貨，兩人怎能不激動？

沈元和沈念心裡想著布料的花色，沈元忙完豬舍的活兒就來灶臺幫沈念燒火，問道：「小妹，妳說我這回買灰色還是買青色？」

「二哥，你什麼時候對衣服這麼上心了？我還以為你會同我說，今天去鎮上吃燒鵝還是燒雞呢？」

沈元往灶膛裡添了根柴道：「這不，都好久沒穿新衣裳了嘛！上回李柱還嘲笑我，等咱家豬都死光了，他們不買咱家死豬肉，讓咱家賠死，讓大哥沒銀子讀書。我就想穿件新衣服去給他瞧瞧，咱們家不但不賠，還能穿新衣服了，咱大哥來年還能中個舉人回來！」

沈念「呸」了聲，道：「李柱的話你也聽？他們家不就是想知道咱家是怎麼養豬的，想來偷藝，幸虧嫂嫂有先見之明，早早將豬舍外圍了圈，那些人看不見就在背後說酸話。

「好了，別添柴了，準備吃朝食吧，你去看看娘收拾好了沒，我去叫嫂嫂。」

沈念來叫宋雁茸的時候，宋雁茸還在睡，沈念叫了好幾聲，宋雁茸才醒來。

「你們怎麼起這麼早呀！」宋雁茸披了件外衣就來給沈念開門了。

沈念見屋裡的桌上擺了幾本書，驚訝道：「嫂嫂，妳這是熬夜看書了？」

嫂嫂不會是想去學堂了吧？

宋雁茸一邊打著呵欠，一邊點頭咕噥。「是啊！」

「怎麼突然想起要讀書了？」

「這不是昨天被人當面問起，我才發現自己識字有點少，所以想多識得些字。」宋雁茸沒有隱瞞。

沈念卻聽得一愣。「嫂嫂，妳說妳在學識字？」

見宋雁茸點頭，沈念驚叫。「妳識字不用大哥教嗎？對著那些字看一晚上就能認出來？」

還以為嫂嫂是在讀書，結果居然是在識字？

宋雁茸腦子清醒了。「妳嫂嫂又不是不識字，只是識字不多，這些書我會幾句，對著書看，自然就能記住了。等我看到後面，完全不會了，自然得找妳大哥。」

「原來是這樣，我還以為嫂嫂對著字看一晚上就能識字了呢！」沈念一臉失落，口吻也沒掩飾。

宋雁茸瞧她這模樣，樂了。「小妹，妳這什麼表情？」

沈念道：「我也想學認字，可我總記不住，還以為嫂嫂有什麼好法子，正想讓嫂嫂教我呢！」

宋雁茸彈了沈念腦門一下，笑道：「妳想得美！學習哪裡有什麼捷徑？」

她剛真是白緊張了，以為小姑娘發現她的異常，搞半天，人家是驚喜能走捷徑，結果希望破滅了。

一家人喝完稀粥，收拾完畢就出發了。

宋雁茸不顧沈母反對，硬是花錢，又坐上了牛車。

她還是覺得跟著牛車，人多安全！

可宋雁茸千防萬防，還是沒防住，當他們一行人在布行裡挑布料的時候，沈念不見了！

第十三章

「小妹呢？」宋雁茸急急道，她剛剛跟著掌櫃的去看了下裡頭的成衣，出來就沒見到沈念了。

沈母和沈元倒是不大緊張，那麼大一個人了，剛才就在這裡，還能丟了不成？

沈母道：「剛才還在這裡呢！」說完也不甚在意，拿著一塊細棉布對宋雁茸道：「茸茸，妳摸摸這個舒不舒服？我買些回去給妳做一身？」

宋雁茸按下布料，著急道：「母親，先找小妹要緊！」

沈元卻說：「那我去看看，指不定小妹是看見門口有什麼好吃的，偷偷買吃的去了呢。」

宋雁茸點點頭，心裡卻比誰都急。沈母與沈元不著急是因為他們不知道劇情，可宋雁茸不一樣啊，書中沈念會走丟，她以為只要在年前不讓沈念落單就安全了，哪裡想到一起出來，都進店裡了，她才一個轉身，沈念就不見了！

宋雁茸問了幾個店裡的夥計，剛才大家居然都在整理東西，未曾注意到沈念。

宋雁茸不由得更急了，沈母見宋雁茸這樣，一時也有些心裡沒底了，放下布料，拉著宋雁茸的手問道：「茸茸，念念不會有事吧？」

怕沈母擔心，宋雁茸反握住沈母的手，想到書中沈母的死因，宋雁茸強自壓下心中的焦慮，故作輕鬆道：「沒事，應該是我一驚一乍了，您先在這兒挑料子，多挑點，幫夫君多裁幾身新衣裳，咱們幾個也每人做兩身當外穿吧！挑完了就在這兒等我們，如果二弟回來了，也讓他在這兒等我，免得大家都跑散了，我去去就回。」

沈母本就不覺得沈念會出事，這會兒見宋雁茸說得輕鬆，遂放下心來。「行行行，妳快去快回，要挑這麼多，指不定妳回來了我還沒挑好呢！妳當挑布料是買菜呢，哪裡那麼快！」

沈母也許久沒給孩子們做新衣裳了，想到可以做那麼多新衣裳，沈母心裡就高興。

宋雁茸跑到店外，這會兒街頭已經熙熙攘攘，小販們都忙著招呼客人，宋雁茸正準備去找，忽然發現牆角有個乞丐，他面前擺著一個破碗，頭髮亂糟糟的，幾乎遮住整張臉，半露在外那雙亮晶晶的雙眼，卻一直關注著過往人群。

宋雁茸走過去，那乞丐快速瞟了她一眼，就垂眼盯著自己的腳尖。

宋雁茸咬咬牙，往小乞丐碗裡丟了塊小銀子，小乞丐立刻雙眼發光，伸手就要往碗裡拿銀子。

可在小乞丐的手還沒伸到碗口的時候，宋雁茸一腳踩住了碗口。

小乞丐這才抬頭看向宋雁茸，卻沒開口。

宋雁茸沒想到，她隨便找個乞丐，竟然還挺有脾氣，只得先開口道：「你可曾看見跟我一起進了布莊的小姑娘？告訴我，這銀子就是你的了。」

小乞丐這才指著一個方向道：「她跟著幾個人往那邊走了。」

見宋雁茸皺眉，小乞丐又說：「要不我帶妳過去，妳再給我加個肉包子？」

宋雁茸盯著小乞丐的眼睛看了幾秒，見他眼神沒有閃躲，又一副皮包骨的瘦弱樣，便移開腳。「行，你帶路。」

宋雁茸跟著小乞丐沒走多遠，就撞上了回來的沈元。

沈元走得有些上氣不接下氣，道：「嫂、嫂嫂，前面沒有。」

小乞丐卻肯定地說道：「因為剛才你那個路口走錯了。」

沈元正想說什麼，宋雁茸卻一把拉住他，下巴朝小乞丐一揚，對沈元說：「快跟著他走，他知道小妹去了哪裡。」

於是兩人跟著小乞丐來到一條巷子口，小乞丐指著巷子口道：「她跟著幾個人往這裡走去了。」

沈元有些不太相信，小妹不像那麼沒譜的人，怎麼可能跟著別人偷偷跑進巷子裡？

宋雁茸原本還在思量，這巷子裡會不會有小乞丐的埋伏，可看到地上的瓜子和兩塊柿餅時，立刻相信了小乞丐的話。

自從宋雁茸穿過來後，家裡瓜子、果仁從未斷過，連帶著沈念現在兜子總會裝上幾塊，閒著的時候，隨時能從兜裡掏出來吃一點。

這柿餅正是沈念剛託人買回來的。

指了指地上的瓜子和柿餅，宋雁茸道：「走，小妹一定在裡面。」說完就與沈元快速往裡走去。

沒多遠，就聽見裡頭有個聲音。「咱們真把她扔在這裡？我可聽說她大哥來年八成能中個舉人！」

「收人錢財、替人辦事！快點，就算她大哥將來成了狀元，那也是冤有頭、債有主，我們又沒把她怎麼樣！」另一個聲音故作鎮定道。

「可是，待會兒不是……」

話沒說完，就被打斷了。「快走吧！再不走，咱們就白忙活了。」

沈元想衝出去，被宋雁茸拉住，宋雁茸朝沈元輕輕搖頭，轉入拐角一堆乾柴後。

原本這處並不是很好的藏身點，可或許是那兩人也是第一次做壞事，心中恐慌，竟沒有發現宋雁茸與沈元。

那兩人走得很快，宋雁茸與沈元都沒來得及看清對方的長相，兩人就走遠了。

宋雁茸與沈元趕緊走出來去救沈念。

看到沈念的時候，沈元腳步一頓，雙眼氣得通紅，快速轉過身去。

宋雁茸發現那兩人倒也沒有太過分，只是將沈念一邊肩頭露了出來。

宋雁茸趕緊過去將沈念被人拉低的衣服拉了回去。「二弟，我收拾好了，你快過來，咱們趕緊帶小妹去醫館！」

沈念這會兒雙眼緊閉，也不知道是被人打暈了，還是被人下了藥，宋雁茸這會兒只想趕緊救沈念，也顧不得在這裡守株待兔抓凶手了。

不過不能在這裡抓，不代表不能去巷子口等著。

沈元揹著沈念出了巷子口，正好對面就有一家醫館，兩人趕緊進去。

大夫把了脈，又檢查了沈念的腦袋，道：「無礙，吸了點藥。」說完從藥箱裡拿出一個鼻壺在沈念鼻子下晃了晃，沈念很快就有了甦醒的跡象。

宋雁茸謝過大夫，對沈元道：「你去同母親說一聲，就說小妹是出來買吃的了，現在我已經和小妹在一起了，我們打算再買些吃食，讓母親慢慢挑，或者在布莊等我們。」

沈元知道宋雁茸是不想母親擔心，可他也不放心嫂嫂和小妹，猶豫道：「要不我跟母親說，我也想過來吃東西？」

宋雁茸眼神堅定道：「你陪著母親，小妹這裡有我。」

也不知怎麼回事，沈元就是莫名相信了這個年齡還沒自己大的嫂嫂的話。

宋雁茸將沈元送到醫館門口，轉身準備進醫館守著沈念，瞥見剛才給她帶路的小乞丐居然等在門口。

第十四章

小乞丐見宋雁茸看過來，立刻朝她伸出手。「妳答應給我一個肉包子的。」

宋雁茸不是說話不算話的人，剛才也是因為掛心沈念才沒顧上這事。聽了小乞丐的話，便摘下腰間的錢袋，從裡面拿出五個銅板遞給小乞丐。「給你，買兩個肉包子還有剩。」

小乞丐接過銅板卻還眼巴巴的看著宋雁茸，見宋雁茸沒看他，只是盯著巷子口，小乞丐道：「這位姊姊不用看了，剛才進去了一個醉漢，被我敲暈了。」

「哦？」宋雁茸收回目光，看向小乞丐。「你為什麼敲暈那人？」

心中已經隱隱有了答案，這小乞丐有點眼色！

「妳家妹妹是跟著四個人走的，我敲暈的那個醉漢就是之前引著妳家妹妹那四人中的一人，只是另兩人先出來了，剛才那兩人送醉漢到巷子口就跑了，我跟進去將那醉漢敲暈了。」

小乞丐的話有些繞口，卻不妨礙宋雁茸聽懂那話的意思。

這個醉漢八成也是被人設計來害沈念的。

那麼，書中的沈念，原本到底是怎麼丟的？是真的走丟了？還是也如現在這般遭人陷害？

宋雁茸想了想，又遞給小乞丐五個銅板。「待會兒你若是發現我有危險，我掙脫不開，你就幫我在這大街上喊救命，到時候不管我有沒有危險，等我辦完這事，再給你銀子吃肉包子。」

小乞丐聽了連連點頭。

宋雁茸覺得這明顯是有人設計好的，既然將醉漢弄進去了，八成待會兒就會有人來看熱鬧。

待會兒不管是誰，她非得想辦法給對方套麻袋揍一頓，可畢竟自己能力有限，怕自己有危險，便留了小乞丐這個後手。

可沒想到的是，沒多久，出現在這處的居然是原著中的男主梁燦。

只見梁燦被梁婷婷拽著衣服，而梁婷婷一副耍賴的模樣說著什麼，還指了指沈念出事的那個巷口。

梁燦朝巷裡走去，宋雁茸清楚看見梁婷婷在梁燦背後露出一抹得意的笑容。

凶手居然是梁婷婷？她到底想幹什麼？

書中的沈念是否也是被梁婷婷害的？

男主梁燦到底有沒有參與？不是說男主光明磊落嗎？

宋雁茸立刻改變主意，遞給小乞丐一塊碎銀子，道：「你跟著那個人進去，等他走到醉漢身邊的時候，你就大喊殺人了。」

見小乞丐有些猶豫，宋雁茸趕緊說：「放心，我隨後就到，我會救你的。」

小乞丐稍微思索，便同意了，畢竟眼前這個姊姊大方，還說話算數！

梁婷婷見自家大哥進去後，又進去了一個小乞丐，嘴角正得意上揚，卻突然發現，宋雁茸也往那邊走去。

梁婷婷有些不放心，也跟了過去。

巷子裡傳來小乞丐的大喊聲。「殺人啦！有人殺人啦——」

宋雁茸趕到的時候，就見小乞丐已經被梁燦一把揪住領口，梁燦正滿眼寒意地盯著小乞丐。「是誰派你來的？誰讓你胡說？」

那模樣哪裡是她之前見過的那個陽光大男孩？

果然是男主，這氣場，這眼神……宋雁茸看了都有些害怕，何況是小乞丐？

小乞丐正哆嗦著，宋雁茸生怕小乞丐扛不住壓力說溜嘴，咬著牙，故作意外地喊了聲。「梁學子？」

梁燦抬頭朝宋雁茸看了過來，揪著小乞丐的手卻一點力道都沒卸。「是妳？為了沈慶？」

宋雁茸不知道梁燦怎麼會莫名其妙說這樣的話，但他這口吻，明顯不是什麼好意，忍不住道：「什麼意思？」

梁燦緊緊揪住小乞丐的領口，微微扯了扯嘴角，道：「什麼意思妳自己不知道？別以為將我拉下來，沈慶就能拔得頭籌。人外有人，天外有天，妳還能將比沈慶厲害的人都陷害了？」

宋雁茸這才明白了個大概，這男主怕是有被害妄想症吧？

忽然，宋雁茸腦中靈光一閃，朝身後喊了聲。

「梁婷婷，妳給我出來！」

梁燦明顯一愣，怎麼又扯到他妹妹了？

梁婷婷見事情不是她想的那樣，生怕有事，正想逃走，被宋雁茸這麼一喊，還真的老實出來了，見自家哥哥正盯著自己，就又想逃跑。

沒想到，剛轉身，就聽到宋雁茸大聲道：「妳若是敢跑，那咱們就報官，看看到底是誰想陷害誰？」

這會兒梁燦也猜出了事情的大概，無外乎是梁婷婷想害人，結果技不如人！

梁燦鬆開手，放開了小乞丐，收起剛才的煞氣，又變成宋雁茸之前看過的那個陽光大男孩。

他朝宋雁茸拱了拱手，歉意道：「舍妹頑劣，多有得罪，梁某回家一定稟明父母嚴加看管，還望姑娘莫要見怪。」

宋雁茸見識了梁燦這雙標模樣，不免有些生氣，冷笑一聲。「梁學子他日若高中，也是這般為官？見到我進來，問都不問，就往我頭上按罪名？得知是你妹妹使壞，依舊問也不問，卻是為她開脫？」

梁燦沒想到他都這般放下姿態了，對方一個姑娘家居然還揪著不放，臉色有些難看，卻還是因為自己這邊理虧，壓下心中不滿。「不知姑娘想如何處置舍妹？」

雙方此刻都有些氣在頭上，沒有人注意小乞丐，此刻他正貼著牆根偷偷往巷子外溜走了。

宋雁茸還以為男主多厲害、多光明磊落，如今看來，不過如此，心下不免鄙夷。「梁學子不妨說說，剛才準備怎麼處置我？」

話一出口，果然見到梁燦面色更加難堪，只見他似乎下定什麼決心一般，朝宋雁茸走了過來。

宋雁茸心中暗叫不好，正要大聲呼救，卻見梁燦已經越過她，在宋雁茸還沒反應過來的時候，身後傳來「啪」的一聲，清脆、響亮，伴隨著梁婷婷的驚呼聲。

宋雁茸轉身，就見梁婷婷臉上一個十分明顯的巴掌印。

梁婷婷知道自己闖了禍，也不敢哭鬧，只大滴大滴地落著淚。

畢竟是書中男主，也不知道作者會多偏寵梁燦，宋雁茸更是不想與男主有過多牽扯，便道：「梁學子至今還沒問問你妹妹做了什麼就對她動手，倒是讓我佩服不已，不過我最後一次提醒梁學子，管好你妹妹，別沒事打我們家主意，這次是人，上次是紙筆，再上次是衣裳，再往上我就不數了，若是再有下次，就別怪我把這些事情都抖出去。」

隨著宋雁茸的數落，梁婷婷臉色陣陣發白，梁燦臉色卻是黑如鍋底。
宋雁茸倒是希望梁燦能像個男主，好好管住梁婷婷！

第十五章

宋雁茸沒想到她剛走出巷子，小乞丐竟然又迎了過來，還滿眼的關心，對她說：「妳沒事吧？」

宋雁茸還以為小乞丐又是來問她要銀子的呢，沒想到她隨便找的小乞丐還是個有情有義的。

宋雁茸笑著道：「我沒事，謝謝你了！」

看著宋雁茸的笑臉，小乞丐也愣住了，沒想到還有人願意同他這樣笑，對他說「謝謝」，一時間他都不知道怎麼接話了。

宋雁茸按照約定，又給了小乞丐一塊小銀子。「我先去照看我小妹了，今天謝謝你。」說完朝小乞丐揮了揮手，就進了醫館。

宋雁茸進去沒多久，沈念就醒了。

見沈念迷迷糊糊的揉著眼睛，宋雁茸連忙關切道：「小妹沒事吧？」

沈念看見宋雁茸，「哇」的一聲，撲進宋雁茸的懷中大哭起來。

宋雁茸摟著沈念，輕輕拍著她的後背，等她情緒有所緩解便告訴她。「沒事，我和妳二哥及時趕到了，妳就是吸了些迷藥，什麼事情都沒發生。」

沈念又抽噎了一會兒，這才問道：「真的嗎？」
宋雁茸點頭，又交代道：「這事只有我與妳二哥知道，母親還在選布料，她身體差，我讓妳二哥先瞞著母親，只說妳看到好吃的……」
宋雁茸將與沈元事先商量好的那套說辭跟沈念說了，沈念點頭，收起眼淚。
因為怕沈母擔心，沈念懂事地努力平復自己的心情。
兩人出了醫館，準備往沈母所在的布莊走去。
宋雁茸沒想到，那個小乞丐又等在醫館外面。
她苦笑一聲，朝小乞丐道：「我這會兒也沒有多餘的銀子給你了。」
可小乞丐卻搖搖頭說道：「我不是問妳要銀子的，我是想問妳，能不能買下我，只要給我一口飯吃就可以了，我什麼都能做的！」
說完似乎是怕宋雁茸不相信，連忙又道：「真的，燒火、砍柴、餵豬、趕車我都行！只要讓我吃飽！不不不，半飽就行！」
宋雁茸和沈念對視一眼，沈念眼中滿是疑惑。
宋雁茸指了指小乞丐對沈念道：「今天能及時救下妳，還多虧了他呢！」
沈念聽完，立刻拉著宋雁茸的袖子道：「嫂嫂，那我們就收留他吧！」若是沒有這個人，沈念不敢想事情的後果，不過是多個人吃飯，他們家如今的情形，完全應付得過來。
宋雁茸在聽到小乞丐能趕車的時候，就已經動了心思，畢竟她將來也是打算要買馬車的。只是如今她還沒離開沈家，自是不方便貿然留下小乞丐，現在既然沈念開了口，她便對小乞丐道：「如果你跟我們回去了，往後可是都要聽我們的話，你不想留在我們身邊了也可以，但若是……」

小乞丐一聽，歡喜道：「兩位姊姊放心，我一定會忠心耿耿！」

他怎麼知道她想說的是讓他忠心？宋雁茸總覺得哪裡不對，可又說不上來，但直覺告訴她，小乞丐不是壞人。

「你叫什麼名字？」

第十六章

小乞丐扯了扯破爛的衣角，低頭道：「我叫青山。」

宋雁茸點頭，告訴了小乞丐自己和沈念的名字，便道：「那以後你就跟著我們吧，今天事情有些多，等回去後，咱們再慢慢互相了解。」

青山點頭，十分高興。

他終於有落腳的地方了。

怕沈母擔心，宋雁茸和沈念不敢多耽誤，路上也都講好了說辭。

是以，當兩人回到布莊的時候，沈母剛挑完布料，正高興著，見兩人回來，也沒多說什麼，只拉著她們去看自己挑的花色。「怎麼樣？娘挑的這些可喜歡？」

沈念雖然極力忍著，但到底還只是個孩子，此時顯得有些心不在焉。

宋雁茸怕沈母發現沈念的不對勁，也不敢多耽擱，連忙轉移沈母的注意力，道：「母親挑的自然極好，我們哪裡會不喜歡，這些我們回去慢慢欣賞，現在還是抓緊時間去採買年貨吧，如今已經入冬，天黑得早，咱們可不能天黑才回去。」

沈母笑道：「瞧妳說的，不過那麼幾樣東西，哪裡就能買到天黑才回家了？」嘴上雖然這麼說，沈母腳下可沒耽擱，忙去付了銀子，將打包好的布料一股腦地交給沈元，就拉著宋雁茸和沈念往外走去。

青山因為一身乞丐裝，並沒有進布莊，等沈母一行人出來了，青山趕緊走過來，叫道：「夫人好！」

沈母腳步一頓，宋雁茸跟沈母介紹道：「母親，這是青山，剛才我與小妹遇到點麻煩多虧青山幫忙，我和小妹看青山人挺好，又沒地方去，想收留他。」

沈母連忙問道：「妳們遇到什麼麻煩了？」

沈念一陣緊張。

宋雁茸趕緊接過話頭。「我們買完東西發現錢袋掉了，是青山撿到了還給我們的，不然我們差點被那攤主給扣下了。」

沈母這才放心，這麼一來，那這小孩還真挺不錯。「只是咱們家屋子不夠住呀！」

青山連忙說道：「我只要有個屋簷遮雨就可以睡的！」

沈元笑道：「娘，青山與我一個屋子就可以的。」

「那你大……」沈母那句大哥沒說完，隨即想到，沈慶與宋雁茸到底是夫妻，沈慶早晚也得與宋雁茸住一起，便嚥下未說完的話，道：「那行！」

幾句話，就解決了青山睡覺的地方。

青山想接過沈元手裡的包袱，剛伸出髒兮兮的手，就尷尬地笑了下，收了回來。

看出了青山的尷尬，宋雁茸笑道：「青山，你與沈二哥先去牛車那邊等我們吧，我們很快就來。」

沈元拽著大包小包，自然求之不得，連聲道：「嫂嫂放心，我一定照顧好青山。」

兩人就先離開了。

原本這趟出來，宋雁茸是打算買新衣、買年貨，順便帶沈母去看看大夫，一家人再一起在鎮上吃一頓的。

可沈念今天剛出了事，沈念明顯沒有太多心思，青山也需要收拾一番。為了不讓沈母起疑，宋雁茸和沈念還是陪著一起買了些年貨，就往牛車等候的地方去找沈元會合了。

這趟沈母買的布料很多，又買了大包小包的年貨，沈家一行人就包下了村裡的牛車。趕車的也是同村的，住在村口，大家都叫他牛叔。

牛叔見沈家大包小包，直誇沈母好福氣，兒子讀書厲害，兒媳婦又這麼會當家，能掙錢。誇得沈母心裡特別得意，嘴上還謙虛道：「哪裡哪裡。」

牛叔這次直接將車趕到沈家門口，還幫著往下搬東西，青山十分有眼色，幹活特別積極，幾乎是和沈元搶著搬東西，搞得沈元最後都只得摸摸鼻子靠邊站了。

牛叔走後，沈母就吩咐道：「念念，妳趕緊去燒水，待會兒讓青山洗洗。沈元，你去給青山拿身換洗的衣物。」

因為有培養室的存在，如今又接了牧老雞腿菇的活兒，培養室中還有好些菌種，沈家灶上的火一般都不會熄，鍋中也會順帶一直溫著水。

這會兒沈念直接去添了把柴，很快就有能用的熱水了。

沈母吩咐完就回屋裡去整理布料了，院中就是幾個孩子在忙活，這會兒廚房燒著火，熱呼著，幾個人乾脆都待在廚房烤火。

青山洗乾淨後，換了身沈元的舊衣裳，低著頭來到廚房。

宋雁茸見青山長得眉清目秀，若不是那瘦骨嶙峋的身子，宋雁茸覺得青山挺像個公子哥兒的，她也說不上為什麼會有這樣的感覺。

可仔細回憶原著，書中好像並沒有特別提到過一個叫「青山」的小乞丐。

宋雁茸想著，青山可能是因為她的出現改變了劇情所出現的路人甲吧？於是開口問道：「青山，你幾歲了？」

青山搖了搖頭道：「我不知道。」

「不知道？你是從小就流落在街頭嗎？」

青山還是搖頭。「我也不知道。」

見三人皺眉，青山生怕引得大家不快，趕緊解釋。「很多事情我都不記得了，所以我現在什麼都不知道，只記得我叫青山。」

失去記憶的人？

宋雁茸有些犯難了，怎麼還讓她撿到這樣的人呢？不會是什麼逃犯吧？如此一來，事情可能就會有些麻煩了，但既然人已經領回來了，再來青山沒有做出對不起他們的事情，宋雁茸也不可能再將人趕出去，只想多掌握些情況，以便將來有個好歹也能保全青山，便又問：「那你記得的事情有多少？」

青山道：「大概兩年前，一個乞丐爺爺帶著我，他說我是他從亂葬崗撿回來的，後來乞丐爺爺就帶著我到處要飯，可不到一年，乞丐爺爺就因病去世了，我就一直一個人了。」

這麼聽起來，好像也沒什麼見不得人的身世。

如此一來，宋雁茸倒是放心了。

又閒聊了幾句，大家便又開始各自幹活了，沈念在廚房負責做吃的，沈元去豬舍忙活，宋雁茸去了隔壁的培養室。因為青山剛從外面來，豬舍他暫時還不能幫忙，於是便被安排在廚房幫沈念看火。

晚上吃完東西，宋雁茸道：「小妹，今晚我同妳一起睡。」

沈念知道宋雁茸這是打算問她白天的事情，低著頭「嗯」了一聲，趕緊收拾碗筷往廚房去。

青山要來幫忙刷碗，被沈念趕了出去。「你若實在閒得慌，乾脆將院子打掃一下。」

青山還真的拿著掃把掃起了院子。

第十七章

這一夜，沈家兩個屋子中都開起了臥談會。

宋雁茸抱著被子與枕頭直接等在沈念屋子裡，從沈念那裡得知了沈念走丟的過程。

原來是在宋雁茸進到布莊的隔間看成衣的那會兒，沈念本跟在沈母身邊看布料，卻突然被人碰了下，那碰到沈念的人似乎沒發現自己撞到了人，還自顧自與同伴說道：「不會吧？鹿山書院的沈慶這次真的沒考過梁燦？」

「是呀！你們還不知道吧，最近梁燦可遇上貴人了，別說沈慶考不過梁燦，就算比梁燦厲害都枉然了！」

「此話怎講？」

沈念聽到這裡，哪裡還能安心跟沈母挑布料，沈慶可是全家人的希望，但沈念也知道沈母身子不好，怕沈母擔心，便想著自己跟過去偷偷打聽一下。

那兩人說話刻意壓低了聲音，沈念跟出去後，又因為在大街上，並沒有聽清楚多少，眼看著那兩人要拐進巷子裡了，沈念也不傻，自然不會跟進去，可正當她準備轉身回去尋沈母的時候，突然就被人一左一右架住，沈念還沒來得及呼救，就被那兩人往口鼻上捂了帕子，後面的事情沈念就不知道了。

此時沈念回憶起來還有些驚魂未定，她壓低聲音，帶著哭腔道：「嫂嫂，我知道錯了，可我們要不要讓人給大哥傳個信？他們會不會害大哥？」

宋雁茸不想沈念擔心，握著沈念的手道：「小妹別多想了，妳中了梁婷婷的計了，妳大哥不過是在書院裡讀書，誰能有本事將手伸到鹿山書院去？梁婷婷就是故意想害妳，好讓妳大哥因此分心，梁燦就能乘機超過妳大哥了。」

沈念不太相信，宋雁茸又保證道：「自然是真的，不信妳明天可以問青山，梁婷婷都承認了。」

「真的？真沒想到，梁婷婷竟然如此下作。嫂嫂，那妳可曾報官？」

宋雁茸有些愧疚的搖頭。「沒有，當時青山被梁燦抓在手裡，我怕梁燦狗急跳牆將我與青山滅口……」

宋雁茸話還沒說完，沈念低聲驚呼。「不會吧？梁燦他一個讀書人難道還敢殺人？」轉念一想，又道：「不過還真難說，若是報官，斷了梁燦的路，他指不定就真的狗急跳牆了，還是嫂嫂思慮周全，不像我這般莽撞，若是嫂嫂出了事，也會影響大哥讀書的。」

宋雁茸心中失笑，妳大哥才不會因為妳嫂嫂影響讀書呢！

面上卻還是很鄭重道：「對，所以往後不管發生什麼事情，我們都不要衝動，首先要保護好自己，妳大哥的事情讓妳大哥自己解決，若是這些事情他都解決不了，將來如何為官？」

嫂嫂說得好有道理。沈念聽得連連點頭。

另一個屋子中，為了省些燈油錢，沈元與青山沒什麼事情，也早早熄了燈，可又睡不著，兩人便也聊了起來。

青山是小乞丐，每日裡走街串巷，消息自然十分靈通，與沈元說了好幾樁鎮上的趣事。得知沈元就是鹿山書院沈慶學子的弟弟，青山便揀了最近與沈慶相關的事情說了。

「沈二哥，你可知道梁燦梁學子？」

「自然知道。」這一屆鹿山書院最有出息的兩個學子，一個沈慶，一個梁燦，作為沈慶的家人，哪裡會不知道梁燦？

「聽說前幾天，梁學子去山上打柴的時候救了一位了不得的人物，梁家最近得了好大一筆銀子，梁燦的妹妹最近經常去鎮上買好東西。」

這些話宋雁茸在第二日就知道了。

宋雁茸心中雖然早就有數，可眼見劇情開始偏向書中男主梁燦，宋雁茸挺為沈慶不值的。

沈家人本本分分，以全家之力供出一個勤奮又有些天賦的沈慶，故事的結局難道不應該是沈慶高中，帶著沈家眾人過上好日子嗎？為什麼沈慶這麼努力，沈家人也這麼和善，可作為對照組，為了襯托男主梁燦，好好的沈家家破人亡，最後留下沈慶也是不得善終。

而反觀梁燦，宋雁茸原本不甚了解，還覺得梁燦是個文武兼備的陽光大男孩，反而沈慶因為有些病態，顯得有些許陰沈。

可這次交鋒中，宋雁茸發現梁燦或許並不是她想像中那般，他只是會偽裝，很多事情有他那個小人妹妹做了，他自然只要當一個陽光的男主就可以了。

不然，梁家什麼情況梁燦難道不知？他妹妹什麼德行梁燦難道不清楚？為什麼還會接受原主宋雁茸幾次給的東西？

就這幾次見面，宋雁茸覺得梁婷婷根本不是個能藏住事的人，梁燦不可能一無所覺，可他為了自己能順利讀書，便裝聾作啞。

還有昨日巷子裡，梁燦的雙標以及剛開始的眼神，宋雁茸覺得她當時若堅持報官，指不定梁燦真能滅口。

以目前劇情進展，宋雁茸推測原著中沈念出意外，極有可能也是梁婷婷動的手腳，而梁燦也極有可能為了給梁婷婷收尾而加入。

想到這裡，宋雁茸還真有些擔心起來。「二弟，你大哥都幾個月沒回家了吧？母親現在要給他做衣裳了，要不你去書院傳個口信，讓你大哥最近有假的話回來一趟，也好讓母親給他量尺寸。」

沈元點頭應下，忙完豬舍的事情就往鹿山書院跑了一趟。

因為快到年節，沒兩日，鹿山書院就放了年假。

沈慶本打算在書院再學幾天，可想著前幾日接到沈元的傳話，又想到確實有些時日沒回家了，便乾脆收拾了東西回家。

沈慶到家的時候，老遠就看到自家院門口停了兩輛裝飾不凡的馬車，心下擔心，不由得加快了腳步。

可等沈慶走近的時候，卻發現沈母正端著瓜果招呼著幾個打扮不凡的客人。

沈慶喚了一聲。「娘，我回來了。」

院中的眾人似乎這才發現沈慶回來了。

沈慶發現，宋雁茸原本正笑得如花兒一樣，與院中那幾人說著什麼，見到他回來，立刻換上恭敬得疏離的假笑。

這女人是從什麼時候開始對他這般恭敬了？

宋雁茸朝沈慶微微低頭。「夫君，你回來了。」

沈慶眉頭微皺，因一院子外人，也沒多說什麼，「嗯」了一聲，就朝沈母道：「母親，這些人是？」

沈母笑道：「你這孩子，這不是逐鹿書齋的掌櫃的嗎？不是你跟人家說茸茸會養蘑菇，人家才來的！」

沈慶一臉莫名其妙，他什麼時候認識逐鹿書齋的掌櫃了？

宋雁茸見此，心中暗叫不妙。

上次為了不讓人起疑，她跟沈母說佟掌櫃是沈慶的朋友，怕沈慶說溜了嘴，宋雁茸幾步走至沈慶身邊，殷勤去接沈慶手裡的包袱，道：「夫君，你忘記了，上次我去書院給你送東西的時候，是你告訴我逐鹿書齋的佟掌櫃需要蘑菇，讓我去看看他們還收不收蘑菇，往後就把蘑菇賣給他們的。」

說話間還一個勁的偷偷朝沈慶使眼色。

一旁的佟掌櫃見了，也忙出來掩護，朝沈慶拱手道：「沈學子，好久不見！」

被佟掌櫃這麼一打岔，沈慶原本還拽著包袱與宋雁茸較勁，這會兒也只得先鬆了手，朝佟掌櫃還禮。

宋雁茸拿著包袱對沈慶道：「夫君，你招呼下牧老和佟掌櫃，我去將你的包袱放好。」

剛走兩步，宋雁茸腳步頓住了。糟糕，家裡多了個青山，現在青山與沈元一個屋子，她總不能再讓沈慶也睡過去吧？

重點是，那屋子小，也住不下三個人。

沈念似乎也想到這事了，便從宋雁茸手裡接過包袱，笑道：「嫂嫂，我來！」

說完也不等宋雁茸說什麼，沈念直接將沈慶的東西送到宋雁茸屋子裡去了。

沈慶一邊與佟掌櫃寒暄，眼角的餘光卻一直注意著宋雁茸這邊，見自家小妹直接將他的東西送回他原來的屋中，宋雁茸居然也不反對，心中有些疑惑，可如今這麼多外人，他也不好問出口。

佟掌櫃、牧老等人與沈慶其實也就前後腳到的，剛才進來一陣寒暄，這會兒才得了空，趕緊對宋雁茸及沈慶介紹身邊那位公子。「還沒給各位介紹，這位是我們逐鹿書齋的少東家，燕公子。」

燕公子？怎麼覺得這個姓氏有點耳熟？可宋雁茸一時又想不起來。

倒是沈慶聽完，神色似乎比方才鄭重了些許，朝燕公子拱手施禮。

宋雁茸又仔細看了沈慶一眼，見他已經恢復了平常的模樣，或許剛才是她眼花？便也跟著沈慶一同朝燕公子施禮。

只見那燕公子長身玉立，一襲墨色長衫襯得格外貴氣，此刻見沈慶與宋雁茸朝自己行禮，忙抬手虛扶起。「沈學子與沈娘子莫要多禮，燕某突然拜訪，還望不要唐突了各位。」

沈慶道：「燕公子客氣了。」

燕公子回頭朝佟掌櫃使了個眼色，佟掌櫃連忙從馬車上取來一個長木盒。

燕公子說：「初次見面，也不知道沈學子喜歡什麼，便從書齋挑了套文房四寶，還望沈學子莫要推辭。」

「這……」饒是沈慶一貫淡定，此刻也有些淡定不了了，誰不知道逐鹿書齋東西好？東家挑的東西，還能有差？就沈慶家裡，往常買些紙筆就已經夠家裡節食縮衣了，哪裡買得起那些上好的東西？

不過，作為讀書人，誰不想自己擁有一套好筆墨？

可人家這麼突然送上門來，沈慶還真有些摸不準了，連忙推辭道：「燕公子客氣了，所謂無功不受祿，燕公子這份大禮，沈慶愧不敢當。」

燕公子自然看見沈慶眼中那一閃而逝的喜愛，沒想到沈慶居然還能克制自己推辭這禮，燕公子心中也升起對沈慶的好感，直言道：「實不相瞞，這次沈娘子可是幫了我們大忙了，燕某家中一小弟，自小身子骨兒不好，一直是牧老幫著調理的。前幾年，有幸得神醫開了一道方子，說是對小弟身子恢復幫助很大，可其中一味藥實在難尋，就是雞腿菇。這次能得沈娘子幫忙，栽培出雞腿菇，小弟的病也就有望治癒了，所以區區薄禮，還望沈學子莫要推辭了。」

見燕公子說得誠懇，沈慶轉頭看向宋雁茸，宋雁茸朝他微微點頭。「夫君收下吧！」沈慶也不知怎麼的，就聽了宋雁茸的話，他敢保證，他絕對不是因為自己想要那筆墨。

可沈慶更不想承認，他是不想宋雁茸在外頭失了體面。

牧老一直在培養室門口走來走去，見眾人還沒說完，他明顯等得著急了，走過來朝眾人道：「你們說完沒有？別忘了，你們今天都是借老夫的光過來的，能不能別耽誤老夫看蘑菇了，也不知道上次做的組織分離怎麼樣了？」

說完，一臉討好地朝宋雁茸道：「宋丫頭，要不讓妳夫君在外頭陪他們聊，咱們先去看看那菌絲？」

第十八章

宋丫頭？沈慶眉頭幾不可見地皺了皺，轉頭朝宋雁茸看去，宋雁茸正好也朝沈慶看來。

兩人視線一撞上，宋雁茸也不知為何，竟然有些心虛的閃了閃眼神。「夫君，這位就是牧老，就是跟我訂了蘑菇的那位。」

沈慶自然知道宋雁茸是在跟自己解釋，可他心裡還是有些不舒服，他都不知道宋雁茸何時開始栽培食用菌了，怎的外人一個賽一個地比他清楚？

上次回來這女人又是養豬崽、又是吃豬肉的，他就覺得她長本事了，這才多久？都已經有人上門訂蘑菇了？

沈慶心中閃過許多念頭，面上卻依舊淡淡的，他點點頭道：「嗯，那妳先去忙，別讓牧老久等了。」

牧老一聽，趕緊擠到兩人中間，朝沈慶豎起一個大拇指，沈慶還來不及反應，牧老就又轉頭和宋雁茸說起話來了。

「宋丫頭，妳上次讓我找的滅菌的熏料，我這幾天可沒歇著，查了好些古籍，又問了好幾個熟人，總算是尋到個方子，也不知道這方子可不可靠，哪天妳試試？」

宋雁茸聞言很是高興，要知道，她來到這個世界這麼久了，可因為兩個世界畢竟有些差異，她實在尋不到太好的滅菌熏料，沒想到牧老短短幾日之內就有眉目了，高興道：「真的？老先生可曾帶了些配料過來？咱們今天就能試試。」

牧老一聽，也樂了，沒想到宋雁茸如此對他胃口，他當然帶了成品過來，只是怕貿然拿出來，宋雁茸沒準備好，沒得讓她難做，沒想到這丫頭也是個急性子。

「當然帶了！怎麼試？今天就能試出來嗎？」

「今天就試，過幾天就能知道效果怎麼樣了。」宋雁茸說完朝沈念道：「小妹，妳現在去幫我再配些培養基，配那種用小碗裝的，蒸煮滅菌後我來取。」

沈念點頭道：「好！」扭身就去削馬鈴薯了。

宋雁茸帶著牧老進了培養室裡面的小隔間，察看了上次組織分離做的那些菌種，效果不錯，宋雁茸大致計算了下，污染率在百分之二十左右，這樣的條件下，這個污染率，宋雁茸覺得很不錯。

牧老不敢亂動，直到檢查完畢，宋雁茸將接種箱裡面的小碗一件件小心地移到培養室外間的架子上，將小接種箱裡面點了滅菌的熏料，將污染的那些培養基直接用籃子裝了提走，與牧老退了出來。

牧老這才激動得直搓手。「宋丫頭，咱們這是不是算是成功了？」

宋雁茸點頭。

牧老雙眼發光，活像是看見了肉的餓狼。「我就知道宋丫頭不是一般人！」

牧老往袖袋裡掏了掏，遞給宋雁茸一個錢袋。「喏！」

宋雁茸哭笑不得，她需要錢有這麼明顯嗎？「牧老，您這是幹麼？」

「給妳買花戴。」轉頭見沈念在廚房，又說：「給沈家小丫頭也買些花兒戴，小姑娘家的，頭上怎麼能不戴花兒呢？」

牧老說得大聲，又剛好在廚房門口，沈念自然聽見了，笑嘻嘻道：「那我先謝謝老爺爺了！」

牧老吹了吹鬍子。「什麼老爺爺！老夫已經這麼老了嗎？」

沈念已經大致了解牧老的性子，像老小孩一樣，她一點也不怕，笑著說道：「您一點也不老，若不是您頭髮、鬍子是白色的，我瞅您這氣色，瞧著比我大哥還精神呢！」

「哈哈哈！沈家小丫頭真會說話！」牧老樂得哈哈大笑。

宋雁茸與牧老又說起了待會兒要怎麼做，牧老聽得認真。

「待會兒您就用接種針這樣在菌絲的尖端刮下一小塊，再挑出來接到新培養基上去就行。」

「為什麼選菌絲尖端的？」

「因為那個地方菌絲生長力最旺盛，接這個地方的菌絲能長得快些，菌絲快速成為優勢群體，雜菌就不容易來搶營養了。」

一老一少就這麼站在廚房門口談論起來。

另一頭，燕公子問了沈慶一些在書院讀書的事情，也都是些客套話，沈慶卻答得認真。突然聽到自家妹妹說，牧老比自己精神的時候，無辜躺槍的沈慶有些哀怨地朝自家妹妹掃了一眼。

他有那麼老嗎？

大夥兒正在聊天，青山挑著柴回來了。「嬸嬸、二哥、宋姊姊、沈姊姊，我回來了！」

青山這幾天與沈家人已經迅速熟悉了起來，因為他現在還不能進豬舍，做飯又不大在行，於是他主動承擔了砍柴和打豬草的活兒。

沈元只要打理完豬舍的事情，也會與青山一起去山上。

今天因為豬舍的發酵床要翻堆，沈元在豬舍忙活了一早上，青山便一個人去砍柴了，兩人還打算等吃過飯，再一起去山上打豬草。

青山喊完人才發現，院子裡有好幾個陌生人。

沈母「哎」了一聲。「青山回來啦？快去廚房喝口熱水，你沈姊姊還給你留著餅子呢！」

青山笑著點頭應「好」，挨著籬笆走過去，將柴放到廚房外面，便鑽進廚房去幫沈念燒火。「沈姊姊，今天家裡怎麼來了這麼多人？」

沈念一邊遞給青山一塊玉米餅，一邊與有榮焉地道：「這些人都是找嫂嫂來訂蘑菇的，我剛聽說他們家裡有人病了，需要一種蘑菇當藥引子，可那種蘑菇挺難找，還不好保存，嫂嫂卻能種出來，我嫂嫂厲害吧？」

青山一邊吃東西，一邊不忘用火鉗撥弄著灶裡的柴火，連連點頭，「嗯」、「嗯」個不停。

沈慶看著廚房裡忙碌的小妹和那個剛進來的叫青山的孩子，越發覺得自己似乎對自家不熟了。

原本沒事都能挑出事的媳婦突然又是養豬、又是栽培蘑菇的；原本只知道挖草藥、砍柴燒火的二弟，如今幫著媳婦打理豬舍，做得有模有樣；原本在廚房做飯總是一頓倒苦水的小妹，如今樂呵呵地與人在廚房聊著；母親也變了，如今都願意出來待客了。

還有，那個叫青山的孩子，怎麼回事？

他怎麼瞧著，那孩子像是把他家當自己家了？

「沈學子，不知那位叫青山的孩子，是你家什麼人？」沈慶正想著青山的事，冷不丁被燕公子開口問道。

沈慶尷尬得乾咳一聲，正想說他也不知道的時候，沈元剛好忙活完，在一旁聽見了，便答道：「青山是我們家一個遠房親戚，家裡人都沒了，這些天剛過來投奔我們的。」

嫂嫂可是說了，這樣對外說能避免不必要的麻煩，雖然他不知道說青山是小乞丐會有什麼樣的麻煩，但嫂嫂說得準沒錯。

沈慶再次皺了皺眉頭。

遠房親戚？他怎麼不知道他家還有這樣的遠房親戚？

只是，沈元都已經這樣說了，他也只能點頭表示肯定。

燕公子卻笑道：「我怎麼瞧著這青山有些眼熟？」

沈元又將宋雁茸早就準備好的那套說辭說了出來。「哦！青山來的路上盤纏丟了，在外頭沿路乞討了些時日才找到我們，說不準公子還真在哪個街頭路口見過青山呢！」

燕公子道：「那還真說不準。」

畢竟不是什麼高興的回憶，燕公子也就跳過了這個話題，又與沈慶聊起了學問上的事情。

沈元見沒自己什麼事了，便也去了廚房，洗淨手，偷偷問沈念。「妳說，今天他們會不會在咱們家吃飯？」

沈念正在分裝調好的培養基，頭也沒抬道：「不知道，你問這個幹麼？」

沈元「嘿嘿」一笑。「我這不是聽說那燕公子是書齋的東家嗎，上次只有掌櫃的來，他們都訂了鎮上酒樓的吃食，這次東家過來，這席面不得比上次更大些？」

沈念這才抬頭，丟給沈元一個毫不掩飾鄙視之情的眼神。「二哥，你現在可真是越發出息了！」

沈元卻毫不在意。「那是！人這一輩子，吃最重要，不信妳問問青山！」

說完，沈元還走過去碰了碰青山的胳膊。「對吧？」

青山抬頭，一本正經道：「嗯，吃穿都重要！」
沈元朝沈念丟回一個得意的眼神。
沈念覺得這兩人真是……那叫什麼來著？
臭味相投！
對，就是這個詞！

第十九章

宋雁茸帶著牧老做完了一級種擴繁，牧老開心得像個孩子一般，朝沈慶道：「小子，你可真有福氣，能娶到宋丫頭這般好的姑娘！」

那口吻，就差說沈慶配不上宋雁茸了，說一、兩次還成，三次、四次的說，沈慶臉色已經開始有些冷了。

若不是牧老年紀那麼大了，沈慶都懷疑他對宋雁茸有想法了。

牧老也確實對宋雁茸越來越有想法了，不過不是沈慶所想的那般。

牧老問了宋雁茸一些有關雞腿菇栽培的問題，再一次酸道：「沈家小子真有福氣！」

燕公子拉了拉牧老，故意道：「牧老，人家沈學子也不差，您別只誇一頭，冷落了另一邊。」

牧老這次卻是一本正經地朝宋雁茸道：「宋丫頭，要不妳就收了老夫這個徒弟吧！不然我這麼跟著妳白學本事，心中實在不安。」

宋雁茸依舊拒絕道：「哪裡是白學了，您每次過來都給我不少銀子呢！」說著還晃了晃今天牧老給的錢袋。

「那都是些身外之物，不值什麼。」

見牧老說得懇切，燕公子詢問道：「牧老，您真的想拜師？」

牧老吹了吹鬍子。「那還能有假？」

不等牧老繼續表決心，宋雁茸就道：「牧老先生，您是前輩，我斷不敢當您的師父，您若再說這話，下回我可不敢教您了。」

她將來指不定還有什麼事需要牧老幫忙呢，讓牧老記著這份人情，宋雁茸覺得也不錯，何況她真做不出讓一個白髮老人管自己叫「師父」的事。

牧老這才沒敢再提，轉而說起器具方面的事情。

「妳說妳要什麼樣的罐子？要不，妳回頭畫個圖樣，讓妳夫君去讀書的時候順便捎到逐鹿書齋來怎麼樣？」

宋雁茸點頭應下。

忙活一陣，牧老等人就準備告辭離開了。

青山正拎著一壺熱水準備過來添水，見此便沒有上前，也不好再折回去，乾脆退至門邊等著和沈家眾人一起送客。

燕公子在經過青山身邊時不小心撞了青山一下，青山閃躲，壺中的熱水便灑到袖子上，燕公子連忙上前察看。「你沒事吧？我看看！」

青山後退躲避了一下燕公子，燕公子卻似毫無所覺，堅持上前察看，將青山的袖子往上翻開寸許，道：「所幸沒傷著。」便放開了青山。

青山沒說什麼退在一邊，讓燕公子出了門。

兩輛馬車離開後，宋雁茸走到青山身邊，問：「剛才怎麼回事？」

青山搖搖頭。「沒事，只是灑了一點熱水出來，衣服根本就沒濕透，是那位燕公子太大驚小怪了。」

說完扯了扯袖子，就準備將拎著的熱水送回廚房。

「青山，你等一下。」宋雁茸叫住了青山。

她怎麼覺得燕公子剛才像是故意的，故意想看看青山的手腕處？

「你以前認識燕公子嗎？」宋雁茸問。

青山認真想了想，道：「我不記得。」

這時候，沈慶卻說道：「你好好想想，剛才燕公子還說覺得你眼熟。」

「燕公子覺得青山眼熟？他怎麼說的？」宋雁茸不等青山回答就搶先問了起來。

沈慶疑惑地瞥了眼宋雁茸，將燕公子那番話說了出來，又將沈元說青山之前丟了盤纏，乞討了一段時間的話也一字不漏的說了一遍。

宋雁茸聽完，更加確定燕公子是認識青山的，或許青山的手腕上有什麼胎記之類的？

想到這裡，宋雁茸便對青山道：「青山，你將燕公子剛才察看你的那處手腕給我看看。」

青山雖然不知道宋雁茸想做什麼，但還是聽話的將衣袖又往上捲起。

宋雁茸看到青山的手腕處有好幾處疤痕，好像也沒什麼特別的。「這是？」

青山見宋雁茸察看完畢，一邊收回手腕，一邊說：「就是當乞丐那會兒常被人打，或者與別的乞丐搶東西，傷到了。」

所以，燕公子八成是認錯人了？

宋雁茸「哦」了一聲，認真思考起來。

青山見沒什麼事了，便拎著水往廚房去了。

「青山到底是什麼人？」

宋雁茸思緒被拉回，才發現沈慶不知道什麼時候走到了她的身邊，此刻正盯著她看。也不知道被他盯了多久了？

宋雁茸立刻提高警惕，恭敬地問道：「夫君剛才說什麼？」

沈慶心中哼了一聲，還是把剛才的話又問了一遍。

「哦，你說青山呀！」於是宋雁茸將前幾天發生的事情一五一十都告訴了沈慶。

「所以，青山不記得以前的事情了？」沈慶問。

宋雁茸點點頭，正要說什麼，被沈母的聲音打斷了。

沈母原本見小夫妻倆站在門口說話，不願打擾，可沒想到這兩人就那麼站在院門口說個沒完沒了，這才不得不出聲提醒道：「老大，有什麼話同你媳婦回屋裡說去，死冷寒天的，站外頭沒完沒了了？你和你媳婦身子都受不住！」

兩人這才驚覺，好冷！

宋雁茸不像沈慶，還能忍住，她直接搓著胳膊道：「那我們進屋說吧？」

沈慶點了下頭，宋雁茸凍得不行，也懶得裝下去了，自己先往屋子走去。

剛開門，就覺得一股暖意迎面襲來，原來屋中的炭盆已經燒好了。

想是剛才他們說話的時候，沈念或沈母就已經將炭盆燒好了。

宋雁茸也不客氣，坐到炭盆邊就伸手去烤，見沈慶還沒進屋，便道：「夫君，剛才我們說到哪裡了？」

「青山不記得以前的事了。」沈慶一邊說著，一邊也走了過來，很自然的跟宋雁茸一樣，圍著火盆伸手烤火。

宋雁茸點頭。「夫君最近可有遇見什麼不尋常的人？」

沈慶挑眉，不是在說青山的事嗎？怎麼扯到他遇上什麼人了？

沈慶搖頭，想了會兒，說了句。「最近我都在書院讀書，未曾出來過。」

沈慶自己都不知道為什麼要說這話，似乎是在解釋這麼久沒回家的原因。

「沒遇到什麼身分尊貴的人嗎？」宋雁茸就差沒直接問他，有沒有遇見太子了。

「身分貴重？」沈慶認真思量了好一會兒，道：「燕公子算不算？」

「燕公子？」宋雁茸有些不敢相信。「你不會是說今天來家裡的燕公子吧？」

沈慶點頭，學著宋雁茸的口氣反問。「妳不會以為燕公子就僅僅只是逐鹿書齋的東家吧？」

不然呢？難道燕公子是太子？

宋雁茸突然想到了什麼。對，太子的外祖家姓燕！

幾乎同時，沈慶的聲音響起。「逐鹿書齋的東家燕公子是當今太子的表兄。」

宋雁茸只覺得腦子嗡嗡作響。

她一直想讓沈慶躲開的劇情，這是要被她自己給扯過來了？

或者說，沈慶與太子的這段劇情根本無法避開？

等等，燕公子說的是家中弟弟還是哥哥身子不好來著？燕公子說的那個兄弟，就是太子吧？

太子有什麼病，需要雞腿菇做藥引子？

那藥方是何方高人開的？

原著中，太子後來病逝，是因為尋不到足夠的雞腿菇養身子？

那這一世，她能栽培出足夠的雞腿菇給太子，能不能改變太子病逝這個劇情？

她都收了好幾次牧老的銀子了，牧老也知道她這裡可以栽培雞腿菇了，宋雁茸覺得如今與原著相比，太子與沈慶的初遇是更緊密了。

畢竟，原著中，沈慶只是陪著太子等了會兒人，太子應該只是對沈慶有個印象而已，後面看重沈慶，和沈慶自己的才華還是分不開的。

這如今，宋雁茸這麼早就展示出了自己這該死的「絕技」，這可真的是能救太子的命呀！不然，今天燕公子也不會親自來沈家了。

今天，燕公子和沈慶聊了那麼久，沈慶又是在知道燕公子身分的前提下作答，自然會將他所學都展示出來。

只怕下回太子就會微服私訪了。因為按照原著劇情的進展，太子如今就在燕家，而燕家就在省城，離這裡不過一日路程，若是搭馬車，自然還能快上許多。

可是……若太子在省城，那她前不久在山上遇見的那位是誰？

宋雁茸突然領悟了——是三皇子！

那幾天梁燦正好也放假，他救了三皇子，所以這些天才傳出了梁燦救了一位貴人的話。

宋雁茸長長地呼出一口氣，突然覺得自己變厲害了，居然捋順了劇情！

宋雁茸此刻說不上來心裡是什麼感覺，她明明知道，三皇子是最終的勝利者，可當三皇子送上門來的時候，她居然溜走了。

此刻，真不知道該感嘆自己倒楣，還是感嘆劇情的強大！

這麼陰差陽錯的，居然還是讓梁燦與三皇子接了頭，而她呢？自以為知道劇情，想躲開太子，最後卻還是與太子走到一條路了。

不對，應該是沈慶與太子一條路！她等太子調理完身子，就沒什麼作用了，沈慶才是太子將來的左右手！

想明白這一點，宋雁茸又鬆了一口氣！

沈慶看著眼前的宋雁茸，在炭火的映照下，她的臉色越發變幻莫測，也不知道這女人腦子裡又在想什麼，自從那次摔斷腿後，他真是越發搞不懂他這媳婦了。

第二十章

沈慶本不打算叫宋雁茸，他想看看，這女人還能這樣變臉到什麼時候，可等了半天，都不見宋雁茸有回神的趨勢，實在忍不住，乾咳一聲。「妳在想什麼？」

宋雁茸這才驚覺，剛才走神的時間似乎有些長了，有些尷尬地在火上搓搓手，笑道：「抱歉，走神了。」

她倒是說得坦蕩，可沈慶還是想知道，什麼事情讓她走神這麼久，便道：「我說了燕公子的身分，妳想到了什麼？和青山的身分有關係？」

宋雁茸點點頭，又連忙搖頭。「不，不是，我是想到了別的事情，但與青山的身分沒什麼關係。」

沈慶還想追問，屋外響起沈念的聲音。「大哥、嫂嫂，吃飯啦！」

宋雁茸連忙站起身來。「先吃飯吧，別讓母親他們久等。」說完就急慌慌地出去了。

看著她有些慌亂的背影，沈慶嘴角幾不可見地揚了揚，還以為她能一直跟自己冷冷淡淡地保持距離呢！

沈慶也站起身來，這麼一站起來，忽然掃到屋中原本屬於自己讀書的那張書桌上竟然擺著幾本書，還鋪著紙，似乎還寫過字。

沈慶好奇，走過去隨手翻看了下，發現是幾本啟蒙書，那些紙上亂七八糟地寫了許多字，每個字都寫了好幾遍。

這是在讀書還是在習字？

太沒有章法了！

沈慶快速將書桌上的東西收拾整齊，便也往沈母屋中去吃飯了。

沈家本就沒有「食不言」的規矩，自從有了青山，沈家飯桌上更熱鬧了。

倒不是青山愛說話，而是沈元。

沈元像是突然找到新玩伴一樣，什麼都愛跟青山念叨一番，青山也會不時地回應沈元幾句，再加上沈念和宋雁茸時不時插上幾嘴，沈母屋中格外熱鬧。

「老大，別光顧著自己吃飯，給你媳婦多挾點菜，平常你不在家就算了，這回家了，得知道疼媳婦！」沈母見大夥兒都熱熱鬧鬧地說笑著，只有沈慶低頭自己吃飯，忍不住提醒道。

沈慶挾菜的手一頓，伸手正想給身邊的宋雁茸挾菜，宋雁茸卻連忙說道：「不用不用，我自己來就行。」然後飛快地每樣菜都挾了一筷子。

那樣子，似乎生怕沈慶給她挾菜一樣。

沈慶只得裝作無事發生一樣，自己吃了口菜。

沈母見此情景，有些恨鐵不成鋼地在桌子下踢了沈慶一腳。

等大夥兒吃完飯，沈母叫住了沈慶。「老大，我還沒給你量尺寸呢！茸茸給你買了許多布，準備給你做新衣裳呢！」

廚房中，沈元和青山兩人在灶口一起撥著柴火，順便烤火，沈念與宋雁茸兩人配合著快速刷著碗筷，一下子就做完了。

沈念道：「嫂嫂，大哥今天回來了，妳有不認識的字正好可以問問他。我待會兒跟娘一起縫新衣服，這些天嫂嫂先歇著，衣服的事情，有我和娘呢。」

宋雁茸感激道：「小妹真是太好了！」她如今哪裡敢去拿針線？宋雁茸正愁怎麼縫衣服呢！

沈母屋中，沈慶聽沈母道：「老大，茸茸是你媳婦，之前是覺得你們年紀小，你又要讀書，怕萬一有了孩子對你們誰都不好，所以沒讓你們圓房，後來，茸茸那也是一時糊塗，執拗了些。如今，你也快要鄉試了，茸茸也懂事了，你們也該圓房了，早日有個孩子，娘將來見到你爹也能有個交代。」

沈慶低著頭，耳根有些紅，他覺得可能是他娘屋中的炭火有些旺了。「娘，您還量不量尺寸了？」

沈母拿過軟尺，道：「量尺寸也不耽誤娘跟你說正事。」接著，又繼續念叨起圓房的話題。

沈慶好不容易挨到沈母量完尺寸，趕緊逃了出去，站在屋外，迎著冷風，這才好受了些。

沈念見沈慶從沈母屋裡出來了，從廚房出來，道：「大哥，怎麼樣，新買的那些布好看吧？偷偷告訴你，我們每人有兩套新衣裳，可嫂嫂還特意叮囑，給大哥多裁幾套，所以這次大哥至少有四套新衣裳！嫂嫂對大哥可真好！」

沈慶「嘶」了一聲。「小妹這是何時改口叫嫂嫂了？我怎的才知道？」

沈念朝沈慶皺了皺鼻子。「哼！她本就是我嫂嫂，怎的叫改口？大哥的書都讀到哪裡去了？」

這還成了他的不是了？

沈念正要繞過沈慶進屋幫忙縫新衣裳，又聽沈慶道：「家裡哪來那麼多銀子買這麼多布？她……妳嫂嫂是不是把她手裡的銀子花得差不多了？」

沈念收住腳步，驚訝道：「大哥不知道嗎？嫂嫂栽培蘑菇掙了好多銀子，她給了我和二哥好幾兩，還給了母親十兩，這次買年貨的銀子也是嫂嫂出的。」

這回輪到沈慶驚訝了。「妳嫂嫂的蘑菇不是都還沒栽出來嗎？怎麼就掙到這麼多銀子了？」

「都是那個牧老先生給的，就像今天一樣，他跟嫂嫂學本事，就會給嫂嫂銀子。上回因為讓嫂嫂幫著栽培那個雞腿菇，還給了訂金呢！我看到嫂嫂數銀票有幾十兩呢！怎麼樣，嫂嫂厲害吧？」

就這些天的工夫，宋雁茸就掙了這麼多銀子？

栽培雞腿菇？

這些事情她真的會？

沈慶忽然覺得心中沒底。「妳嫂嫂的蘑菇都種在哪裡？」

「就在廚房隔壁那個新搭建的土坯屋子裡呀！嫂嫂說那叫培養室和接種室。」說完，沈念還炫耀道：「大哥，我可告訴你，我現在是嫂嫂的得力助手，嫂嫂教了我好多，那些培養基都是我燒製的！今天牧老也誇我，還說要給我銀子買花戴呢！」

「帶我去看看。」沈慶說著就準備朝廚房那邊走去。

沈念卻一下子跑到前面，攔住了沈慶。「培養室不能隨便亂開，不然會有不好的微生物污染那些剛接種的培養基，這樣，蘑菇就長不出來了。」

沈慶這才收住腳步，皺著眉頭道：「行了，我知道了，妳去忙吧！」

沈元可以進豬舍，母親可以進，他不能進，怕過病氣！

沈念可以進蘑菇屋子，那個牧老可以進，他卻不能進，怕污染！

沈慶突然有了些火氣，朝屋子走去，走到門口，想到沈母的話，又有些不知道該怎麼面對宋雁茸。

屋中的宋雁茸一邊看書寫字，一邊也留意著屋外的動靜，她聽見沈慶的腳步朝屋裡來了，可到了門邊，等了一會兒卻不見沈慶開門，一時也有些好奇沈慶在幹麼？

宋雁茸放下手裡的書和筆，剛站起身，準備去開門瞧瞧，沈慶就推門進來了。

一時間四目相對，沈慶因為心中還想著沈母的話，眼神一閃，不敢再看宋雁茸。

第二十一章

宋雁茸見沈慶冷著一張臉，一直在門口磨蹭，似乎想開口又不知道說什麼。她趕緊體貼地收拾書桌。「我馬上騰地方出來。」

沈慶見她將寫過字的紙張毫無章法的一陣收拾，暗暗搖頭。「妳別收拾了，我坐這邊也一樣。」

宋雁茸就見沈慶從他的書筐裡取出一本書，坐在炭盆邊翻看起來，不一會兒臉就被烤得紅通通的。

有這麼熱嗎？

身子弱的男人真是！

宋雁茸搖搖頭。「夫君還是來這邊吧！」說完也不等沈慶拒絕，就站起身來。「夫君身子弱，不要總熬夜，早點休息吧！」

早點休息？

原本被宋雁茸盯著瞧，他的臉就有些燒，這下子臉更紅了，正想答應一聲，卻聽宋雁茸道：「我就不打擾夫君了，我去和小妹擠。」

說完，宋雁茸就抱著自己的枕頭去沈念屋裡，留下沈慶「獨守空房」。

沈念回屋發現嫂嫂在自己屋中的時候，倒也沒有太過意外，畢竟這幾年宋雁茸與沈慶一直都是分開睡，以前雖然一個屋，那也還有張小榻將兩人分開。

現在那小榻在沈元屋中給青山用，沈念覺得宋雁茸沒跟她大哥睡一塊兒也挺正常，兩人正好說會兒悄悄話。

第二天，沈念早早起來給一家人做飯，青山懂事地劈柴燒火，沈元自是去打理豬舍，沈母如今手裡有一堆衣服要做，也比往常起得早些。

沈慶自不必說了，自是早起讀書。

院子裡頭各個都幹勁十足，只有宋雁茸還窩在床上睡覺。

沈母不知原由，見沈慶出來，悄聲問道：「你媳婦呢？」

沈慶抿嘴沒說話，沈母又道：「還沒起來？」

沈慶剛點頭，沈母就笑了。

沈慶生怕沈母再說什麼，趕緊道：「她昨晚睡在小妹屋裡。」說完便回屋溫書了，至於有沒有看進去，那就只有沈慶自己知道了。

沈母的笑一下子僵在臉上，等她反應過來，想訓沈慶幾句時，沈慶已經開始讀書了，沈母也不好打擾，只得回屋做新衣裳。

宋雁茸起來的時候，沈元和青山正在收拾劈好的柴塊，見宋雁茸起來，兩人忙喚——

「嫂嫂！」

「宋姊姊！」

宋雁茸也不覺得自己起得晚有什麼丟臉的，笑著跟兩人打聲招呼，就熟門熟路地去廚房找熱水漱洗，再從鍋裡端出沈念給她留的粥和餅，簡單吃完，就往她的培養室走去。

她之前種出來的木耳已經長得差不多了。

宋雁茸選了幾株品相不錯的木耳留著製種，其餘的都摘了下來，準備烘乾後留著過年吃。

採摘完木耳後，宋雁茸將原木栽培棒放回原處，往木頭上撒了些水，就準備試驗牧老昨天送的滅菌熏料。

宋雁茸將沈念配好的培養基一半放在接種箱裡，一半放在接種箱外面，再往接種箱裡面扔了熏料進去，等熏料燃穩定了，宋雁茸就關上了接種箱，自己也出去了。

只等著過兩天看看這箱內和箱外的培養基有什麼不同。

沈慶從宋雁茸出來後，就一直偷偷注意著宋雁茸。

他坐的地方，正好可以從窗縫看清院子。

沈慶沒想到，宋雁茸最後一個起來，居然沒有一點晚起的不安，看來，這女人這一點倒是一直沒變。

沈慶其實非常好奇，宋雁茸進了那個土坯屋子，哦，不對，小妹說那個叫什麼培養室。

他很好奇宋雁茸在培養室裡幹什麼？瞧裡頭也不大，可宋雁茸硬是進去了好一會兒，這工夫，都夠將裡頭上下擦拭好幾遍了。

等宋雁茸出來的時候，沈慶發現，她手裡竟拿著個小簸箕。

沈慶正好奇她拿了什麼出來，就聽沈元驚呼道：「嫂嫂！這是妳種的木耳？這麼快？這也就兩、三個月吧？已經能吃了？」

說著，沈元便接過簸箕，將裡面的木耳拿出來仔細打量，青山也圍了過去。

「嫂嫂太厲害了，還真將木耳種出來了！」

聽到院中的聲音，沈念很快從沈母屋中跑了出來。「嫂嫂，那木耳妳摘了呀？」

說完也過來看木耳，沈念因為經常進培養室，自然早就知道木耳種成了。「嫂嫂，這木耳能吃嗎？」

還不等宋雁茸回答，沈元就用看傻子的眼神斜瞄著沈念。「小妹說的什麼話？嫂嫂將木耳種出來，不是用來吃的難道是用來看的？」

沈念這才連忙打了自己嘴巴一下，道：「對對對！瞧我這張嘴，嫂嫂，我不是那個意思，我其實是想說，這木耳和外頭摘的木耳是一個味嗎？」

「嫂嫂……」

宋雁茸就這樣被「嫂嫂」、「嫂嫂」地問了好一會兒，直到沈慶聽不下去了，出聲打斷。「什麼事情這麼吵？」

糟糕，忘記大哥在讀書了！

沈念和沈元對視一眼，偷偷吐了下舌頭，端著簸箕轉身溜進廚房，青山見了，也跟著進去了。

又只剩下宋雁茸露出疏離的微笑。「夫君，吵到你讀書了？我們以後注意些。」

沈慶點點頭，順勢走了過來，道：「他們拿了什麼東西？是妳種的木耳？」

宋雁茸眉梢微挑，客氣地道：「對。」

沈慶原以為他這麼問了，這女人至少也會讓他看木耳一眼，沒想到竟然就回了一個字。

這女人似乎是真的要跟他保持距離。

沈慶突然意識到這一點。

從前，他也不想搭理宋雁茸，只是她畢竟是他的妻子，就是他的責任。若是換作以往，宋雁茸能這樣不惹事，又與他沒有瓜葛，他就心滿意足了。

可現在宋雁茸明明已經不惹事了，也時刻與他保持距離，沈慶心中卻有些空落落的。

不想他看，他還就偏要看看。

這麼想著，沈慶繞開宋雁茸，往廚房走去。「我去看看。」

這回輪到宋雁茸意外了，原主留給她的記憶中，沈慶不是這樣的，什麼時候開始這麼多管閒事了？

宋雁茸只得跟過去。

進了廚房，就見沈慶正拿起木耳看。「這真是妳種出來的？」

宋雁茸根本就不用開口，沈念就搶答了。「當然是嫂嫂種出來的，我可是嫂嫂的得力小助手呢！」

說完得意地朝宋雁茸道：「嫂嫂，我說得對吧？」一副等著表揚的模樣。

宋雁茸點頭肯定道：「妳說得非常對。」還朝沈念豎起大拇指。

把沈念得意得就差鼻孔朝天了！

沈慶放下木耳，轉頭問宋雁茸。「最近妳在讀書？」

宋雁茸驚訝地抬頭看向沈慶，他怎麼突然問這個？

第二十二章

沈念見此，連忙道：「嫂嫂，妳上次不是說還有好些字不認得，想問問大哥嗎？趁這段時間大哥在家，妳趕緊跟大哥習字吧！」

說著還推了宋雁茸一把。

宋雁茸想著，左右也無事，這會兒能教她習字的，家裡也只有沈慶一人了。

想到沈慶來年就要大考，宋雁茸還是問了句。「不耽誤你讀書吧？」

沈慶道：「若是教妳識幾個字就耽誤讀書了，那我也不用費那勁去考試了。」

宋雁茸想想也是。

但好像又有些不對，記憶中，沈慶這種時候不都是簡短的回「不會」嗎？怎麼說這麼多？

來不及多想，沈慶已經邁步朝屋中走去，見宋雁茸還沒動作，他轉身朝宋雁茸看一眼，宋雁茸趕緊跟上。

沈慶拿起宋雁茸之前看過的書，翻了翻，問道：「妳怎麼突然想著讀書了？」

「因為經常想記點什麼，發現很多字不會寫。」

「就這樣？」沈慶似乎很意外，他也見過識字不多的人怎麼記錄，畫些自己能看懂的圖案就可以了，還是說宋雁茸要記錄的很複雜？

也是，種蘑菇哪裡那麼簡單？

沈慶垂眼想著。

宋雁茸見此，卻以為沈慶是覺得這個理由不足以讓他抽出寶貴時間來教她習字，於是補充道：「還有一個原因。」

沈慶聞言，果然抬頭看向宋雁茸。

宋雁茸道：「還有，因為那天牧老他們知道夫君你讀書很厲害，還以為我能識文斷字，然後，你知道的，我就覺得有些丟臉。」說著，想到自己讀了半輩子的書，現在居然是個半文盲，真是丟人。

宋雁茸低垂著腦袋。

沈慶見此卻嘴角微揚，她這是覺得自己給他丟臉了？

能有「夫妻本是一體」這個認知，她倒是真長進了。

沈慶不自覺放柔了聲音。「妳若只是想認得字，倒也不難，我記得妳之前也讀過一些書，只是一直不知道妳讀到什麼程度，妳挑本書讀給我聽聽。」

宋雁茸隨手拿起一本《三字經》讀了起來。「人之初……」

開始還挺順，到後面就開始結巴，沈慶耐心地教了宋雁茸，還幫她講解句子的意思。

宋雁茸拿著毛筆在紙上「唰唰」地寫著拼音，她才沒工夫聽沈慶講解三字經的涵義，就那些意思，她一個三十世紀的博士，還需要個古人來講解？

但她卻沒有打斷沈慶，沈慶講的時候，她正好在心裡記一記生字。

可到後面，宋雁茸發現沈慶講的比她那個時代學的要更詳細、深入，而且每個故事，沈慶還都能旁徵博引、引經據典，絕不是她當年學得那麼淺顯。

到了後半段，便也漸漸聽了進去。

因為宋雁茸只是為了習字，她又能認識大半，兩人竟一口氣學完了《三字經》。

這一通下來，宋雁茸忽然對沈慶生出了崇拜之情。沒辦法，她天生就喜歡學習好的娃兒，何況沈慶長得還不賴！

而沈慶呢，中間一直強忍著沒打擾宋雁茸做筆記，他覺得每個人都有自己讀書的方法，何況，宋雁茸也不用考科舉，字醜點就醜點。

這麼想著，便一直強忍著不去看宋雁茸寫的字有多難看。

這會兒都學完了，沈慶忍不住拿起一張宋雁茸的筆記，想著，也稍微指點一下她的字。

結果……

這……

這也叫字？腦中突然閃出三個字──「鬼畫符」。

「妳寫的都是什麼？」沈慶真想直接問這是寫給人看的嗎？

宋雁茸沒打算解釋拼音，直接道：「我的筆記啊！我自己認得就可以了。」

「妳真能認得？妳做這筆記是幹什麼的？」沈慶實在太好奇了。

「習字呀！這樣我回頭就能自己慢慢記那些字了。」

沈慶還是不太相信。「就這些蝌蚪文妳就能學會了？」

「那是當然，要不你幫我檢查一遍，看我讀得對不對？」

沈慶也正有此意。「行，妳讀讀看。」

然後就見宋雁茸拿著書，對著那幾頁鬼畫符，還真把一本書一字不錯給讀了出來。

這倒是讓沈慶對那些「蝌蚪文」生出些許興致來了，正想問，卻聽到沈念在屋外喊大夥兒吃飯了。

沈慶和宋雁茸這才驚覺，兩人竟在這兒學了一天了，想到這裡，兩人還真都有些餓了。

沈母見兩人一起過來，笑得很開心，這兩人感情這麼好，她應該就能抱孫子了！

這次沈母留了心眼，讓沈念先鎖了她的屋子，省得宋雁茸又去沈念屋中，然後又留著沈念一起做衣裳。

等晚間，宋雁茸又想如法炮製去沈念屋中的時候，才發現門打不開。

「小妹？」宋雁茸喊了聲。

沈念卻在沈母屋中應道：「嫂嫂，妳若是累了，就跟大哥先歇息吧，我等手裡這衣裳縫完了再睡。」

宋雁茸略一想，便猜到八成是沈母的主意。

她只好認命地回了沈慶的屋子。

沈念的話，沈慶自然也聽到了。

宋雁茸倒不曾多想，畢竟上輩子她都快三十了，而沈慶如今這模樣，對她來說，不過就是個鄰家大弟弟，她喜歡歸喜歡，倒還真沒有生出什麼男女之情。

學習還是挺費腦子的，宋雁茸記了一天的字，這會兒還真有些累了，於是又回屋，看了沈慶一眼道：「那我先睡了，你多讀會兒書，爭取下次考試超過梁燦！」

一起讀了一天的書，也算相談甚歡，宋雁茸一時將沈慶當成小輩，張口就鼓勵一番，說完就自己上床睡覺了。

沈慶卻聽得直皺眉。

她那話是什麼意思？她也知道他這次的文章沒有梁燦寫得好？

哦！對，青山那次，小妹被人騙了，家裡人估計除了他娘，都知道了吧？

想到這裡，沈慶什麼心思都沒了，只埋頭開始認真讀書。

第二天，宋雁茸起來的時候，見沈慶竟趴在書桌上睡著了，心裡一時湧出些許感動。

這孩子讀書可真用功！

宋雁茸從箱籠裡找出一件衣服蓋在沈慶身上，又將沈慶身邊的炭盆撥了撥，讓火能燒得更旺一些。起身將沈慶身旁的窗戶扣嚴實，再將對著床的那扇窗戶挑開些許。

換個窗通風，讓沈慶那邊暖和些，又不至於一氧化碳中毒。

宋雁茸走出了屋子，推開門才發現，竟然下雪了。

這會兒天地間都是白茫茫的一片，唯有沈家院子早已被青山打掃了一遍，這會兒沒有厚厚的積雪。

「嫂嫂，今日過年，妳的新衣昨晚我和娘給妳做出來了，妳要今天穿還是留著明天穿？」沈念一看到宋雁茸進廚房就問道。

沈家為了節約炭火，如今為了宋雁茸的培養室，灶上又總不斷火，因此，這些天，幾個小的無事的時候就愛圍在灶邊烤火閒聊。

今天大夥兒都在廚房幫忙，宋雁茸也加入了進來。

這頓年夜飯，是沈家到目前為止最豐盛的一頓。

雞、鴨、魚、羊都湊齊了，主要是因為家裡養豬，不吃外邊的豬肉，不然豬肉肯定少不了。

沈家最近也沒少吃肉，看著一桌子肉，眾人吃得最多的卻是宋雁茸栽培出來的木耳。

「嫂嫂，我覺得妳種的這木耳比山上採的味道更好！」沈元第一個誇獎道。

「真的？」宋雁茸覺得，這也太誇張了吧？

「當然是真的，往常吃的哪裡這麼香啊！」

沈元還想繼續往下說，被沈念笑著打斷。「現在能不比以前的好吃嗎？以前採點木耳回來哪裡有雞能一起燉？以前採的木耳回來，哪裡有許多調料來涼拌？以前……」

沈念說著，突然感慨起來。「嫂嫂，自從妳摔……哦不，自從妳醒來後，咱們家現在真是越過越好了。」說著扯著自己身上的新衣服道：「我都能穿這麼厚實的新棉衣了！」

「嗯嗯，這幾個月我吃的肉都頂上我之前一輩子吃的了！」

沈元話剛落，就聽沈慶道：「什麼叫之前一輩子，你才幾歲？就一輩子了？」

沈元吐了吐舌頭，繼續大口吃飯。

沈母也感慨。「咱們如今能過這樣的年，確實該感謝茸茸，來，大家一起敬茸茸一杯。」

說著就端起手邊盛著的半碗米酒，準備喝下。

宋雁茸哪裡敢讓沈母喝酒，連忙制止。「母親身子不好，就不要飲酒了，等開春了咱們請個大夫把身子調理好，明年咱們好好喝一場！」

說完拿起手邊的酒碗道：「來！我們大家乾一碗，祝母親健康長壽！」

沈母見了，欣慰得連連點頭。

有了這個開頭，接下來，幾個小的也開始舉碗——

「祝嫂嫂的蘑菇大豐收！」

「祝嫂嫂的豬崽長到一千斤！」

越往後越誇張。

眼見著宋雁茸雙頰開始熱起來，眼神也開始迷離，沈慶趕緊制止。「好了，喝一點就行了，都沒喝過酒，別一次喝多了。」

沈念和青山倒是聽話的沒再端碗。

沈元卻道：「大哥，你怎麼不多喝兩碗，這米酒有加蜂蜜，味道好極了，不信你再來兩碗，真的越喝越香甜！」

一旁的沈念和青山也連連點頭。

這個時代的米酒，度數實在不高，宋雁茸覺得就算她一個人喝完那一整罈也沒事，可她忘記了，她現在的身體可不是前世那具。

原主從未喝過酒，沈家眾人也是，飯都吃不飽，哪裡有那閒錢買酒喝？

也就是宋雁茸採辦年貨才會買，換了沈家任何其他人，這酒恐怕就不會出現在桌上。

大家吃到很晚，都有些醉了，沈念也沒回自己屋子，由沈母照顧著就在沈母屋中睡下了。沈元和青山則是相互攙扶著，相互照顧。

不用說，晚上照顧宋雁茸的活，自然落在了沈慶身上。

所幸，宋雁茸酒品不差，倒頭就睡。

沈慶和衣躺在宋雁茸身邊，一如宋雁茸剛穿越過來那次。

只是這一次，沈慶是自己躺在宋雁茸身側，宋雁茸也不像上次那般動彈不得，而是循著溫熱，一個勁往沈慶身邊靠去，弄得沈慶一晚上沒睡好。

到了後半夜，宋雁茸才老實些，不再亂動，沈慶也這時候才睡著。

以至於，第二日宋雁茸醒來了，沈慶還沒醒。

誰也沒想到，大年初一，沈家竟還來了貴客！

第二十三章

宋雁茸等人剛收拾完，就聽沈元在外頭道：「大年初一的，怎麼還有馬車來咱們村裡？咱們村誰家有這樣的親戚？」

沈念聽了，搓搓手，從廚房出去，朝遠處看去。「我怎麼覺得那馬車有些眼熟？」轉身朝廚房喊道：「嫂嫂，妳出來看看，那好像是上次來咱們家的那位燕公子的馬車？」

燕公子？

宋雁茸聽了，也不躲在灶門口吃烤紅薯了，將剝了一半皮的烤紅薯塞到青山手裡。「你先吃！」自己則站起來往馬車駛來的方向看去。

風雪中，遠遠看去，那馬車頂上也落了厚厚一層白雪，好像真的是燕公子的馬車。可這大年初一的，又下這麼大的雪，燕公子跑到這裡來幹麼？

「快燒壺熱茶，再燒一爐火放去你二哥他們屋裡，趕緊讓你二哥和青山收拾他們的屋子。」宋雁茸吩咐完沈念，自己就跑去屋裡叫沈慶了。

「夫君，燕公子的馬車好像朝這邊過來了，你快出來看看。」

沈慶也很意外。

沈家這邊緊張的準備著，馬車上的人其實比沈家人更緊張。

正如宋雁茸所料，太子這些天正在燕家。

原本大過年的，太子應該回京城才對，可奈何上回太子聽說山中尋到一大片雞腿菇，便親自去看。

這消息被三皇子的人得知，便也派人跟了過去。

為了甩開三皇子的人，太子與隨身帶的幾個手下兵分兩路，最後卻還是差點中了三皇子的埋伏。

太子當時恰好犯病，便讓僅有的一個手下先引開對方，而那會兒太子卻不慎暈倒在林中。

太子便直接留在外祖家過年了，正好守著這些雞腿菇，皇帝聽說太子找到許多藥引子，自然沒有不答應的。

倒是沒想到後來還能讓牧老找到能種出雞腿菇的人。

原本太子也沒將這個自稱會養蘑菇的人放在心上，誰知道是不是什麼人在耍花招？可牧老這幾次去見那姑娘，似乎都收穫頗豐，倒不像是騙子。

這才有了燕公子親自上門一探虛實的那次。

太子也沒想到，他的表兄這趟居然還有意外收穫，這個沈家，倒是挺能給他驚喜的。

沈家有個讀書很厲害的學子叫沈慶，還發現沈家有一個他一直在尋找的人。

神醫的兒子——高梓瑞。

當年就是高神醫替太子治病，卻遭人下黑手，將兒子丟了，高神醫的妻子大受刺激，神志從此混沌。

高神醫與妻子感情一向很好，為了妻子能養好身子，從此便退居深山，不讓妻子接觸舊人、事，以免再受刺激。

高神醫隱居的地方，正好在燕家那一帶附近的山裡，有燕家偷偷保護著。

這也是為什麼每年太子都要來外祖家，實則是找神醫看病。

神醫的兒子酷似其夫人，燕家也幫著尋找了多年，一直沒找到，甚至有消息稱高神醫的兒子死在了亂葬崗，可因為一直沒找到屍體，這些年，不過是為了讓神醫別斷了念想，才還留著點人手在找人，但大家心裡都清楚，高梓瑞多半是凶多吉少了。

燕公子在初見青山的時候就覺得眼熟，一聽他的名字「青山」，這正是高梓瑞的貼身小廝名字，燕公子一下子便想到了高梓瑞。

於是便在離開時，特意察看了青山的手腕，因為高梓瑞的手腕處有一塊銅錢大小的胎記。

可青山的手腕處卻並沒有胎記，反而是好幾處疤痕。

燕公子回去越想越覺得不對勁，還是覺得很有可能，那胎記被去了，所以留了疤痕？

可觀青山那樣子，似乎對自己的手腕沒有放在心上，而且沈家人說，青山是他們家遠房親戚。

在神醫來給太子診脈的時候，燕公子提了一下這事，神醫當即表示要親自過來看一看。於是便有了大年初一，冒著風雪前來的這一齣。

當然，太子沒有同來，本就是因大年三十晚上太子舊疾發作才請的神醫，但也派了手下跟來，若真是神醫之子，務必要將人保護妥當。

馬車行至沈家門口的時候，沈慶與宋雁茸已經等在了院門口，幾個小的自然躲在廚房烤火，順便烤點紅薯、栗子吃著，又暖和、又能閒聊。

只見燕公子下了馬車之後，回身親自從馬車上扶下一位中年布衣男子。

宋雁茸瞧著，總覺得有些不對勁，燕公子的身分在他們這邊可以說不是一般的尊貴了，怎的還有值得他親自去扶的人？

原本以為會是太子，雖然她也沒想過為什麼太子會過來，卻見扶下一位一身粗布衣衫的中年男子，宋雁茸瞧著，那男子怕是身子不大好，手腳竟然還在哆嗦著。

「不知燕公子大駕光臨，有失遠迎！」沈慶率先上前。

燕公子連忙扶住沈慶。「沈學子客氣了，是燕某失禮在先，大年初一的，招呼都沒打就前來叨擾。」

「燕公子說的哪裡話？燕公子此次過來想必是有要事吧？」沈慶開門見山道。

「確實有一要事。」

說話間，沈慶將兩人一起迎到了沈元和青山住的那間屋子。「陋室簡寒，委屈二位貴客了。」

「哪裡的話……」

沈慶與燕公子寒暄，未曾注意到燕公子帶來的那位中年男子，宋雁茸卻看得清楚，那人似乎一進院子就像是在找什麼似的，且那眼神瞧著挺奇怪的，像是一種患得患失的複雜。

宋雁茸進屋去給人倒熱水，便聽到燕公子介紹道：「這位是我家中一位故人，他的兒子丟了近六年，我們兩家一直在尋找，卻一直沒找到。前幾日在沈兄家，見到沈兄家那位叫青山的遠房親戚，倒是與我這位故人的兒子有幾分相似，這位故人便想親自前來看看。」

說著介紹了一番身邊那位中年男子。「這就是那位故人，喚他高先生即可。」

沈慶準備行禮，被高先生一把攔下。「實不相瞞，內子因那孩子的事情，如今神志不清，若是青山真與我那孩兒有幾分相似，我想帶青山與內子一見，以期能緩解內子些許病情。」

「青山？」沈慶一邊說，一邊看向正在給大家倒熱水的宋雁茸。

此時宋雁茸聽到燕公子的話，也正好抬頭，目光便與沈慶的碰到了一起。

宋雁茸微微點頭，沈慶便道：「實不相瞞，青山並不是我家的遠房親戚，實是內子與小妹在鎮上湊巧遇上的乞兒……」於是簡單將宋雁茸告訴他遇上青山的事情說了出來。

這下，那高先生更加激動了。「當真？我可否見一見那孩子？」不是沈家的遠房親戚，那就更有可能是他兒子了。

第二十四章

宋雁茸去廚房叫青山的時候，他正在和沈元一同扒拉灶膛裡的烤栗子。

聽到宋雁茸說有人找他，青山茫然地抬頭。「啊？找我？」一副對方搞錯了的模樣。

宋雁茸為了讓青山心中有個底，直言道：「那人或許是你的家人。」原本還擔心青山得知此事，萬一太高興，待會兒又弄錯了，會不會空歡喜一場？

沒想到，青山淡定地扯了下嘴角。「說笑的吧？我這樣的人，還會有能坐上那樣馬車的家人？」他可聽說了，那燕公子可是太子的表哥。

「我也不清楚，你去見見就知道了。」宋雁茸帶著他往屋裡去了。

沈家院子本就不大，沈元他們屋子離廚房又挺近，宋雁茸也沒多耽擱，可等待著的高先生此刻卻快要望穿秋水了。

他不時地抬頭往沈家廚房看去。

當看到宋雁茸帶著青山過來的時候，高先生愣在當場，雖然近六年未見，可畢竟是自己的兒子，那孩子的眉眼，加之血脈相連的冥冥感應，高先生幾乎不用驗證就知道，那是他的兒子！

是與他走失近六年，失而復得的兒子！

青山進屋的時候，就看到一個中年男人滿眼通紅地看著自己，一時間他都不敢上前了。還是宋雁茸推了推青山。「青山，你看看，可認識這位高先生？」

青山往後退了一步，搖了搖頭。

高先生見此，疑惑道：「瑞瑞！你真不認得爹了？」

「爹？」青山莫名其妙地看向高先生。

高先生這才收起失而復得的情緒，小心朝青山問道：「我可不可以看看你的左手手腕？」

青山看向宋雁茸，見宋雁茸對他點頭，這才將袖子挽上去，並將手伸給高先生看。

高先生激動得有些哆嗦地握住青山的手，將袖口又往上推了些許，終於止不住哽咽道：「瑞瑞……你就是瑞瑞！這處疤痕明顯是被人特意抹去你的胎記所致！孩子，到底是誰幹的？你手腕處怎有如此多的傷疤？」

高先生看著青山手腕上縱橫交錯的大小疤痕，心疼得難以自制，他與妻子小心捧在手裡的孩子，居然被人如此對待。

青山似乎有些被高先生嚇到了，用力抽回了手，道：「你認錯人了，我叫青山，不是你要找的瑞瑞……」

高先生見青山的模樣不似作假，有些疑惑地看向宋雁茸。

不過五、六年，青山也不至於完全不認識他吧？青山走丟的時候已經七歲了，不是什麼都不記得的年紀了。

宋雁茸先拍了拍青山，示意他別害怕，轉頭再對高先生等人說道：「青山他失去記憶了，他只記得自己大約是在兩年前被一個乞丐爺爺從亂葬崗救回來的，這事其實都是那老爺爺告訴他的，他自己什麼都不記得，只記得自己叫青山，然後就是那老人帶著他乞討活了下來，直到那老人去世。」

「你們和那位老人都是我們高家的大恩人，請受我一拜！」高先生說著就要拜下去，宋雁茸和沈慶哪裡會受他這一拜。

宋雁茸連忙側身避開，沈慶則直接一把扶住了高先生。「先生切莫這樣，這是折煞我們了！」

高先生實在拗不過兩人，這才道：「高某沒別的本事，也就在醫術上有所造詣，日後但凡你們用得著我的地方，儘管找我便是！」

宋雁茸一聽這話，想到了書中寥寥幾筆的劇情。

姓高？又是從燕家過來的？

莫非眼前這位就是書中所說的高神醫？

原著中曾提到過，給太子醫治的是位隱世神醫，姓高。但這位神醫因為兒子死了，妻子又瘋了，沒幾年他也鬱鬱而終了。

在太子病重的後期，書中還曾提到，太醫院院正感嘆，若是能有高神醫一直為太子調理，太子的病也不至於加重。

如今，這神醫之子被她陰差陽錯的找了回來，是不是神醫的妻子也可以不用死了？神醫也不會死了？

那麼太子的病是不是有救了？

太子沒死的話，下一任皇帝就不會是三皇子了，那沈慶是不是也可以不是那悲催的對照組了？

宋雁茸自己都沒發現，她理了一通劇情，居然最後的落腳點在沈慶身上。

沈慶又與高神醫客套了一個來回，高神醫就對青山說：「我先給你把個脈可好？」

高神醫說這話的時候帶著明顯的小心翼翼，燕公子何曾見過這樣的高神醫？

見青山還往宋雁茸身後躲了躲，看得出來青山，不，應該叫高梓瑞，高梓瑞很信任宋雁茸，燕公子忍不住開口道：「沈娘子勸勸他吧，高神醫這些年為了尋他，又要照顧妻子，過得很不容易。」

宋雁茸本就想勸，青山當初肯定是頭部受了創傷，不管青山什麼打算，有神醫在，先醫好再說，誰知道有沒有什麼後遺症，便開口道：「青山，先讓高神醫給你瞧瞧。」

青山這才點頭，依著高神醫的要求，在榻邊坐下，伸出手腕讓高神醫把脈。

高神醫仔細檢查了好一會兒，又察看了青山的眼瞼和舌苔，還仔細扒了青山的頭髮，一寸寸頭皮摸索過去，檢查了頭部。

末了，高神醫問道：「瑞瑞，你為什麼覺得自己叫青山？」

青山有些不高興了，這人怎麼回事，一來就說是他爹，欺負他什麼都不記得了？他都說好幾次他叫「青山」，不是他要找的「瑞瑞」，這會兒，居然還叫他「瑞瑞」，若不是看在宋姊姊的面子上，他才不讓他摸半天腦袋呢。

饒是青山好說話，這會兒也有些不舒服了。「我已經說了幾次了，我叫青山！青山！這些年我都是這麼過來的，我叫青山！」

高神醫怕惹惱了兒子，連聲認錯。「好好好，你叫青山，是我叫錯了！」

宋雁茸也看出來青山有些生氣，便對高神醫道：「要不我先讓他出去吧？他一時接受不了也正常，神醫也莫太傷心！」

高神醫點頭，宋雁茸便先帶著青山又往廚房去了。

第二十五章

高神醫在屋中急得直搓手。

宋雁茸和青山一起走到廚房，就問道：「你是怎麼想的？我瞧著高神醫應該沒有搞錯。」

沈念和沈元一臉懵地看過來，沈元直接問道：「怎麼回事？」

沈念連忙用手肘碰了下沈元，示意他別多話。

宋雁茸和青山只當沒看到兄妹倆的小動作。

青山道：「我什麼都不記得了，好不容易在這裡找到了家的感覺，現在卻跑出來個人，說他是我爹，我……我心裡沒底。」

「可那畢竟是你的家，你娘親因為找不到你都急病了，你要不要回去看看？要是那邊你實在住得不習慣，還可以回來的。」宋雁茸勸說道。

得知自己的娘親因為找不到自己病了，雖然他對娘親已經沒有任何印象，青山的心還是狠狠地抽了一下，眉頭也緊緊地皺了起來。

「你過去也正好去調理下自己的身體，你這些年在外當乞兒，饑一頓、飽一頓的，到底傷了身體，你爹爹是神醫，想必很快就能幫你調理好身體，到時候你想我們了，隨時可以來看我們。」宋雁茸苦口婆心，她實在不願意見到那些因丟了孩子而破碎的家，如果青山能想明白，神醫他們那個家也不至於落得那般境地。

一旁的沈元和沈念聽了都驚訝得說不出話來。

宋雁茸朝兩人使了個眼色，讓兩人跟她一起出去。「你好好想想，我去問問神醫你的病情如何。」

沈念和沈元忙站起來跟著宋雁茸一道出去。

剛出廚房，兩人就迫不及待地問：「嫂嫂，今天來的那人是神醫？」

「神醫真的是青山的爹？」

宋雁茸打斷兩人。「你倆先去母親屋中待會兒，回頭我們再聊。」

兩人自然沒有不同意的。

高神醫見宋雁茸進來，忙站起身，緊張地問：「沈娘子，他怎麼說？」

「您今天來得有些突然，他一時接受不了，您給他一點時間，他會想明白的。」

神醫點頭。

宋雁茸又問：「對了，您剛才給他把脈檢查了，他身體如何？」

高神醫道：「他頭上沒發現什麼外傷，但筋脈卻有些阻塞，怕是有淤血堵塞了筋脈，又受了什麼刺激才導致失憶，配合些藥浴和針灸應該能恢復記憶。他這些年吃了不少苦，有些體虛，還得好好補補才行。」

宋雁茸一聽，很是驚訝於這個時代的醫術。神醫果然是神醫，都不用拍片檢查就知道人家腦中有淤血？

「他為什麼那麼肯定自己叫青山？」宋雁茸問出心中疑惑。

高神醫想了想，沈聲道：「青山原本是他的貼身小廝，與他一起丟了，那孩子對瑞瑞很是忠心，前些年，燕公子的人曾打聽到青山的下落，最後卻在亂葬崗斷了線索。那裡屍骨太多，又是三年後得的消息，根本認不出青山的屍首，如今看來，那孩子怕是凶多吉少了。我們甚至以為瑞瑞也與青山一樣……」

說著，高神醫紅了眼眶，轉身擦了擦眼淚。「讓各位見笑了，今天能找到瑞瑞，我實在太高興了，內子若是能重新見到瑞瑞，指不定也能恢復神志。」

這種場面宋雁茸實在應付不了，她此刻只希望青山能快點想明白，別讓高神醫太忐忑。

燕公子開口道：「要不要讓他們父子倆單獨談談？我們今天其實並不方便出來太久，神醫的夫人還需要神醫快些回去照看。」

高神醫顯然很糾結，他也想和高梓瑞好好談談，可他剛才似乎有些操之過急，嚇著那孩子了。

「若是您不嫌棄，要不您移步去廚房和他談談？若是他執意不肯走，您也可以先回去照顧夫人，回頭我們再幫您勸勸他。」

高神醫聽了宋雁茸的建議，點頭道：「哪裡會嫌棄，你們救了瑞瑞，我也看得出來，你們將瑞瑞當家人一般對待，所以瑞瑞才會捨不得你們，我都不知道該怎麼感謝你們。」

高神醫一開口，又紅了眼眶，似乎再多說幾句眼淚就又要落下，便直接道：「我去廚房看看那孩子！」

高神醫到了廚房，青山正坐在灶門口，雙手抱著膝蓋，頭也埋在兩膝間。

聽到開門聲，青山以為是宋雁茸，頭也沒抬道：「宋姊姊，我跟他去看看，回頭我若是想回來了，他不放我走怎麼辦？」

高神醫一聽這話就知道有戲，連忙保證道：「你放心，等你身子調理好了，若是想過來看他們，爹爹一定不會攔著的！」

青山聽了聲音猛地抬頭。「怎麼是你？」不過話裡明顯沒了剛開始的牴觸。

高神醫沈重的心這才微微收起。「孩子，咱們先回家好不好，你娘親還在家等著咱們呢！」

說起娘親，青山想到沈母，內心一片柔軟，便道：「你的醫術真的很厲害？」

高神醫雖然不知道他想做什麼，但還是乾脆地點頭。

「那你能不能幫我個忙？」

高神醫哪裡會拒絕，別說一個，就是十個、百個，他此刻也不會拒絕。

「沈家嬸嬸對我很好，可她一直身子不大好，我聽沈二哥說，之前嬸嬸身子更差，如今這樣還算是好轉很多了，可我總瞧著嬸嬸沒什麼精神，你能不能給沈家嬸嬸也調理下身子？」

高神醫哪裡會不答應，連忙說：「我現在就可以給她把脈，回頭直接將藥配好，讓人送過來，你看可好？」

青山眼睛一亮。「嗯！」

宋雁茸見高神醫一臉輕鬆地與青山出來，就知道他們應該是談妥了，正為他們高興，想去說點什麼，不料她還沒開口，青山就將他讓高神醫給沈母看病的事情說了。

沈慶和宋雁茸哪裡還有不同意的。

高神醫給沈母把完脈，叮囑了些日常注意的事情，承諾過後會讓人送藥過來，讓沈母按時服用，就帶著青山與燕公子一道離開了。

宋雁茸本就打算等開春了就要著手沈母身體的問題了，沒想到，竟然天降神醫，現在就能開始給沈母調理，如此一來，原著中沈母會病逝的劇情也將不復存在了。

宋雁茸想到躲開了那麼多不好的劇情，終於鬆了口氣，那種被劇情束縛的感覺，似乎也不再那麼強烈了。

沈念沒有失蹤，沈母也不會在近期病逝，沈元現在天天不是忙豬舍就是想著吃什麼，就更不會離家出走、落草為寇了，真好！

見宋雁茸還在桌邊托腮獨自樂著，沈慶忍不住問道：「想什麼呢？這麼開心？」

第二十六章

「有神醫出手，母親的身子應是無礙了！」

看著宋雁茸笑盈盈的臉，沈慶覺得心底有什麼地方忽然軟得一塌糊塗。

高神醫給沈母的藥在大年初二就讓人送了過來，一併送來的還有好些布料、文房用品和各式點心，整整一馬車的好東西。

「夫君，等開春了咱們再將屋子擴建吧？」宋雁茸提議道。

「嗯？」

「咱們家就這麼四間小屋，往常倒不覺得如何，可這段時間，你也看到了，家裡來了幾次貴人，咱們連個待客的地方都沒有，總不能每次都讓人去二弟那屋子吧！」

沈慶點了點頭，他也覺得不合適。「行，我回頭多抄些書換銀子回來。」如今他得到這麼多筆墨紙硯，能抄好些書去換銀子了，那些紙可比很多書齋的紙張要好，他若是全都自己用著實浪費，不如抄書換些銀子回家。

「我還有銀子呢！夫君只管好好讀書就行，不要浪費時間精力去抄書了，有那時間不如多看些文章，切莫耽誤鄉試。」

沈慶卻斷然拒絕。「那怎麼成，誰家會一直用媳婦的陪嫁？況且我抄書也不算浪費時間，每次抄寫，我對書中的內容都能有些新的認識。」

宋雁茸想想，覺得沈慶的話也確實有道理，再說，男人有養家的自覺她覺得很好，也就不再拒絕，只叮囑。「不要太累了。」

接下來幾天，宋雁茸多半時間都與沈慶一起看書習字，當然，她培養室的那些菌種自然也沒有落下。

很快就到了正月初八，沈慶又該回書院唸書了。

沈慶第一次覺得，這段時間與宋雁茸相處，竟會覺得時間過得太快。

回來的時候他只帶了一個小包袱，現在要去學堂了，因為添置了新衣裳，還有好些筆墨紙硯，沈母又給沈慶塞了好些乾果，竟然收拾出兩大包行李，這是他讀書以來，行李最多的一次。

沈母招呼著沈元道：「老二，你去送送你大哥。」

沈慶卻看著宋雁茸道：「元宵那日，鎮上會有花燈，妳若是想看，到時候我可以陪妳，那日書院會休半日假。」

宋雁茸一聽，倒是來了興致。「好呀，到時候也與二弟、小妹一起去。」

和二弟、小妹一起去？

沈慶心中那絲剛生出的情愫瞬間被打破，恢復了一貫的冷臉，與沈母告別，與沈元一人一個大包袱往鎮上去了。

宋雁茸有些莫名其妙，碰了碰沈念的胳膊，疑惑道：「我又說錯話了？妳大哥這又是抽的什麼風？」

不想，最近唯她是從的沈念居然朝她翻了一個大白眼。「嫂嫂，我本以為妳最近變聰明了，誰知道，妳又開始犯渾了！」

「啊？」

沈念撇撇嘴。「大哥明明就是想和嫂嫂去看花燈，嫂嫂竟然說帶上我與二哥，大哥本就臉皮薄，被嫂嫂……」

沈母呵斥道：「念念，妳在說什麼呢，這些話是妳一個未出閣的姑娘家能說的嗎？」

沈念趕緊吐了吐舌頭，朝廚房溜去了。

沈母似乎有些不知道怎麼和宋雁茸開口，想了想丟下一句。「元宵那日，妳去給老大送身新衣裳吧！」說罷，轉身朝屋裡去了，似乎是生怕宋雁茸會拒絕。

宋雁茸聽完有些不自在，老臉一紅，沈慶這是想和她單獨逛花燈？這是在邀她？

沈慶喜歡她了？

不對不對，原著中，沈慶對宋雁茸一直都只是出於丈夫的責任感，宋雁茸死的時候，若不是死因與梁燦有關，沈慶只怕只會感覺鬆了口氣。

還是不對！

她已經改變了很多劇情，所以現在，沈慶極有可能真的喜歡上她這個名義上的妻子了。

這可怎麼辦？

若是這樣，他到時候不願簽和離書，她豈不是白忙活一場了？

也怪她自己，這幾天沒事幹麼跟沈慶一起學習？沈慶那樣的古人，又是一本正經的讀書人，想必從未與女子這麼親近過，她又是他名義上的妻子，沈慶本就是個很有責任心的男子，原著中的宋雁茸作了那麼多妖，沈慶都能忍，他內心其實是很想與妻子好好過吧？

宋雁茸覺得，她有必要早點同沈慶說清楚，省得他越陷越深。

那就元宵節吧！

心中有了主意，宋雁茸很快又忙活起來。

院中的籬笆上早已搭好了草簾，就等天氣暖和些，將那些木耳菌棒搬出來。

「嫂嫂，這能養出多少木耳？能換不少銀子吧？」沈元樂呵呵地問道。

只要能掙銀子，家裡就總有好多好吃的，他幹什麼都有勁。

沈念一邊和麵、一邊道：「二哥，這些天你可得多砍些柴了，培養室放了那麼多菌棒，可得讓那水箱裡的水一直溫著，要是把那些菌棒凍壞了，咱們可就白忙活了。」

沈元連連點頭。「放心吧！」

宋雁茸卻道：「二弟，你每天要餵豬，還要拌料、打豬草，活兒太多了，明天你去村裡問問，看有沒有人願意賣柴禾給咱們，往後家裡的柴禾就直接找村裡人買吧！」

沈元卻有些不同意。「費那些銀子幹麼？嫂嫂平常給我的已經夠多了，還要花銀子給別人，我……」

不等沈元說完，宋雁茸就道：「二弟，咱們這麼努力掙銀子圖什麼，你想過嗎？」

「我就是想吃好吃的！」沈元幾乎脫口而出，這還用想？

「那你現在難道沒吃上你想吃的？」宋雁茸反問。

沈元撓撓後腦勺，歪著頭道：「可我還想吃更多好吃的！」

宋雁茸只知道沈元是個吃貨，倒是從未想過，他竟然還是個有理想、有追求的吃貨！只得道：「可你想過沒有，你若是累壞了身子，往後就會同母親那般，很多東西都需要忌口，那日高神醫的叮囑你也聽到了。那時候，你有銀子都吃不了。」

「啊！這、這可怎麼辦？」沈元顯得十分擔心。

「所以，你明日去村裡問幾個勤快些的，讓他們賣些柴禾給咱們，你就不會累出個好歹了！」

嫂嫂說得有道理。

沈元聽了連連點頭。「我待會兒就去！」還等什麼明日！

第二十七章

吃完晚飯，沈元不顧天寒地凍，摸黑去問了幾家手腳勤快又實誠的人。

聽完沈元的來意，那三家人沒有一家拒絕。

大冬天的，本來就沒什麼可以掙錢的活，平常砍柴他們還得去鎮上賣，來回就得半天的工夫，這還得走得快的，若是賣不出去，還得挑回來！現在沈家肯收柴，給的是和他們去鎮上一樣的價，他們哪裡會不答應？

有那來回的半天工夫，他們還能多砍些柴呢！

沈元這一趟根本不用花費什麼口舌，就以一百斤柴四十文的市場價談妥了買賣。

這三戶人家都挺勤快，第二天就送柴來了。

沈元發現不用上山砍柴，還真的輕快不少，他能有更多的時間窩在灶門口吃東西了。

元宵節很快就到了，這一日，沈母早早就準備了沈慶的新衣裳，對宋雁茸道：「茸茸，今天就辛苦妳了。」

宋雁茸面色如常地接過衣服，去培養室給那些木耳的栽培棒噴了些水霧，以保持合適的濕度，就提著沈母給的包袱往潼湖鎮上去了。

宋雁茸趕到鹿山書院的時候還沒散學，這會兒天氣雖然不似過年那般寒冷，可若是在外面待久了也不好受。

宋雁茸和書院外的逐鹿書齋也算熟人了，便直接往書齋去。

這會兒佟掌櫃正在櫃檯後核對帳目，眼角餘光看到有人進來，抬頭望去，見是宋雁茸，趕緊迎了出來。

「沈家娘子今日怎麼有空過來了？」瞥見她身後的包袱，又趕緊道：「是給沈學子送東西來的？」

宋雁茸聞言點點頭，開口卻道：「佟掌櫃往後也跟牧老一樣，喚我宋丫頭吧，或者直接喚我宋雁茸也行。」

佟掌櫃微微挑眉，這姑娘家嫁了人，不都是喚夫姓嗎？他原本還提醒牧老好幾次，畢竟他們認識宋雁茸的時候，人家已經嫁人了，若是在她成婚前就認識，不改口倒還能顯出些情分。這倒好，牧老還沒改口，沈家娘子竟然跑來讓他改口，是他最近對帳冊的時間太長，都不知道如今的小娘子們該如何稱呼了嗎？

不過，佟掌櫃心中這麼想著，面上倒是不顯，但他可不敢如牧老一樣喚人「丫頭」，點頭說了句。「好的，宋姑娘，這邊有火盆，宋姑娘過來這邊坐會兒，暖和暖和。」

說著又讓小二上了熱茶。

宋雁茸點頭道謝，總聽別人叫什麼沈娘子，可真彆扭！

「牧老說，等過完元宵就打算去你們家看看那些菌種，我還打算明天讓人去灣溪村問問宋姑娘什麼時候合適呢，沒想到，今天姑娘就過來了！」佟掌櫃從善如流地改了稱呼問道。

宋雁茸道：「啊，可能需要過些時候，大概等正月過完吧，最近因為剛做完木耳的栽培，一時間那屋子還沒空出來，之前與牧老一起做的菌種都在裡側放著，現在看不了。」

兩人就著菌種和牧老的近況聊了起來，沒多久，外頭傳來人聲，宋雁茸轉頭朝外看去，原來是書院散學了。

佟掌櫃見此，便道：「沈學子應該快出來了，那我就不耽誤宋姑娘正事了。」

宋雁茸站起身來。「今天多謝佟掌櫃了，不然我還得在外頭吹冷風呢！」

「哪裡的話。」

佟掌櫃話音剛落，宋雁茸就聽見有人喊道：「哎，沈慶，你走那麼快幹麼？難不成今天逐鹿書齋上了什麼寶貝？」

宋雁茸循聲看去，只見沈慶快步往書齋而來，後頭還跟著個同窗，剛才那話就是那個同窗喊的。

沈慶走到書齋外頭的時候，發現宋雁茸果真在書齋，心下鬆了口氣。

他也不知道為什麼，今早開始，他就一直有些心神不寧，總想著宋雁茸會不會來。

一散學，沈慶就急急出來了，往常他從未這般，今日，他幾乎是第一個出書院的。

沒在書院門口看到熟悉的身影，沈慶心中空落落的，說不出來的失落。

還是突然聽到身邊走過的人說了句「逐鹿書齋那邊買的」，他才猛然記起宋雁茸與逐鹿書齋的佟掌櫃熟，這會兒外頭冷，或許她會在逐鹿書齋避風，這才著急過來想看看究竟。

她果然在這裡！

她沒有帶二弟和小妹！

她一個人來了！

此刻沈慶心中滿滿的全是甜蜜的喜悅。「妳來啦！」

說話間，隨著沈慶因快走而急促的呼吸，沈慶眼前幾乎全是呵出的白霧。

宋雁茸這才注意到，沈慶的鼻頭被凍得有些發紅，而他素來板著的臉，此刻竟朝她揚起一抹淺淺的微笑。

「沈兄，這位是？」沈慶身邊那位同窗問道。

宋雁茸正想回答自己是沈慶的妹妹，沒想到沈慶先開口了。「這是我妻子。」

「你妻子？你什麼時候成婚的？」

沈慶斜了那人一眼，那位同窗連忙收聲，轉頭對宋雁茸抱拳行了一禮，道：「見過嫂嫂，小生乃沈兄的同窗，周遠航，剛才失禮，還望嫂嫂莫要介懷。」

宋雁茸乾笑著點點頭，她可不想將沈慶妻子的身分在這裡宣揚開來，畢竟是打算和離的，雖然往後不一定住在這裡，總歸還是越少人知道越好。

既然沈慶已經介紹完了，現在還是與他快些離開書院為妙，宋雁茸想到此處，便上前道：「夫君，這是家裡讓我帶給你的衣裳，你是先將衣裳拿去書院裡你的住所，還是我們直接帶著包袱去集市？」

一聽這話，周遠航哪裡還有什麼不明白的，今日有花燈，沈慶這是與他的小妻子約好了要去看燈呢，遂很有眼色地道：「嫂嫂，你們直接去集市逛逛吧，我與沈兄住在一塊兒呢，我拿衣裳回去！」

說完接過包袱，麻溜地往書院去了。

「我們走吧！」沈慶道。

宋雁茸跟佟掌櫃打了聲招呼，就與沈慶往集市上去了。

宋雁茸心裡琢磨著，要什麼時候跟沈慶說清楚，而沈慶第一次懷著這樣的心情與宋雁茸並肩走著，心中緊張又歡喜，一時沒琢磨出該跟她說點什麼，兩人竟一路心思各異地一句話也沒說上。

等看到街頭了，沈慶才先開口道：「妳餓了吧？有沒有什麼想吃的，花燈要晚上才點，我先帶妳去吃點東西吧！」

宋雁茸點頭。「好。」低頭還在想著和離的事情。

看著她乖巧的模樣，沈慶心中一片柔軟，他怎麼沒早發現他的妻子這麼好呢？

「妳想吃小吃嗎？若是想，我們就去南街，我打聽過了，南街那邊有一條巷子，裡頭全是小吃。」

見宋雁茸沒說話，沈慶又道：「若是不想吃小吃，我帶妳去西街的李記酒樓吧，我聽說那裡菜色不錯，西街還有好幾個首飾、脂粉鋪子，正好，妳也可以去看看。」他今日抄了些書，手裡有點銀子。

宋雁茸頭一次見識到說這麼多話的沈慶，抬頭瞧見沈慶正滿眼寵溺的看著她，一時有些遲疑。

沈慶這模樣，一看就是剛陷入戀愛的毛頭小子，她這樣是不是太殘忍？

可若是不趁早說，沈慶只會越陷越深，將來傷害更大。

宋雁茸狠下心，在沈慶一臉期待中開口道：「沈慶。」

「嗯？」滿心歡喜的沈慶甚至沒有發現宋雁茸對他的稱呼變了。

「我想和離！」

「什麼？」

「我想和離！」宋雁茸重複了一遍。

第二十八章

沈慶以為自己聽錯了，見宋雁茸直直的看著自己，這才知道，原來不是自己聽錯，臉色頓時一僵。

他恢復了一貫的清冷，道：「街上風大，我們去茶樓裡找個地方坐坐吧。」

宋雁茸點頭答應。

沈慶這幾天想了很多種他與宋雁茸一起遊街看花燈的場面，唯獨沒想過，花燈還未亮，街還沒開始遊，宋雁茸會跟他說「和離」。

一時間，沈慶只覺得自己的心像是被一隻大手狠狠揪住，苦澀溢滿胸腔。

沈慶給宋雁茸和自己倒了杯熱茶。「天涼，先暖暖身子。」聲音不似往常的清冷，而是低沈沙啞。

宋雁茸雙手握住茶杯。「謝謝。」

看著沈慶原本就有些蒼白的面色，這會兒更是沒有一絲血色，宋雁茸也莫名心疼了一下，一時間竟不敢再開口。

沈慶輕輕吹著手裡的熱茶，絲絲熱氣拂在他臉上，這才讓他微微緩過些心神。他微皺著眉頭，眉眼低垂，也不看宋雁茸，只輕聲問道：「為什麼？」沈慶不敢大聲，似乎怕被宋雁茸發現他的顫抖。

宋雁茸抬頭看去，沈慶的面前蒙著茶水的裊裊熱氣，他冷白的臉色恢復了些血色，宋雁茸說出早就準備好的說辭。

「從前是我不懂事，給沈家添了不少亂，你今年就要鄉試，以你如今的學業，中個舉人定是沒有問題的，你往後好好讀書，待到金榜題名那日，自然能有更好的姻緣，我不能耽誤你。」

知道沈慶是個責任心極強的男子，宋雁茸又補充道：「你也不用擔心我，你看，我現在可以自己掙銀子，其實，我也沒想到，閨中讀的那些亂七八糟的書，和跟著父親聽的那些故事，原來真的可以養出蘑菇。」後面那句話，完全就是在跟沈慶解釋她為什麼能栽培出蘑菇。

可沈慶根本沒聽宋雁茸後面的話，等她說完，沈慶就道：「妳怎知妳留在我身邊是耽誤我？」

「你原本就不喜歡我，我也不喜歡你，我們何必互相耽誤？」

沈慶原本還想反問「妳怎知我不喜歡妳」，可聽到宋雁茸後面那句「我也不喜歡你」的時候，到嘴邊的話硬生生卡在了喉間。

原來她真的不喜歡他。

沈慶心臟一陣揪疼，突然猛地咳嗽起來。

這一咳，似乎就停不下來，甚至咳出了滿眼淚花。

宋雁茸瞧著沈慶咳得收不住了，不由得也有些著急，連忙起身。「你沒事吧？」說話間伸手往沈慶背後輕輕拍去。

才落下，沈慶就側身避開了，宋雁茸第二次拍下去就落了空。

宋雁茸也不覺得怎麼樣，沈慶本就很是守禮。

沈慶用袖子拭去眼角咳出的淚滴，悶聲道：「見笑了！」

宋雁茸看他這模樣，突然想到，沈家之所以讓沈慶唸書，最初就是因為沈慶身子弱，做不了什麼重活，送去學堂試著啟蒙，沒想到竟是個讀書的料子。

他剛才咳成這樣，不會是被她氣出個好歹吧？

思及此處，宋雁茸有些心虛道：「你要不要去醫館找個大夫看看？」

「我在妳心中就是這般羸弱？不過是嗆了口茶水，就到了看大夫的地步了？」沈慶冷聲道，目光直直地看向宋雁茸。

宋雁茸被他這麼一盯，立刻心虛地老實交代。「那倒不是，我是怕你因為我，氣出個好歹，影響你鄉試……」

「既然知道妳說這些話會影響我鄉試，那往後就不要再提了。」沈慶脫口而出，第一次覺得自己死皮賴臉、厚顏無恥。

宋雁茸驚訝地「嘶」了一聲。「哎，不是，怎麼就……」

沈慶不等她說完，就站起身來，高聲道：「小二，結帳！」

宋雁茸還想說什麼，店小二已經過來收錢了，她只得閉嘴。

本想等店小二出去了，她再把話說清楚，沈慶卻抬腳先往外走去，見宋雁茸沒跟上來，還回頭催了聲。「夫人快些，我帶妳去看看首飾和脂粉！」

夫……夫人？

沈慶剛才叫她「夫人」？

記憶中，這是沈慶第一次這般喚她。宋雁茸雙眼瞪大，隨後一陣猛眨，他這是想幹什麼？

「你……」

話未出口，前頭的沈慶又抬起拳頭抵在嘴角，劇烈的咳嗽起來。

宋雁茸立刻閉嘴，認命跟上。

出門的轉角處，在宋雁茸看不見的角度，沈慶嘴角微揚。

她並不是完全不在乎他的！

這個認知讓沈慶心中的苦澀散去不少。

「妳想先去看首飾還是脂粉？」沈慶強裝無事發生道。

宋雁茸有些無語。「我什麼都不想看，我只想和……」

「離」字沒出口，沈慶就道：「那妳幫小妹挑幾樣吧！」

沈念什麼時候用脂粉了？宋雁茸皺眉，一副「你少糊弄我」的模樣看向沈慶。

似乎猜到宋雁茸的想法，沈慶立即道：「小妹也是個大姑娘了，都還沒根像樣的簪子，妳今天就幫她挑一根吧！」

宋雁茸一想，確實是這樣，那就給沈念挑支簪子吧！沈念的耳洞上好像一直都只扎著根茶樹細棒，既然來了，乾脆待會兒也挑對耳環吧。

這麼想著，宋雁茸便不再反對，跟著沈慶往首飾鋪子去了。

進了鋪子就有小二的熱情的迎了上來。「兩位看點什麼？」

沈慶轉頭道：「夫人喜歡什麼？」

不是說給沈念買嗎？宋雁茸皺眉，她不喜歡這樣。

看出宋雁茸的不悅，沈慶改口道：「妳覺得小妹喜歡什麼？」

這還差不多。

宋雁茸道：「我也不大清楚，你不是說給她挑簪子嗎？我看就挑個銀的吧！」

沈慶點頭，那小二極有眼色的引著宋雁茸往櫃檯走去。「這位夫人，您看看這些，都是小店今天剛上的銀簪子。」今日有花燈，還不知道有多少姑娘們出來逛街呢！

宋雁茸對這些東西也不太懂，便挑了根簡單的簪子，掂了掂，是實心的。「就這個吧！」

沈慶沒想到宋雁茸挑簪子這般迅速，似乎對各種款式完全不感興趣。

「我再看看耳環吧！」宋雁茸將簪子遞給店小二包好，又道。

沈慶正想著，宋雁茸這次會挑花樣還是挑重量，宋雁茸已經很快從那排耳環中挑了對小巧的花朵耳墜出來。「這個。」

店小二似乎從沒見過挑首飾如此迅速的女客，他都還來不及一件件介紹，人家就選好了。

店小二連忙接過。「這位夫人還要看些什麼？」若是客人都像這樣，他能省多少口舌。

「不用了，多少銀子？」宋雁茸邊說邊往櫃檯方向走去。

「一共五兩多些，那點零頭就給您抹了，您給五兩就行！」

宋雁茸拿了錢袋子準備結帳，沈慶卻道：「我來付。」

宋雁茸沒理他，直接將一張五兩的銀票給店小二，接過店小二遞過來裝著簪子與耳環的小袋子，一邊往外走，一邊對沈慶道：「你的銀子好好留著，多吃點好的補補身子，往後也少熬夜抄書。」

沈慶的銀子還能怎麼得的，不就是抄書嗎？白日裡，書院的學業可不鬆快，他能攢下五兩銀子，也不知道熬了多少個夜晚。

沈慶這一刻突然發現，自己好無能，這麼大歲數了，不但不能養家，還得家裡養著他，帶媳婦來買東西，還得媳婦掏銀子。

他攥緊手裡的錢袋子，暗暗發誓，將來掙了銀子，一定都給宋雁茸買首飾！

沈慶快走幾步，追上宋雁茸，將錢袋子往她手裡一塞，道：「這些妳拿著，待會兒看中什麼就買些。」

宋雁茸還想推辭，沈慶卻越過她道：「我們去前頭吃點東西吧！」

這會兒街頭已經隱隱開始摩肩擦踵了，宋雁茸怕與沈慶走散，只得收好錢袋，趕緊追上去。

卻不想，就在這時，人群忽然騷動，宋雁茸眼看著自己與沈慶之間湧過來好些人，還來不及說什麼，就被人擠出去老遠。

沈慶顯然也發現了，可他轉頭的時候卻只能眼睜睜地看著宋雁茸被擠出去。

沈慶奮力往那邊擠過去，視線一刻也不敢離開宋雁茸。

這一刻他恨死了自己，他明明聽說過，會有拍花子專挑花燈節這一日來抓些姑娘與小孩賣掉，剛才出來為什麼不牽著宋雁茸？

這次宋雁茸出來看花燈，也是他邀約的，若不是他，她此刻還好好的在家裡。

人的潛力果然是無窮的，沈慶此刻就是被激發了潛力，居然讓他在人潮湧動中硬是擠出一條路，來到宋雁茸身邊。

宋雁茸正想著沈慶那什麼眼神，怎麼一副天塌了的模樣，然後竟見他一副拚命的架勢，硬是穿越人群來到她身邊。

此刻，沈慶一副劫後餘生的模樣，緊緊拉住宋雁茸的手，都未曾注意到，自己的髮帶都不知道掉到哪裡去了，頭髮四散披開，外頭的長衫不僅凌亂的散了開來，甚至還破了幾道口子，腳上的鞋子早已不知道去了哪裡，開口第一句話就是：「妳沒事吧？」

宋雁茸看著他這模樣，心中閃過一絲異樣，像是有羽毛輕輕刷過心尖，聲音也軟了下來。「我沒事，倒是你……」

說著指了指沈慶的頭髮、衣衫和鞋子。「你鞋子都掉了，這會兒怕是也找不到了，快去附近買雙鞋子吧，地上涼！」

沈慶這才發現自己一身狼狽，握著宋雁茸的手，快步往最近的一個有成衣、鞋襪的鋪子行去。

宋雁茸從未見過沈慶如此豐富的表情，一時間只覺得好笑，都沒發現沈慶拉著她的手一直沒有鬆開。

第二十九章

店中的小二見沈慶那副樣子，很有經驗地拿了合適的鞋襪讓他換上，還體貼的拿了梳子和髮帶遞給他。「花燈要點了，這會兒人多，公子還須注意些！」

沈慶道謝接過，整理好衣衫鞋襪，又將頭髮重新束好，這才帶著宋雁茸往他說的酒樓走去。

剛出門，見外頭已經有不少人了，沈慶伸手牽住宋雁茸，宋雁茸立刻想掙脫。

沈慶卻緊緊握住，她掙了幾下都沒能掙脫，不由得有些不高興，拉下臉道：「你放開我！」

沈慶頭也沒回。「別鬧，這會兒人多，別又被擠散了。」

她這是鬧？

「到底是誰在鬧呀？我今天跟你說的事，你是忘記了？」宋雁茸語氣中難掩煩悶。

沈慶眼眸瞬間暗了暗。「我知道。妳跟家裡說了嗎？我娘也知道了？」

「母親身子還沒好，上次高神醫也說了，母親要調理好身體，這些時間不能受刺激，所以我沒跟家裡說。」宋雁茸說起這些，頓時有些洩氣。

沈慶沈聲道：「既然妳還想著母親的身體，那在她身子大好之前就莫要再提此事。」

宋雁茸連忙說：「我們可以先說好，等她身子大好，我們就可以直接和離了。」
沈慶也不甘示弱，立刻反駁。「身子剛好就能受這刺激了？」
「那……」
「到時候再說吧！先去吃東西。」沈慶不由分說，牽著宋雁茸的手往酒樓去了。
宋雁茸心裡全是事，腦子裡都是如何和離，如何讓沈慶同意和離，根本就是食不知味。吃完東西，宋雁茸也沒有心思和沈慶看什麼花燈了，這一趟的目的本就是為著和離來的，事情沒談成，她只想回去。「我想回去了。」
「花燈一會兒就點起來了，妳不看了？」
「不想看。」
見宋雁茸態度堅決，沈慶也不再多說，趁天還沒黑，沈慶乾脆狠下心，去了可靠的車行，叫了烏蓬馬車送宋雁茸回家。
宋雁茸倒也沒拒絕，有馬車坐，天也快黑了，她樂得自在。
沈慶目送那頂馬車往灣溪村的方向駛去，直到完全看不見了，他才獨自往鹿山書院走去。
沈慶到宿舍的時候，周遠航正準備出門看花燈，見沈慶回來，很是意外。「你怎麼這麼早就回來了？嫂夫人好不容易來一趟，你怎的花燈都不陪人看看？讀書認真也不差這一晚上吧？不是我說你，你如此這般將心思全放在讀書上，日子長了，會冷了嫂夫人的心的……」

周遠航開始在沈慶耳邊喋喋不休。

不知內情的他還以為是沈慶一心只顧著讀書，連媳婦都不陪。

見沈慶不說話，周遠航還以為自己猜對了，遂又道：「哎！沈兄，你是什麼時候成婚的？怎的從未聽你說起過？對了，上回那雞湯是嫂夫人送來的吧？別說，手藝挺好……」

沈慶卻道：「你剛才說，只將心思放在讀書上會寒了夫人的心，那怎麼做才能讓她不寒心呢？」

「啊？」周遠航一時有些愣住，這話題怎麼又跳回去了？再一看沈慶那模樣，分明就是有些失魂落魄，哪裡是要讀書的樣子？

周遠航試探問道：「沈兄，你這是得罪嫂夫人了？」

沈慶乾咳一聲掩飾尷尬，嘴硬道：「倒也不至於。」餘光瞥見周遠航一副「你不說，我也不說」的模樣，又補充一句。「不過好像也差不多……」

周遠航的八卦之心一下子燃燒起來，連同窗催促他看花燈，他都直接拒絕了！

搬了把椅子在沈慶對面坐下，努力用一本正經的神情來掩蓋內心的熊熊八卦之火。「你先說說，你夫人怎麼生氣的？」

沈慶丟了個看騙子的眼神給周遠航，話都不想說了。

「哎！沈慶，你這就不對了，我為了你的事連花燈都不去看了，你總不能逗我玩吧？」

原本就與沈慶沒差幾個月，兩人關係又好，這會兒一急，周遠航又直呼其名了。

沈慶被他纏得沒法，只得道：「那你說說，怎麼哄女人開心？」

周遠航一副得意樣，他家中姊妹甚多，對此，他自認為還是有所造詣的，笑著說道：「哎，這你可算是問對人了！這說起來呀，沒有哪個女人能拒絕漂亮的東西，比如衣服、首飾，還有各種精巧的小玩意兒，你看看嫂夫人最喜歡什麼，就給她送點什麼，這……」

是嗎？沈慶怎麼覺得周遠航說得挺不靠譜的。

若是今天沒與宋雁茸一起逛過首飾鋪子，他或許還真就信了周遠航的話。「她不喜歡漂亮首飾。」沈慶直接打斷周遠航的長篇大論。

什麼？還有女人不喜歡漂亮首飾？

「那她喜歡什麼？」他家裡那些姊姊、妹妹們可沒有哪個是不喜歡漂亮首飾的呀！

她喜歡什麼？

這個問題還真把沈慶給問倒了。

宋雁茸以前什麼都要爭好的，沈念有，她就必須有，還得比沈念的好，沈慶搞不明白宋雁茸到底想要什麼，因為她要的太多了！如今，宋雁茸似乎什麼都不爭了，有點什麼好東西都會拿出來跟沈念、沈元分享，甚至還主動讓著他們，沈慶更加不知道宋雁茸喜歡什麼了。

被周遠航這麼一問，沈慶才發現，他對宋雁茸了解得太少了。

不知道她喜歡的是什麼，不知道她想要的是什麼，不知道她從前都是看了些什麼書，更不知道她到底從哪裡學的那些養豬、栽培蘑菇的法子。

這麼一想，也不怪宋雁茸要跟他和離了，哪個姑娘家願意跟他這麼個無趣又不理解人的男子過一輩子？

不過仔細一想，今天的宋雁茸似乎與往常又不一樣了。

往常她總是笑得疏離地朝他喊著「夫君」，他總覺得她似乎與自己隔著什麼，很不真實；今日，自從她提了「和離」後，她似乎就卸下了那層隔著的紗，她會著急，也會對他發點小脾氣，這才是真實的宋雁茸吧？

這麼一想，似乎今天也不全是不高興，至少讓他覺得宋雁茸鮮活起來了。

周遠航見沈慶表情陰晴不定。「你不會連自己媳婦喜歡什麼都不知道吧？」

沈慶收回思緒。「我自然知道。好了，不用你管了，溫書吧！」

什麼？這就把他利用完了？他怎麼瞧著沈慶這是被他說中後的惱羞成怒呢？

周遠航還想說什麼，卻見沈慶已經拿起書本，真的開始認真讀書了，便不再打擾，乾脆也與沈慶一起讀起書來。

而另一邊，回到灣溪村的宋雁茸，因為沒有談成「和離」事宜，這會兒正兀自躺在床上乾瞪眼。

她覺得，今天的沈慶與書中所描繪出來的根本不像同一個人，甚至跟原主留下的記憶也大不相同，她思來想去，也只分析出一個原因，那就是因為她的到來。

也不知道她哪裡就讓沈慶動了心。

找到原因後，宋雁茸準備以後的日子裡「對症下藥」。

沈慶不是不喜歡原主，喜歡現在的她嗎？他現在不想和離也是因為喜歡上現在的她，那她往後就改！

爭取多吸取原主的「精華」，讓沈慶不再喜歡她，這樣，和離的事情就可以提上日程了。

如今，沈母身子還沒恢復，她還有時間跟沈慶耗一耗。

她就不信，等沈慶遇到書中後來出現的女主的時候，他還能不同意和離！

這麼一算，這事也就在鄉試後面不久了。

宋雁茸想到這裡，對未來充滿希望，帶著笑意進入了夢鄉。

可她卻忘記了，書中的沈慶會對女主動心，是因為那時候原主宋雁茸已經不在人世了，當時的沈慶，身邊的家人也都不在了，女主卻如光一般出現，幾句話便讓沈慶重新振作起來，沈慶感念在心，後來才逐漸起了心思，其實沈慶自己都分不清那是動心還是感激。

只是，女主到底是屬於男主的，哪有沈慶這個對照組的事？

第二日，宋雁茸如往常一般，最後一個起來，摸去廚房漱洗找吃的。

昨天回來的時候因為存著心事，都忘記帶給沈念的東西了，這會兒見沈念和沈元在廚房忙活，宋雁茸便將那個裝著銀簪和小耳環的袋子遞給沈念，道：「妳大哥給妳的。」

「我大哥？」沈念將手在圍裙上擦了擦，有些疑惑的接過，打開袋子，見裡面的是髮簪和耳環，雙眼發光。「太好看了！」說話間就將耳朵上的小木棒給換了下來。

沈元瞧了，半晌開口道：「嫂嫂，大哥沒給我帶點什麼？」

沈念一邊撥弄著耳朵上的新耳環，一邊像是聽了個天大的笑話。「二哥，不是吧？難道你也想要這些髮簪和耳環？」

沈元連連擺手。「不是不是，我是想著，大哥給妳帶了這些，多少也會給我點什麼好吃的吧？」

「二哥，你能不能別一天到晚就惦記著那點吃的？你現在天天除了幹豬舍那點活，就是窩在這灶門口各種吃吃吃的，怎麼還沒吃夠？」

被沈念說得有些不好意思了，也不見宋雁茸拿出點什麼他大哥帶的東西，沈元知道沒戲了，便乾脆站起身來。「我去豬舍看看！」

沈念等沈元走了，這才鬼靈精般挽住漱洗完畢的宋雁茸。「嫂嫂，我可以看看大哥給妳買了什麼禮物嗎？」

「沒有。」

沈念一時愣住，所以嫂嫂昨晚回來悶悶不樂的，是因為大哥只給她買東西，不給嫂嫂買？

沈念一時在心裡將沈慶從頭到腳罵了一遍，真是個書呆子！拔下頭上的銀簪遞給宋雁茸，安慰道：「嫂嫂，大哥整日裡讀書，腦子可能讀傻了，妳別跟他置氣。喏，這個給妳，咱倆一人一樣。」

見沈念小心翼翼哄著她的模樣，宋雁茸一時間心裡暖暖的。

上輩子她沒有體驗過這樣的親情，這輩子老天倒是補償她了。她伸手揉了揉沈念的腦袋，笑著說：「我果然沒白疼妳！」

接過髮簪就直接別在沈念的髮間。「妳戴吧，我又不喜歡這些！倒是妳，若是喜歡，我帶妳去買，妳可以自己挑。」

沈念還想說什麼，宋雁茸就岔開了話題。「對了，我和妳大哥商量了，等開春了咱們家再蓋幾間屋子。」

第三十章

「蓋房子？咱家房子不夠住嗎？」沈念想不明白，他們家一人一間屋子，也不缺房子呀！

「嗯，再加兩間，現在牧老他們跟咱們訂了雞腿菇，往後指不定還有別人來咱們這兒買蘑菇或買豬，總不能每次都去沈元屋裡談生意吧？」

宋雁茸這麼一說，沈念立刻明白。「嫂嫂真能幹，我去叫二哥，嫂嫂有什麼安排儘管指使我與二哥。」

過了正月十五，天氣逐漸轉暖，春暖花開的氣息日益濃烈。

沈元每一天都幹勁十足，跟著嫂嫂每天能有各種好吃的不說，日子也越來越有盼頭。眼瞧著自家院子又將擴出兩間屋子，沈家眾人心中都十分歡喜。

沈元也生出了自己的人生奮鬥目標，不再像往常那般，完全沒想過自己以後該幹什麼，心裡只盼著大哥高中！

沈家的那九頭豬，在沈元的精心照料下，長勢比宋雁茸預想的還要好，宋雁茸瞧著，大約到三、四月就可以出欄了。

豬出欄後，豬舍裡那批墊料該清理了，宋雁茸琢磨著，得好好利用下這批墊料。

腦中一轉，有了主意。

看著院中正熱火朝天的修房子場景，她忽就動了建個種養結合的場子的念頭。這個念頭一起，就一發不可收拾。

宋雁茸覺得，自己將來到底是要離開沈家的，總不能那時候才找落腳點，現在就著手修建起來，等時機成熟了，她也不用因為沒有落腳點而耽誤和離的進程。

不過，這事可不是擴建兩間屋子那般簡單，首先，選址就很關鍵。

二月初的一天，牧老終於按耐不住來了沈家，見到沈家籬笆下已經擺上了木耳的栽培棒，心中略鬆了口氣。「宋丫頭，這就是妳那批占了栽培室的木耳菌棒吧？」

「牧老連這都知道？」宋雁茸故意有些誇張道。

牧老吹了吹鬍子。「妳個小丫頭，少來調侃我這老頭子了！」又指了指沈家正在修建的屋子道：「妳家這房子什麼時候能修完？我上個月就想過來的，佟掌櫃說妳這邊培養室沒空出來，又聽說妳家正在蓋房子，我就沒來。妳這屋子是打算當新的培養室嗎？」

牧老把話說到這上頭，宋雁茸正好藉著機會說出了自己的打算。「這兩間屋子是住人的，不過我也正有打算，想專門找個地方去栽培蘑菇，只是，您也知道，要找一片合適的地方可不容易，不知道牧老可有門路？」

「妳早說啊，我是不大清楚這些，不過佟掌櫃知道啊，妳先跟我說說需要什麼樣的地方，回頭我先讓他去打聽打聽，等有了消息再告訴妳。」

宋雁茸一聽，高興道：「那就多謝牧老了！」

牧老擺擺手。「妳這小丫頭，跟我還這麼客氣？對了，上次我弄來的那個滅菌的熏料怎麼樣？比妳之前的好使吧？」

「嗯，上次您拿過來的熏料效果非常好，往後我們要滅菌就用那個料了。」

牧老一聽也十分高興，直接從袖袋裡拿出一張摺好的紙，遞給宋雁茸道：「那就好，這是那個熏料的方子。」

宋雁茸連忙推辭。「牧老，這不好吧，這是您整理出來的，怎好就這麼給我了，往後我需要，也跟您買。」

牧老有些不高興地將方子往宋雁茸手裡一塞。「妳個小丫頭說的什麼話，什麼方子不方子的，這能當個什麼事，妳都能將蘑菇製種的那套本事教給老夫，這個破方子，我有什麼好藏著的！」

「牧老，我教您製種方法也是收了您的學費……」

「行啦行啦，我來一趟也不容易，妳這邊如今也正忙著，既然這批木耳已經移出來了，那就快帶我去看看雞腿菇的菌種怎麼樣了吧！」牧老可不想一直為個方子與宋雁茸在這兒耽誤時間。

宋雁茸覺得牧老說的也有道理，便道：「您放心，雞腿菇可沒耽誤，二級種都已經長得差不多了，大概下個月就能製三級種了，您下個月過來，我帶您一起做栽培袋！」

牧老聽了，好奇問道：「那這個栽培袋做完之後，大概什麼時候雞腿菇可以長出來呢？」

宋雁茸回答道：「菌絲長滿栽培袋，大概是四十天左右。等菌絲長滿後，我們就需要對這個栽培袋進行覆土，做完覆土，大概十天，雞腿菇就開始出菇了。您尋找雞腿菇這麼多年，應該知道雞腿菇在出菇之後，我們就需要看著點。因為雞腿菇一旦成熟，不及時採收的話，它就會發生自溶，變成黑色，然後爛掉。」

牧老聽得連連點頭。「小丫頭年紀不大，懂得倒是挺多的！」

心中卻是想著這個宋雁茸，只怕不像她說的那麼簡單。

哪裡有人字都認不全，靠著幾本不知道從哪裡得來的書，就有這一身本事的？瞧她對食用菌栽培的安排，以及在製種過程中嫻熟的手法，哪裡是翻幾本書或道聽塗說幾個故事就能達到的？

牧老覺得宋雁茸應該是得了什麼機緣學得這些本事，但她既然不想說，左右於太子無害，牧老也就不去打聽了。

牧老與宋雁茸一起察看了雞腿菇的二級種的生長情況，又問了些宋雁茸對將來想要栽培蘑菇的地方有什麼要求，兩人商議清楚後，牧老就乘馬車準備回去了。

「宋丫頭，那妳先忙，佟掌櫃那邊有消息了，我讓他派人來跟妳說。」

這段時間忙著房子的事，一直沒得空去尋找栽培袋替代品，這會兒稍微得閒，宋雁茸就與沈元、沈念一同去了鎮上。

三人逛了一天，沈元手裡拿著各種路邊小吃。

「嫂嫂，妳還沒找到妳要的袋子嗎？」

宋雁茸搖頭，看來這個集市是找不到她要的東西了，於是果斷道：「小妹，我帶妳去買髮簪和耳飾吧？」

沈念倒是想去看看，但想到今天是陪嫂嫂來買東西的，一天下來，要是嫂嫂什麼都沒買到，她和二哥卻一人一包，好像有點不太好，便說：「算了吧，我下次再來，這次先陪嫂嫂找東西。」

「我要的東西應該找不到，走吧，我們去前面看看，妳大哥說前面那家的首飾挺好，上次給妳的東西就是在那裡買的。」

「我大哥？」沈念疑惑，他大哥什麼時候還懂首飾了？「上次是大哥帶嫂嫂到這家店買的？」

宋雁茸一邊看前面的店鋪、一邊點頭。

沈念立刻明白，估計那日她大哥又像那次約嫂嫂看花燈那樣，被這個滿腦子只有蘑菇的嫂嫂氣得不輕吧？

沈念為那天看到嫂嫂沒有簪子，在心中將沈慶罵了一遍的事感到十分自責。

她誤會她大哥了！

如今看來，她得幫大哥一把！

沈念跟著宋雁茸一起到店裡，上次招呼宋雁茸的那個店小二立刻迎了上來。

「夫人這次要看點什麼？」

宋雁茸指了指身邊的沈念。「給她再挑幾對耳環。」

店小二麻溜地拿來一大盒耳環擺在沈念面前，讓她挑選，沈念的目光立刻被吸引了過去。

小二又對宋雁茸說道：「我們這兒剛來了一批絹花，夫人要不要看看？」

宋雁茸秉著「反正閒著也是閒著」的心態，便道：「行！」

絹花很快就被端了出來，沈念也被盒子裡顏色各異的花朵吸引了目光。「嫂嫂，這些好漂亮呀！妳快挑幾朵！」

宋雁茸沒想到這時候竟然有這麼好看的紗，顏色還挺好看，便拿出一串黃色迎春花的髮夾和一串粉色野菊花的髮夾看了起來。「還真挺好看的！」

小二見兩人喜歡，立刻道：「這可是從省城傳過來的，咱們潼湖鎮這可是頭一份！」

「怎麼賣？」宋雁茸拿起花朵對著店裡的銅鏡比劃著，她覺得她如今這花兒一樣的年紀，戴幾朵花還真挺好看的。

「您要是想要，一兩銀子三個！」店小二道。

一兩銀子？

犯不上吧？她又不是非要不可，她現在要存錢呢！宋雁茸將那兩個髮夾放回盒子。「太貴了。」

身後卻響起熟悉的男聲。「夫人喜歡就都包起來吧！」

第三十一章

「大哥？」沈念比宋雁茸還意外，她家大哥怎麼有空來逛首飾鋪子？

宋雁茸眉頭微皺。「你怎麼來了？」不好好溫書，跑到這裡來幹什麼？

門外又有人急匆匆追了出來。「沈兄，你怎的也不等等我！」來人正是周遠航。

見沈慶立在那裡不動，周遠航這才抬頭瞧見宋雁茸和沈念，連忙朝宋雁茸抱拳道：「見過嫂嫂！」

宋雁茸微微點頭，又轉向沈慶，等著他回答。

沈慶這才道：「遠航說，今日這邊會有新玩意兒，散了學我就過來看看。」

周遠航聽沈慶這話，生怕宋雁茸誤會沈慶什麼，連忙幫著解釋。「對對對！是我說的，沈兄這幾天一直琢磨著給嫂嫂送禮物，這不，今天剛好先生有事，讓大家自行溫書，沈兄就出來……」

自行溫書就溫到首飾鋪子來了？宋雁茸臉色越發沈了。

周遠航說著，突然發現宋雁茸不但臉色沒有好轉，似乎更黑了。

他說錯什麼了？

轉頭看向沈慶，沈慶卻還像沒事人一般對沈念道：「小妹，妳也挑一個，正好湊一兩銀子，跟妳嫂嫂一起買花戴吧！」

周遠航見沈慶家裡人也在場，便告辭道：「我還要去前頭買些東西，就先告辭了。沈兄、嫂嫂、沈小妹，你們慢聊。」說罷與眾人抱拳離開。

若是平常，沈念也捨不得花一兩銀子去買三朵花戴的，可現在，明顯是自家大哥想討好嫂嫂，她只能幫忙。

沈念「欸」了一聲，趕緊從那一盒絹花裡選了串大紅的梅花，又將宋雁茸剛剛選的那兩個一起拿出來遞給店小二。

店小二樂呵呵的接過，沒想到這麼快就將絹花賣了三件。看來不光這位夫人買東西爽快，她家夫君也是，果然應了一句話「不是一家人，不進一家門」。

宋雁茸本想拒絕，可見沈念樂呵呵地挑了花，她不想掃了小姑娘的興致，便閉嘴了，臉色卻依舊不大好地掃了沈慶一眼。

「嫂嫂，大哥給我們買的花真好看，是不是？」沈念拿著裝著頭花的袋子，笑嘻嘻地過來挽著宋雁茸的胳膊。

宋雁茸這才緩了臉色，朝沈念點了點頭。「耳環挑好了嗎？」

剛花了一兩銀子，沈念哪裡還捨得買什麼耳環，聽罷連連搖頭。「不用了，今天買了頭花就夠了，耳環我有得戴就行了。」

「那怎麼行，既然妳大哥手頭現在這麼寬裕，書都不唸了也要來逛首飾鋪子，妳怎麼能辜負他的好意呢？」宋雁茸笑著拖著沈念往那盒耳飾走去。

沈念覺得，怎麼嫂嫂剛剛那個笑有些陰惻惻的？可她轉頭看向大哥，卻見自家大哥正看著嫂嫂的背影，臉上居然還掛著淡淡的笑容。

她大哥也在笑？

等沈念回神，宋雁茸已經給她挑了三對耳飾了，眼見著宋雁茸還要拿，沈念連忙拉住宋雁茸的手。「嫂嫂，夠了夠了，我只要一對，剩下的妳自己戴吧！」

宋雁茸心想，沈慶掙的銀子買下這些東西，應該也剩得不多了，往後應該沒銀子再出來瞎逛了，便住了手。

她轉身朝沈慶瞥了一眼。「去付銀子吧！」

沈念被宋雁茸驚呆了，她何曾見過嫂嫂這般對大哥？

何況這段時間，嫂嫂哪次不是溫溫柔柔地喚大哥「夫君」？

今天嫂嫂這樣，看起來真挺像那什麼來著？對對對，夫人！還挺有夫人的派頭！

她大哥剛進屋的時候怎麼喚嫂嫂來著？夫人？

這時就聽沈慶又喚了一聲。「夫人、小妹，我帶妳們去前頭吃點東西？」

沈念抬頭，這才看到沈慶已經付完銀子，正將那個裝著三副耳飾的小袋子遞給宋雁茸。

店小二笑得嘴巴都要咧到耳朵根了，下次這位夫人過來，他定要迎到門口！

沈念趕緊挽住宋雁茸往鋪子外走去。「嫂嫂，走，咱們今天好好嚐嚐鎮上酒樓的菜品。」

幾人剛到門口，就見沈元氣喘吁吁地跑了過來，一見到沈慶，便道：「剛、剛才我老遠看到、看到個人，挺像大哥，沒想到，還真是大哥！」

「看到大哥來了，也沒見你馬上過來，是在排隊買餅吧？」沈念直接揭穿沈元。

沈元也不惱。「那不是排了老半天，都快到我了嘛！」見大家都往外走，沈元悄聲問沈念。「咱們這是去哪裡？」

沈念指了指掛著旗子的酒樓道：「去前頭的酒樓吃飯。」

沈元兩眼發光。「真的？」又瞥了眼走在前頭的沈慶。「大哥也同意？」

若是嫂嫂帶他們去酒樓，他肯定不會懷疑，可一向節儉的大哥在場，他不會阻止嗎？

「就是大哥提出來的。」沈念一眼看穿沈元的疑惑。

沈元驚得合不攏嘴巴。他大哥提出的？

心裡不相信，但現在有好吃的，他才懶得去求證是不是真的，忙快走了幾步與沈慶並肩。「大哥，你最近又去抄書了？」

沈慶瞥了沈元一眼，沈元不敢再多嘴。

到了酒樓，正是吃飯時間，這會兒只餘窗邊一張長桌空著。

四人走過去，沈慶走在前頭，先行一步落坐，沈元正準備挨著沈慶坐在一邊，沈念卻立刻拉住了他。「二哥，窗邊風大，你坐這邊替我擋風。」

沈元看外頭豔陽高照，怎麼就風大了？

還想說什麼，就被沈念一把推到窗邊坐下，沈念也直接坐在了沈元身邊。

宋雁茸只得坐在沈慶身邊，心中卻是給沈念記上了一筆，那眼神也明晃晃地告訴沈念——我記住妳了。

沈念卻絲毫不以為意。

沈慶此刻的心情卻正好與宋雁茸相反，覺得自己果然沒白疼小妹，關鍵時刻還是小妹有眼色，不像他那個滿心只知道吃的二弟。

沈慶心情很好地問宋雁茸。「妳有什麼想吃的？」

「隨便。」宋雁茸現在不想給沈慶好臉色了，省得這傢伙不肯和離。

沈慶也不生氣，又問沈念。「小妹有什麼想吃的？」

「我沒來過這裡，還是大哥點吧，我和嫂嫂一樣，都聽大哥的。」

宋雁茸瞪了沈念一眼，她什麼時候說她聽沈慶的了？這小妮子現在真是有了親哥就忘記她了？

「大哥，我想吃……」

沈元話還沒說完，沈慶就叫來了店小二，直接報了幾道菜名。他記得宋雁茸說過，家裡如今養豬，不能在外面吃豬肉，與豬肉相關的菜倒是一道也沒點過。

上菜前，店小二給大夥兒上了壺熱茶，還有一碟涼拌開胃小菜。

「幾位客官今日有口福了，昨日小店剛收了些雲耳，各位嚐個鮮，這冷菜可不是每天都有的。」

宋雁茸一瞧，居然是黑木耳，不過就小小的一碟，像他們這樣四人一桌，只怕每個人也只能吃到兩、三片。

「這個吃完了還能加嗎？或者我們再點一份，多少錢一份？」宋雁茸想弄清楚木耳的市場價，便問道。

小二笑著搖頭。「客官，這個不對外賣的，畢竟這木耳可遇不可求，若是放在菜單裡，我們店裡又不能常備著，客人要點，我們總拿不出來，豈不是砸了招牌？」

這麼說來，她這木耳若是能大規模栽培，生產出售，豈不是大有市場？

她原先只知道有些富貴人家想吃也只能碰運氣去買，倒是沒想到，原來這木耳已經上了酒樓的餐桌了。這也是因為原主宋雁茸並沒有在酒樓吃過幾次，更沒在酒樓見過這道菜。

宋雁茸聽了小二的話，心中暗自有了主意。或許家裡這批木耳可以直接賣到這酒樓來，也省得自己去集市零售了。

沈元雖然貪吃，但也不是那等只顧自己不管別人的吃法，見上了一小碟木耳，他拿起筷子，眼巴巴地看著大哥和嫂嫂道：「咱嚐嚐，看是這酒樓的木耳好吃，還是嫂嫂栽培出來的木耳好吃！」

宋雁茸笑道：「家裡的木耳好吃，那是小妹手藝好，跟是不是我栽培的有什麼關係？」

轉頭對沈慶道：「你快嚐嚐。」

宋雁茸知道，沈慶若是不動筷子，這兩個小的怕是也不會吃，便催促沈慶。可沈慶眼裡就不是這麼回事了，在沈慶看來，那是宋雁茸重視他，遂點頭挾了一筷子木耳，仔細品嚐後，中肯道：「這裡做出來的比小妹做的爽口。」

沈慶說完，大家也紛紛動筷，嚐起了酒樓的小菜。

沈念開始與宋雁茸探討起酒樓這個涼拌木耳裡的配料，沈念來了興致。「嫂嫂，要不往後咱們去大哥讀書那裡賣涼拌木耳？我去過書院幾次，每次到了飯點，那外頭都會有不少賣小吃的小攤。咱們是不是也能去做？這個當下飯菜，一定能賣得不錯。」

到時候還能讓大哥和嫂嫂每天見面！

沈念心中所想，沈慶也想到了，壓住心中的狂喜，一本正經道：「小妹這主意不錯。」

宋雁茸卻一口否定了。「家裡離書院太遠了，來回折騰太麻煩，書院門口那些小攤都是附近的住戶。咱們若是想去學院門口賣吃的，還得到鎮上租房子。若是住鎮上，家裡的豬和蘑菇怎麼辦？」

第三十二章

宋雁茸的理由十分充分，沈家兄妹沒人能反駁。

菜很快就上來了，大家開始吃飯。桌上，恐怕只有沈元吃得歡，其餘三人均各有心思。

吃完飯，大家一起將沈慶送到鹿山書院的大道上，沈念拉著沈元很有眼色地迴避了。

沈慶眼看著要分別，心中有話想說，又不知道從何說起，遂想到前幾天為宋雁茸尋的幾個話本，道：「對了，我還給妳買了話本，妳在這兒等等我，我去拿來給妳。」

前幾天？

宋雁茸這會兒終於忍不住了，有些生氣道：「沈慶，你現在是不是都不用看書了？家裡供你來鹿山書院是為了讓你今天逛首飾鋪子，前天挑話本的？」

「我……」

「你什麼你？你若是還這樣，你信不信我現在就跟家裡說清楚，咱們現在就和離！左右你不好好讀書，將來你落榜了，你母親也會被氣出個好歹，我還管這些做什麼！」

沈慶臉色白了白，突如其來的暴擊，讓他眼中全是受傷，身子微微一晃。「我往後不會了。」語氣裡竟全是乞求的味道。

宋雁茸見他這般，有些後悔剛才的話有些重了，緩了口氣道：「你好好讀書，家裡都指望你高中呢。」

「那妳呢？」

看著沈慶有些泛紅的眼眶，宋雁茸的心也軟了下來，點頭道：「我也盼著你高中。」

眼瞅著沈慶眼中又生出些許光彩，宋雁茸竟不忍心再提和離。

這時有人朝這邊衝了過來，直直撞上沈慶。「沈兄，你回來啦！」

沈慶被這麼一撞，直直撲向宋雁茸，一把將宋雁茸抱了個滿懷。一時，心中滿是甜蜜，可礙於此刻在書院的路上，他也只得放開，「咳咳」地咳嗽起來，掩飾此刻的臉紅心跳。

來人似乎這才看到宋雁茸，朝宋雁茸抱拳施禮。「嫂嫂，又見面了！」

這人不是別人，正是周遠航。

宋雁茸見沈慶咳得臉紅脖子粗的，不滿地瞪了周遠航一眼。「沈慶身體不好，煩勞這位兄弟往後不要對他如此暴力。」

這可是沈家全家的希望，可別還沒與男主對決，就折在這個周遠航手裡了。

她之前看書的時候，好像沒看到周遠航這號人物，書中只提了一句沈慶有一個特別要好的同窗，如今看來，應該就是這個周遠航了。

周遠航其實並不是那等沒有分寸的人，只是見沈慶在這兒站著，似乎又惹他夫人不高興了，他便故意來推一把，緩和一下兩人的氣氛，沒想到沈慶會咳成這樣，更沒想到他夫人說話這麼直接，一時間他尷尬得要死，連連認錯。

「是，遠航謹聽嫂嫂教訓，往後一定替嫂嫂看好沈兄！沈兄和嫂嫂慢慢聊，遠航不打擾了！」說完立刻溜了。

他倒是撤得迅速。

宋雁茸見沈慶還有些緩不過來，放輕了聲音。「你還好吧？這會兒外頭也涼了，你快回去吧，別站在這裡吹風了。」

沈慶艱難地止住咳嗽。「那話本……」

「行行行，你快去拿來給我吧！」宋雁茸敷衍道。省得他老惦記著這事，耽誤了讀書。

沈慶轉身去取了話本給宋雁茸，心中也悟出了一個道理，往後若是宋雁茸有什麼不答應的，他就咳嗽，若是還不答應，他就往死裡咳嗽！

宋雁茸與沈家兄妹趕回家的時候，天剛擦黑，沈母已經做好了晚飯招呼三人吃。

聽說三人在鎮上碰到了沈慶，已經在鎮上吃過，沈母心中覺得這大兒子總算是開竅了，便也不勸三人再吃，只問道：「茸茸可找到要買的東西了？」

宋雁茸搖頭。「沒有。」

沈母有些著急，道：「那可怎麼辦？妳那些雞腿菇的種子不是快長好了嗎？若是沒有妳說的袋子，那可怎麼種？豈不是會耽誤人家？」心中還想著，宋雁茸可是拿了人家訂金的，若是因此而種不出蘑菇，勢必要賠不少銀子吧？她可能得再去接點繡活，到時候多少也能給宋雁茸兜點底。

宋雁茸卻笑著說：「母親放心吧，我心裡有數，找不到那種可以做袋子的東西，明天開始我們就在院中搭個草棚，將栽培料堆好，開始發酵，等發酵完，就可以直接接種了。」

沈母見宋雁茸胸有成竹的樣子，這才稍微放寬了心。「妳心裡有數就好。不過往後啊，凡事還是要早做準備，不可像這次這般，事到臨頭，才開始找東西。」

宋雁茸連忙點頭，虛心應道：「母親教訓得是，這次是我疏忽了。」

沈念連忙為宋雁茸幫腔道：「這也不能怪嫂嫂，這段時間家裡事情多，年節、採買、豬舍那邊又是買木屑、又是買紅糖的，蘑菇這邊也是，開春又蓋房子，嫂嫂還在習字，偶有疏忽也正常，何況嫂嫂心中也是有數的。」

沈母也知道宋雁茸最近很忙，家裡家外都是她在操持著，遂解釋道：「我又不是責怪妳嫂嫂，瞧把妳這丫頭給急的！這段時間，茸茸確實辛苦了！」

宋雁茸笑道：「我知道母親的意思，母親說的，我也考慮過了，所以我想著家裡得多備些棉籽殼和麩皮那些，不然萬一哪次咱們收不到這些東西，菌種又製備好了，那就耽誤事了。」

眾人聽了都點頭表示贊同。

如今他們家又是養豬，又是蓋新房的，不知遭了多少人暗地裡嫉妒，這次蓋新房，又趕上了木耳出菇，籬笆下那一排碼得整整齊齊的長著木耳的木頭，這會兒怕也在村裡傳開了，誰知道背後會不會有人使壞。

得趁早將下一批需要的材料都備好。

於是，在沈家那兩間新房子蓋好的時候，沈元就開始挨家挨戶去收棉籽殼和麩皮。

在村裡，棉籽殼大家根本用不到，大多都直接扔了，沈元願意出錢來收，自然容易收到許多。

麩皮這東西，餵豬的人家都會留著給豬吃，更有的人還會磨碎摻在麵粉裡，給家人自己吃。不過沈元給的價錢不低，還是收來不少。

收來的這些料全都堆在新屋子裡，其餘各屋也多少堆放了些。

在宋雁茸的指揮下，沈元在沈家院子邊搭起了一個不大的出菇棚。

然後按宋雁茸的吩咐，在稻草裡撒好石灰，三人輪番給稻草澆水，直到稻草完全浸透。

沈元又將早已準備好的牛糞與稻草拌勻，等牛糞砌好堆再蓋上草簾後，天已經黑了下來。

「嫂嫂，這樣就真能種出雞腿菇了？」沈元一邊洗手，一邊看著那堆料問道。其實他心裡是完全相信嫂嫂了，只不過還是覺得有些不可思議，就這麼弄點稻草和牛糞就能栽培出雞腿菇？這麼簡單的事情，之前居然沒人發現？

他家嫂嫂果然厲害！

宋雁茸也看著那堆料道：「嗯，不過這個發酵料的發酵程度很重要，所以後面幾天就要辛苦二弟好好翻料了。」

「一家人，說什麼辛苦不辛苦的！」沈元美滋滋地想著，等雞腿菇出菇了他又可以去買好吃的了。

那堆蓋著草簾的發酵料就那樣悶了三天。

這三天裡，宋雁茸倒是稍稍得閒，於是，又去了沈慶的書桌打算練練字。

這才發現，那日沈慶給的五本話本還放在桌上，左右是習字，看看話本檢查自己的識字情況似乎挺不錯。

於是宋雁茸便翻看起來。

剛翻開一本，宋雁茸就被書上的字跡給驚呆了，這字寫得也太好了吧？

幾乎寫出來的每一筆都是一模一樣的，若不是宋雁茸知道這個時代還沒有印刷，她絕對相信這書是印刷出來的。

她翻看了那話本的作者，只見上面寫著「耕者」，這是作者的筆名吧？

宋雁茸認真看起了話本，這是一個獵人與狐妖的故事，作者寫得很好，她很快就進入劇情了。

宋雁茸每天忙完手裡的活就在房裡看話本，三天時間轉眼就過去了。

很快就到了揭草簾的時候，沈元揭開草簾，宋雁茸往裡撒石灰水，沈元很配合的翻堆。

第二天就要開始測量發酵料堆內的溫度了。

因為沒有溫度計，對發酵料裡的溫度掌握全靠手感。

每次摸料內的溫度，宋雁茸都會帶著沈元，讓沈元能掌握大概什麼樣的熱度就需要翻堆。

雖然幹慣了農活，也撿過牛糞，可那也是撿些乾糞，且大多數都是用棍子，何曾如此這般直接伸手又掏又摸的？

沈元起初有些下不了手，他的手如今都是拿零嘴的。

不過看到嫂嫂毫無芥蒂地伸手在發酵料裡認真探查著，還耐心地跟他說怎樣的熱度表示可以翻堆。

人家一個女子都能做的事情，他豈能如此矯情？沈元慢慢也就不再介懷，認真感受發酵堆裡的溫度，並仔細記下。

宋雁茸這次摸牛糞的發酵料也很有感觸，在這沒有肥皂的日子，可真是艱難。這會兒宋雁茸一邊用皂角洗手，一邊在心裡想著手工皂的製作流程。

往後她還不知道要摸什麼糞呢，總不能就靠著這皂角裡刮出來的糊糊搓手。

眼見著發酵料的顏色逐漸加深，發酵已經完成，宋雁茸便讓沈元去了趟逐鹿書齋，讓佟掌櫃通知牧老，可以來接種了。

收到消息的第二天，牧老早早就來了沈家，一見面又給宋雁茸一個錢袋子。「這段時間花了不少銀子吧，給妳！」

宋雁茸哭笑不得。「牧老，上次才說您繳了學費的，也不能這麼個繳法呀！」

牧老有些急切地朝院內看去。「妳都說了是學費，自然每次學新東西，我就得繳一次學費。妳說的栽培袋呢？怎的不見哪裡有袋子？」

「哦，這事都忘記跟您說了，我沒有找到可以做栽培袋的合適材料，所以改成發酵料栽培了，現在發酵料已經準備好了，就在那邊。」宋雁茸說著便將院子旁那個茅草搭建的小出菇棚指給牧老看。

牧老幾步就走了過去。「這就可以將菌種種下去了？」

宋雁茸點頭。

牧老又問：「既然改為發酵料了，那還需要覆土嗎？」

「自然是需要的。」

「那等需要覆土的時候，妳也記得叫我來看看可成？」

「這有什麼不可以的，您都給了我這麼多學費了。」

在宋雁茸的帶領下，牧老和沈元一起將那堆發酵料攤開，在草棚的滴水線內鋪成約兩掌的厚度。

宋雁茸將準備好的二級種陶罐遞了一個給牧老。「現在可以開始接種了，像這樣做就可以。」

說完，宋雁茸就用長勺從陶罐裡摳出麥粒種，均勻地撒播在發酵料上面，再稍微扒拉下料面，讓麥粒種覆蓋上些微的發酵料。

牧老和沈元學著宋雁茸的方法，將手裡的麥粒種都撒播在發酵料上。

因為這一批原本就做得不多，三人很快就完成了接種。

沈念端來熱水給牧老淨手。牧老一邊洗手，一邊感嘆道：「這好像和種莊稼沒什麼兩樣。」

「那是，都是農業，自然不會差太多。」宋雁茸笑著回應。

牧老也點頭，說到這裡，牧老突然想到佟掌櫃的回話，便道：「對了，宋丫頭，佟掌櫃那邊回消息了，他說省城附近有一處地方很適合妳。沈學子也快要去省城考試了，沈家應該是妳陪他一起過去吧？要不到時候妳順便去看看？」

省城附近？怎麼佟掌櫃找個地方都找去省城附近了？這麼大的潼湖鎮，還找不到一個合適的地方？

不過宋雁茸很快想到這雞腿菇的用途，心下立刻釋然。

雞腿菇畢竟是太子要的東西，燕家自然更希望宋雁茸在他們的羽翼之下，不僅方便掌控，也算是對她多一層保護。

可是，沈慶趕考，她真要陪同前去嗎？

原著中，宋雁茸就是跟著沈慶去省城考試的途中喪命的。

而原著中，沈慶並沒有要求宋雁茸一同前往，但當時，沈念走丟，沈元離家，沈母也不在人世，這個時代對科考也有守孝的要求，不過熱孝期不算在其中。按照這個時代的規矩，沈慶從第二年就要開始為母守孝。

是以，沈母的死倒是也沒耽誤沈慶科考。但宋雁茸不想自己一個人在家，硬是跟去了。結果，再也沒回來。

家中一連串打擊到底影響了沈慶的心態。這一次，沈慶幾乎是擦著線考過的，是這一批舉人中排名最後一位。

見宋雁茸遲遲沒有回話，牧老忍不住開口問道：「宋丫頭可是擔心這一路的安全？」

宋雁茸點頭，嘴上卻說道：「我沒出過遠門，確實心中沒底。」

「妳儘管放心，佟掌櫃剛好要去省城調貨，到時候你們夫妻與佟掌櫃一同去就可以了，燕家在城中還有好幾處別院，到時候一併都給你夫妻兩人安排好，那會兒城中客棧可不好找。」

聽完牧老這話，宋雁茸立刻明瞭，顯然燕家早已安排好了一切。

不過，為了安全，也為了今後在這世上有個燕家當保護傘，宋雁茸並不反感，反而欣然接受。「那就有勞牧老替我感謝燕公子了！」

在這個世界沒點根基，又會了常人所不能，「懷璧其罪」的道理，她還是明白的。

將種養結合基地建在省城附近，有燕家在，只要太子一日不倒，她就能安全地過上自己想要的小日子。

不過，既然已經打算站隊太子，宋雁茸覺得自己有必要弄清楚太子的身體到底是哪裡有問題，說不定她能和神醫一起弄出個章程來，讓太子長長久久地活下去。

送走了牧老，接下來的日子除了每天侍弄各種菌種，以及給雞腿菇的栽培料灑水，她迷上了「耕者」的字，一有閒時，就在屋中臨摹。

第三十三章

轉眼又到了鹿山書院的月休假。

這一次，因為書院休了一個年假，正月裡就沒再休假，這次休假已到了三月初。

沈慶回家的時候，快認不出這處小院子了。

原來的四間舊屋配個小院，現在已經變成了一排六間屋子。

宋雁茸倒是跟他提過要加兩間屋子，可他還沒籌夠銀子，哪裡想到，宋雁茸居然已經將屋子蓋好了？

光禿禿的籬笆，如今已經搭上了草簾子。

籬笆下的菜地，如今也不見了，變成了一排碼放整齊，長滿了木耳的木棒。

院子的另一頭如今也多了一個草棚子，也不知道那下面又是什麼新鮮東西。

此刻，院中雖然靜悄悄的，卻是一片生機盎然。

沈慶經過上次回家沒人出門迎接後，這次回家沒人發現，他也能坦然接受了。

在門口站了好一會兒，還是沈元從廚房出來最先看見沈慶。

他一臉驚喜道：「大哥！你怎麼今天回來了？」回頭就衝廚房裡喊了聲。「小妹，妳快看，大哥回來了！」

沈慶這才發覺他二弟這話是不是哪裡不對？什麼叫他怎麼今天回來了？是他不該回來，還是他今天不該回來？

不過很快就見沈念出了廚房，笑道：「大哥回來啦，快先把包袱拿到屋裡，馬上就可以吃飯了！」

沈慶發現還是小妹會說話，卻完全忘記以前的小妹是會數著他回家的日子，然後幾乎迎到村口的。

沈母聽見聲音，也出了屋子。「老大回來啦！快去屋裡看看你媳婦！她最近讀書可用功了，你也勸著點，又不去科舉，沒得傷了眼睛！」

「她在讀書？」難怪沒出來，想必是看書太認真，沒聽見這院中的動靜。

沈慶點頭。「我去屋裡看看她。」心早就已經飛去宋雁茸身邊了。

宋雁茸正認真臨摹話本上的字，這會兒的紙張還不夠薄，她看得不夠真切，話本上的字體又小，看不清楚的地方，她還得掀開紙，看看下面書上的字是怎麼寫的，因此寫得很是費勁。

宋雁茸正寫得認真，沈慶什麼時候進來了她都不知道。

直到耳邊傳來沈慶的聲音。「妳在做什麼？」

「學寫字呀！」宋雁茸想也不想地直接回答，說完才突然想起有人在和自己說話，轉頭就看到沈慶放大的臉近在眼前。

她愣愣地往後仰了仰身子，與沈慶拉開距離。「你什麼時候進來的？」

沈慶放好手裡的包袱，狀似隨意道：「剛回來，我進來的時候敲了門，妳沒回答，我還以為妳不在屋裡。」

「哦！」宋雁茸覺得她剛才寫字太認真，沈慶若是輕輕敲門，她還真有可能沒注意，倒也未曾懷疑。

沈慶放完包袱又走至宋雁茸身邊。「妳在照著什麼字帖習字？」

「話本。」

「用話本？」沈慶很是意外。

宋雁茸卻答得理所當然。「對啊，就是你上次給我的話本。對了，就是那個叫『耕者』的先生，他的故事好好看，字也寫得好，我好喜歡！」

沈慶眼中微亮。「妳喜歡耕者的故事和字？」

宋雁茸點頭。「對啊，我覺得獵人和狐妖的故事寫得很棒！對了，他的字你看過沒？你來看看這字，寫得多好呀，整篇下來都寫得整整齊齊，像是一個模子裡刻出來的一樣。」

沈慶用拳抵住嘴巴，輕咳一聲。「妳想寫耕者這樣的字？」

宋雁茸看向沈慶，怎麼覺得他話裡有話？「你莫非認識耕者？」

見宋雁茸一副提防的樣子，沈慶決定先不告訴她，於是說道：「那倒談不上，不過我有臨摹過耕者早些年出過的字帖，是以，他的字體我大抵也能寫出來。」

這回輪到宋雁茸雙眼發光了，她看著沈慶，驚喜道：「當真？」然後就將手裡的筆塞到沈慶手裡，道：「你快寫幾個大字給我瞧瞧！」

沈慶還是頭一回被宋雁茸用這樣眼神看著，熱切而又充滿喜悅。

他接過宋雁茸手中的毛筆，蘸了蘸墨水，又在硯邊刮去多餘的墨汁，緩緩抬筆，在紙上落下，兩行整齊劃一的字瞬間躍然紙上。

沈慶。

宋雁茸。

看著兩人的名字並排在紙上，沈慶心中竟生出絲絲甜意。

宋雁茸卻是毫無所覺，看著紙上的兩個名字，驚訝得瞪大了眼睛。沈慶也太厲害了，這字真的跟耕者的字體一模一樣。

宋雁茸拿起耕者的話本，又仔細比對一番，還是找不出任何區別，驚嘆道：「沈慶，你也太厲害了，你是怎麼練出這字的？」

若不是她讀過原著，書中沒提到沈慶寫話本的事情，她都要以為這個耕者就是沈慶了。

沈慶卻道：「妳若是也想寫這種字體，我寫一幅留在家中，妳得空的時候照著樣子多練習就可以了。」

「那就有勞你了。」

「妳我夫妻，哪裡需要這般客氣。」

「我們這夫妻也是暫時的，你別總想著這事，咱倆早晚得和離！」宋雁茸不客氣道：「你給我老老實實讀書，別盡想些沒用的。」

說完就開始認真欣賞起沈慶的字來。

見宋雁茸這樣，沈慶頗有些拿她沒辦法的無奈，嘆了口氣，道：「妳想寫什麼內容，我現在就給妳寫。」

宋雁茸略一思索就道：「那就《三字經》吧，那個我熟。」

沈慶點頭，開始裁紙。

很快就提筆寫了起來。

《三字經》對於沈慶這樣的才子，簡直是信手拈來。

他一氣呵成，宋雁茸在一旁幫他鋪紙、換紙、磨墨，手忙腳亂，倒是越發襯得沈慶這個寫字的人氣定神閒了。

沈慶看著在一旁忙碌的宋雁茸，腦中忽地就出現「紅袖添香」，心中似乎瞬間被塞得滿滿的。

屋外的沈家母子三人，這會兒正圍著飯桌等著沈慶與宋雁茸。

沈元幾次想去叫人，都被沈母攔住了。「你一天到晚嘴巴也沒見得閒，就餓成這樣了？你大哥在教你嫂嫂讀書呢，你去添什麼亂？」

可現在天色都要暗下來了，還不見沈慶與宋雁茸出來，沈元念叨著。「嫂嫂又不用科舉，犯得著這麼認真讀書？他們不能先來吃飯，晚上再接著讀書？」

沈母一想也對，讓他們晚上接著學，便放話讓沈元去叫人了。

沈元來叫人的時候，沈慶剛好寫完最後一句。

聽到屋外的叫聲，宋雁茸這才驚覺天色不早了，這屋裡點著燈，她都忘記時間了，朝屋外應了聲，又對沈慶說：「抱歉，我一時忘了時間，你餓壞了吧？要不你先過去吃飯，我收拾完就去。」

沈慶放下筆，道：「都說了，跟我不要太客氣。」見宋雁茸又瞪眼過來，連忙改口道：「就算妳將來不同我一起，就憑著我們兩家的交情，我們也永遠是家人。」

宋雁茸沒想到沈慶會說這樣的話，意料之外，卻也覺得心中暖暖的，伸手揉了揉沈慶的腦袋，笑道：「孺子可教也！」

收拾完桌面，宋雁茸率先出門，見沈慶沒跟上來，還特意在門口等了他一會兒。「你快些！」

沈慶嘆了口氣，他不過隨口應了聲，只是不想再聽見宋雁茸提「和離」二字，可宋雁茸這模樣，明顯是當了真，這可如何是好？難不成宋雁茸真想把他當大哥？

唉！

沈慶起身，跟宋雁茸一道去了沈母屋中吃晚飯。

吃過飯，這次沈母早有防範，直接開口道：「你們兩人快去讀書吧，家裡被子拆了，今晚你們夫妻就湊合一起睡一晚吧，等明天我再給你們套一床被子。」

宋雁茸想說她自己現在可以套，卻被沈慶一把拉住。「那就辛苦娘了。」說完拉著宋雁茸出了門。

「你幹麼？」剛出門，宋雁茸就不滿地質問沈慶。

沈慶道：「上次神醫不是說了，娘現在正在調理身子，需要多順著她些，省得又給她添堵，影響她恢復。」

雖然知道沈慶是故意找理由，但這理由，宋雁茸卻沒法反駁。

宋雁茸與沈慶一起去廚房倒了熱水漱洗，便回屋了。

宋雁茸怕冷，屋子裡這會兒也還燒著炭火，宋雁茸往炭盆裡添了炭，問道：「你冷不冷？一起烤火？」

沈慶本想說「不冷」，可聽到「一起烤火」，瞬間改了主意，點點頭道：「嗯，一起。」

宋雁茸直接用腳將炭火盆推到書桌旁，自己又搬來凳子，拿過針線盒便坐在一旁開始整理沈慶幫她寫的《三字經》字帖。

她一頁頁的鋪得很仔細，將邊角都整理齊整了，拿起納鞋底的鑽子小心地在一側打好洞，用麻繩將書冊穿好。

沈雁茸沒找到合適的紙做封皮，便裁了張蘑菇製種時採購的牛皮紙當封皮。

沈慶見宋雁茸做得仔細，自己一時瞧得好半天沒有翻一頁書。

等宋雁茸將字帖的四面都修剪整齊了，準備找沈慶幫忙在封皮上寫幾個字的時候，沈慶見宋雁茸要抬頭，這才回神。

連忙調轉視線，這一慌亂就又咳嗽起來。

宋雁茸連忙起身給沈慶倒了杯水，她摸杯身，道：「這水還熱著，你快喝口水，你是哪裡不舒服嗎？」順手將水壺拎了過來，往炭盆裡扣上架子，把水壺放到架子上，讓水能保溫。

沈慶接過溫水喝了下去，倒是立刻止住了咳嗽。「妳放心，我身子沒那麼弱。」

宋雁茸心道，她就是放心不了，面上卻是點頭應「好」。

沈慶掃了一眼宋雁茸裁剪裝訂好的字帖，主動道：「是要我寫封皮嗎？」

見宋雁茸點頭，沈慶又問：「封皮寫什麼？直接寫三字經還是寫字帖？」

「那多沒意思，你幫我在封皮上寫上『宋雁茸，加油』！」

沈慶心中覺得好笑，他還是頭一次見人在字帖的封面寫加油，看著宋雁茸湊過來的腦袋，沈慶覺得自己的小妻子真是與眾不同。

他抬筆，在封面上按照宋雁茸的要求寫了字。

封皮上的字跡乾透後就沒什麼事情了，這會兒該睡覺了。

可今天沈母那意思，就差沒明說讓他們「圓房」了，這會兒屋裡只有一床被子，宋雁茸又確定了沈慶的心意，沒法再像上次那般毫無芥蒂倒頭就睡了。

見宋雁茸為難地在屋中一會兒翻翻書冊，一會兒去箱子裡倒騰針線、衣物，明顯是為睡覺的事情發愁，沈慶便道：「妳先睡吧，我再看會兒書。」

宋雁茸想起上次沈慶就是「看會兒書」，這一看就直接趴在桌上到天亮了。想到最近沈慶似乎總咳嗽，怕是身體不大好，宋雁茸擔心他因為風寒影響趕考，便咬牙道：「算了，還是一起睡吧，咱倆一人睡一頭。」

沈慶倒是沒想到宋雁茸會主動提出一起睡，有些驚訝地看向她。

宋雁茸怕沈慶誤會，趕緊解釋。「我是瞧你最近總咳嗽，怕你又趴桌上睡覺著涼，耽誤你考試，我也說了，是一人睡一頭，你別多想。」

沈慶嘴角微微揚起。「嗯，我沒多想。」

宋雁茸直接和衣躺下，沈慶見此，也只將最外面的衣衫褪去，便吹熄燈，在宋雁茸腳邊躺下。

突然和異性這麼躺在一處，兩人都沒法入眠。

宋雁茸想起牧老跟她說的選址的事情，便主動開口。「你睡了嗎？」

「還沒。」

「你什麼時候考試？什麼時候去省城？」

「考試定在八月，我最遲六月就得動身過去，去晚了，一來，路途顛簸怕身體不適應，二來，也怕到時候沒有合適的客棧。」沈慶老實回答，又想到宋雁茸這麼問他，不像是沒話找話的樣子，她或許有什麼打算。

沈慶的心有些提了起來。「妳要跟我一起去嗎？」

「嗯。」

宋雁茸的肯定回答，讓沈慶高興得一時不知如何應對。

所幸，宋雁茸沒有停頓太久，便將她託佟掌櫃找地方栽培蘑菇、養豬等事情都和沈慶說了，末了道：「你應該也猜到了，燕公子說的那個需要雞腿菇的人是誰了吧？我猜燕家也是為了保護我，讓我能一直為他們供應雞腿菇，所以才會讓佟掌櫃將地方定在省城附近。」

沈慶聽完，久久沒有說話，久到宋雁茸都以為他睡著了，沈慶這才艱難地開口。「茸茸，妳與我和離，就是為了去燕家？」

宋雁茸一聽這話，氣得一腳踹向沈慶。「你說什麼呢！我與燕公子根本不熟！」

沈慶被踹了個正著，可他此刻的心情卻是莫名的輕鬆，不是就好！

「我錯了，我錯了，妳消消氣！」

「你以後少跟我說這樣的話！」宋雁茸沒好氣道。

「那我能問問妳嗎？妳總想著與我和離，是因為我哪裡做得不好？或者說，妳希望妳的夫君是什樣的人？」

「你想多了，我想和離與你沒多大關係，我也沒想過再嫁，所以沒想過夫君應該是什麼樣的人。」

聽完宋雁茸這話，沈慶原本蒼涼的心又燃起了希望，他想與宋雁茸靠近，又不敢逼得太緊，想了想道：「妳可想過，如今這世道，妳若是立女戶單獨過，會十分艱難。」

「嗯，我想過，所以我要多掙些銀子傍身，到時候也雇些人手。」

「不是，妳可能不知道，立女戶單獨過，不是妳想得這般容易，並不是妳有銀子就可以，即使燕家願意當妳背後的大樹，可妳畢竟是幫燕家背後那位提供雞腿菇的，朝堂上各方勢力，萬一哪方勢力出手，燕家也不一定防得住。」沈慶緩緩道來。

宋雁茸卻聽得一激靈，對啊！她倒是忘記這一個問題了，她若只是普普通通立個女戶的女子，或許沒這些煩惱，可現在她似乎將自己捲進了皇權之爭，一時想不到將來會面臨什麼樣的困境。

宋雁茸擔心道：「那你覺得我若是執意立女戶，往後會遇到什麼事情？」

聽出了宋雁茸的動搖，沈慶覺得機會來了，當下也管不了那麼多了。「比如，燕家背後那位要妳進宮？或者宮中別人想斷了妳給燕家的雞腿菇，直接將妳帶去他們的後院，更甚者，直接將妳滅口。」她不是不想再嫁嗎？不是想一個人過嗎？

宋雁茸聽得後背一涼，確實有這個可能！想到前世看到的那些深宮女人的悲慘，她緊皺了眉頭。

大意了！

可如今想與燕家、太子劃清界線，似乎可能性不大。

正在宋雁茸焦頭爛額的時候，沈慶適時開口。「要不，妳考慮一下，別急著跟我和離。」怕宋雁茸急眼，沈慶連忙解釋道：「我不是纏著妳，只是覺得左右咱們都熟了，妳也沒有想嫁的人，我也沒有想娶的人，我們可以繼續這麼過下去，我好歹是有功名在身的人，再有燕家護著妳，其他人也不敢對妳亂來。」

宋雁茸雖然知道沈慶說這些話其實是有私心的，可奈何，他一條條羅列下來，她還真就心動了。

「邊走邊瞧吧！」宋雁茸很理智地結束了這個話題，總不能她籌謀這麼久的事情，沈慶幾句話就都推翻了吧？她得認真想想。

沈慶見宋雁茸沒有答應，卻也沒有一口拒絕，心下鬆了口氣。「嗯，妳仔細考慮，也可以等到省城看看再做決定，既然燕家連別院都準備好了，咱們也可以早點過去。」

這樣，他們就能多些相處的時間。

宋雁茸答應了一聲，就開始仔細考慮沈慶的話，想著想著，也不知道什麼時候就睡了過去。

直到宋雁茸呼吸平穩，沈慶確定她睡著了，這才往宋雁茸身邊靠了靠，也安心地睡去。

第二天，宋雁茸起來的時候，沈慶已經開始讀書了。睜眼發現屋中多了個人，宋雁茸倒是馬上就清醒了。

去廚房漱洗的時候，沈元剛餵完豬，撈起竹筐就準備上山去打豬草。

宋雁茸道：「二弟，最近山上應該有不少草藥了吧？今天我和小妹同你一起去山上，咱們採些草藥回來。」

沈元以往就是靠採藥賣錢的，對這個很熟悉，不過自從跟著嫂嫂養豬，他已經很久沒採藥了。原以為往後都不用採藥了，畢竟那個掙得不多，還全看老天爺吃飯，運氣不好，一天都掙不到幾文錢，秋冬季節更是難捱。

「採藥做什麼？」難道現在還得趁春天採藥？

「餵豬呀！」宋雁茸快速漱洗完畢，又叫了沈念。「小妹，快去拿筐，咱們一起去，多弄點豬草和草藥回來。」

沈念去找筐的工夫，宋雁茸直接端了灶臺上溫著的粥喝了下去。

沈元有些疑惑。「咱家的豬又沒病，幹麼要餵藥吃？」

「豬要是病了，你能治嗎？」宋雁茸不答反問。

沈元搖搖頭。「不是還有嫂嫂妳嗎！」

宋雁茸給了沈元一個不達眼底的假笑。「我倒是想，不過你想多了，我還真不會治病，若是等豬病了，那咱們只能該殺的殺，該埋的埋了。」

「啊？埋？那豈不是白幹了？」沈元有些後怕。

「對。」宋雁茸肯定的點頭。「所以要在豬生病前，咱們就做好防範，這樣豬就不容易病了。都養到這時候了，約莫再過兩個月，咱家的豬就能殺了賣錢，這時候更要做好豬病的預防。」

沈元聽得連連點頭，原來養豬還需要提前餵藥，預防豬病。

屋中的沈慶見外頭三人都揹上竹筐準備出發，他也走了出來。「你們這是去做什麼？我也一起去。」

沈念正要答應，被宋雁茸先開口拒絕了。「你回屋好好溫書，你現在可是咱們全家的希望。」

說完也不等沈慶再說什麼，就招呼著沈元和沈念出去了。

沈慶看著宋雁茸的背影，心裡品著「咱們全家的希望」。

他嘴角微揚，當即轉身溫書去了。

他一定要考中！

宋雁茸與沈元一路上討論了各自知道的常見草藥，又討論了它們的藥性，當即決定這次主要採哪些草藥。

宋雁茸怕遇到什麼意外，這一次，三人沒有再分頭行動，而是一直都在各自的視線範圍內割草、挖藥。

宋雁茸採了大半簍，忽然發現一棵枯木下竟然有一叢靈芝！

她驚喜道：「你們快來看，這裡居然有靈芝！」

零零散散的，差不多有十幾株，都是赤芝，有三株剛成熟，剩下的生長圈都還在，還未完全成熟，不過因為這一片村裡人也常來砍柴、打豬草，宋雁茸直接將所有的赤芝都採了。往後，她還可以栽培靈芝了。

想到沈母和沈慶那身子骨兒，宋雁茸決定，好好收集靈芝孢子粉，讓這兩人認真吃一段時間，先提高免疫力，往後身體自然就能慢慢好起來了。

沈元和沈念見宋雁茸看著筐裡那些靈芝的興奮眼神，哪裡還有什麼不明白的。

沈念歡喜地問道：「嫂嫂，妳是不是還會種靈芝？」

得到宋雁茸肯定的答覆，沈元和沈念對視一眼，都咧嘴笑了起來。

別的蘑菇能賣上怎樣的價錢，他們其實不是很懂，但是靠採藥賣錢的沈家，哪裡會不知道靈芝的價錢？

「嫂嫂，這下妳真要發財了！」沈元滿眼歡喜地說道。他彷彿看到了自己幫著嫂嫂賣靈芝，跟著嫂嫂掙銀子，然後被各種美食圍繞的美好未來。

宋雁茸沒有想到，年前專門去採蘑菇沒採到多少好東西，這次出來打豬草、採草藥，竟然撿了這麼多靈芝。

三人喜孜孜地回家。

一到家裡，沈念就開始幫忙準備培養基，宋雁茸也將接種箱用熏料熏上，準備給靈芝做組織分離。

沈家小院中，大家都各自忙活著。

之前做的平菇的二級種也快要長滿陶罐了，於是這幾天，沈家院旁又搭了個出菇的小草棚。

沈元開始將棉籽殼和麩皮混合拌勻，開始做栽培平菇的發酵料。

白天，大家都有各自的事情忙活，宋雁茸與沈慶睡過一晚後，發現好像也沒什麼。

於是，她對這事也不再抗拒了。

左右後面這兩天，都是沈慶還沒睡覺，她就睡著了，等她醒來，沈慶早已坐在桌前開始讀書了。

這讓宋雁茸根本沒有和沈慶同床的記憶。

轉眼就到了沈慶回書院的時間，沈慶戀戀不捨，宋雁茸卻和家裡兩個小的忙得熱火朝天。

因為要開始給豬進行春防，宋雁茸便對沈元道：「你去村裡找兩戶人家幫著打豬草吧，現在豬都大了，吃得也多，你現在又要採藥，全靠你打豬草忙不過來。」

沈元這次沒再遲疑，立刻點頭道：「行，我這就去！」

「家裡還得修個豬草池子，方便存些豬草。對了，餵豬的精料還有多少？你也早點去收些備好，免得有個萬一。」

沈元都一一答應下來。

接下來的日子，沈元每天採藥，回來就砌豬草池子。而沈念每天做飯、煮豬食，還要幫宋雁茸做培養基。

宋雁茸就更不必說了，隨著家裡的蘑菇品種越來越多，她也更忙了，不過她每天晚上都還堅持練字，如今，她的毛筆字已經很有長進了，瞧著已經有點「耕者」的模樣了。

籬笆下的木耳已經到了採摘的時候，這天，天氣晴朗，豔陽高照，宋雁茸帶著沈元兄妹將木耳都採了，趁陽光正好，曬起了木耳。

等木耳都曬乾了，宋雁茸便帶著乾木耳與沈元兄妹去了鎮上。

因為剛試種，這批木耳不多，曬乾後只得四斤半多些。不過因為是乾木耳，倒是裝了滿大一包。

三人直接去了上次吃飯的酒樓，有小二迎了出來。「三位客官，裡面請！請問三位想吃點什麼？」

宋雁茸笑著對店小二說：「不好意思，我們今天不是來吃飯的，想找你們掌櫃的談點生意。」

「找掌櫃的？不知三位想談什麼生意？」聽到來人不是吃飯，店小二也不惱。

宋雁茸從沈元拎著的大兜裡抓出了一把乾木耳，遞給店小二。「最近我們採到了好些木耳，想知道你們這裡收不收木耳？」

畢竟栽培木耳如今可是個高難度技術活，宋雁茸可不想逢人便說自己會。

店小二見了，雙眼一亮，伸長脖子往沈元的兜裡看去，問道：「這一大包都是乾木耳？」

第三十四章

「嗯。」宋雁茸點點頭。

「你們跟我來。」店小二將三人往後廚方向引去。「我們師傅在後頭，你們自己跟師傅談吧！」

「多謝小哥了！」

「冒昧問一句，你們這些木耳都是哪裡找的？居然能找到這麼多！我還是第一次見到一次撿這麼多木耳的呢！」

宋雁茸將早就準備好的說辭說了出來。「哪裡是一次撿的？我們是存了好久才存出這些的。」

店小二這才恍然大悟。「哦，原來如此，我說呢，哪裡能有一片地方長這麼多木耳的。不過你們也挺厲害的，居然可以存下這麼多木耳，我瞅著你們這保存得還不錯呢！」

「小哥過獎了！」

說話間，來到後廚門口，店小二對三人說：「你們在這兒等等，我去叫師傅出來。」

見宋雁茸老實地答應了，店小二很快轉身進了後廚。

不多時，從廚房走出一個矮胖的中年男子，店小二也立刻跟出來，朝宋雁茸介紹道：

「這是我們酒樓的大廚，也是東家，他喜歡大家叫他李師傅。」又對李師傅說道：「就是這幾個人採了一大兜木耳。那你們聊，我去前頭招呼客人了。」

李師傅點頭，笑著朝宋雁茸等人說道：「我可不可以先看看你們的乾木耳？」

「當然可以。」宋雁茸一邊笑著答應，一邊從沈元手裡接過木耳，打開兜子朝李師傅道：「您隨意看。」

李師傅往裡看了看，又接過兜子輕輕一抖，伸手翻了翻裡頭的木耳。「這木耳倒是不錯，不知道妳想賣什麼價？」

「我看集市上，乾木耳差不多都是二百文左右一斤，我這裡四斤半多，您給九百文就成！您也可以仔細看看，我這木耳比別人的肥厚，品相可強多了。」宋雁茸從兜裡隨手拿出個木耳給李師傅看。

李師傅仔細一看，還真的是。「成，我都要了，往後你們若是還能撿到木耳，只管送過來！」

「實不相瞞，家中確實還有木耳，但我們想等多湊些再一起送過來。」宋雁茸乘機推銷起還未長出的第二批木耳。

李師傅一聽，這幾人怕是找到了一大片木耳的老巢吧？立刻道：「那下次你們也往我這兒送！」

他最近正琢磨一道菜，需要木耳，如果真能收夠木耳，這道菜就能在酒樓推出了。於是，李師傅直接讓人給了宋雁茸一兩銀子。「多出來的就當是下回的訂金了。」

沈元拿著一兩銀子出來的時候，猶覺得還在夢中。

這木耳就這麼快賣出去了？

籬笆下那些木頭，就能結出一兩銀子的木耳？

倘若下回再多栽培些，那銀子豈不是會多得沒處放了？

「嫂嫂，妳說，家中那些木頭上還能結幾次木耳？」沈元將銀子遞給宋雁茸，滿腦子都是籬笆下的那排木頭。

宋雁茸卻將那一兩銀子又推給了沈元。「保守估計，應該可以出三次木耳，不過第三次的產量恐怕不多。這銀子你拿著，給小妹分些，就當是你們這些時日的獎勵了。」

沈元呆呆地接過銀子，彷彿毫無所覺，嘴裡念叨著。「三次，還是保守估計？播種一次，收割三次！我的老天爺，要發了，要發了！」腦子裡全是籬笆下的木頭結出銀元寶的畫面。

等反應過來手裡的銀子的時候，連忙推給宋雁茸。「嫂嫂，這個我們不能拿！」

沈念也推辭起來。「就是，嫂嫂上回才給我買那麼多東西，那些耳環、髮簪、絹花，哪一樣都要不少銀子！」

宋雁茸這次卻是難得地嚴肅起來，對兩人說道：「正所謂，親兄弟，明算帳，之前我們還不能有穩定的進項，都是牧老每次來跟我學些製種的方法給的銀子，雖然每次數額都不小，但到底不穩定。往後，各種蘑菇都可以賣錢了，家裡的豬也要出欄了，咱們的進項就能穩定了。照現在咱們要做的事情，往後我就給你們一人一兩銀子的月錢，平常的採買不算在內。豬舍和蘑菇原料的採買由二弟負責，家中嚼用小妹負責，銀子都由我負責，回去後，我就給你們一人二十兩銀子用於你們負責的採買，你們要開始學會記帳，銀子花完了拿帳冊來，我再給你們支。」

兩人對視一眼，沈念道：「嫂嫂，月銀還是不必了，我們都吃妳的、用妳的，哪裡還能再拿銀子？」

宋雁茸卻還是堅持。「話不能這麼說，二弟早晚要娶妻，小妹也要嫁人，你們都得有自己的銀子，想買什麼，想幹什麼，就都用自己的銀子去買，將來也不用看別人臉色。再說，你們又不是從我這裡白拿銀子，都是自己勞動換來的，有什麼不能拿的？難不成將來你們成親了，手邊沒點銀子，然後看妻子或夫家的臉色過活？」

兄妹倆一聽這話，認為挺有道理的，沈元點頭道：「成，那我們就聽嫂嫂的！」

掙了銀子，他們也可以給嫂嫂買東西嘛！

於是沈元笑道：「左右天色還早，我與小妹掙了銀子，今日我請嫂嫂和小妹去吃東西吧！」

宋雁茸點頭笑道：「這個主意好！」

沈念卻是「噗哧」一聲笑出來。「二哥這是掙了銀子就迫不及待想買好吃的了，還拿我與嫂嫂當由頭！」

三人說笑著往賣小吃的街道走去。

在經過賣豬肉的攤販前，卻發現那處小攤圍了許多人。

沈元自從家裡養豬後，雖然聽了宋雁茸的話不再吃豬肉，卻一直很關心豬肉的價格，有機會他就會打探一番，估算自家的豬能賣多少銀子。這會兒，豬肉攤前圍了這麼多人，不用宋雁茸開口，他就道：「我去看看怎麼回事！」

說罷，大步走了過去。

不一會兒，宋雁茸就見沈元皺著眉頭回來了。「不好了，鎮上的豬好像發病了，最近死了挺多豬，這會兒豬肉只要八文一斤了！」

沈念驚呼。「八文？那豈不是少了一半？難怪這麼多人買肉！」沈念說完，神情也凝重起來。「嫂嫂，鎮上死這麼多豬，咱家豬會不會受影響？」

宋雁茸心中也是一沈，真是怕什麼、來什麼。「我也不知道，咱們快回家吧！」

三人也沒有吃東西的心情了，急匆匆回家。

一到家中，宋雁茸就讓沈元立刻洗澡換衣服，她和沈念也不落下。

將換下來的衣服用開水燙過幾遍，這才作罷。

「明天將這些衣服曬遠一些，好好曬幾天。」她也不知道這次鎮上的豬得的是什麼病，不過看如今這豬肉的價格，只怕鎮上還在陸續死豬。

這時代的人沒有不吃死豬那說法，不過既然已經賣了幾天死豬肉了，也沒聽說鎮上有人得病，想必這次的豬病不是人畜共患的，這倒是讓宋雁茸稍稍鬆了口氣。

「二弟，明天開始，餵豬的那些草藥再加重點分量。」左右那些草原本也能直接當豬草的，這個節骨眼上可不能讓家裡的豬都死掉了。

宋雁茸在心中默默祈禱，希望這一次的豬病不要傳到村裡來。

只是這一次，宋雁茸沒有那麼好運，沒過幾天，村裡就陸續有人家中出現病豬、死豬。

三月裡，村裡人家中的豬大多都剛買回來不久，連架子都還稱不上，有的甚至還是小乳豬，如今這病的病，死的死，大夥兒都挺不好受。

要知道，買頭豬也要花不少銀子，誰家都是指望著過年的時候能殺頭肥豬，能賣些銀錢，自家也能留點肉過年，可如今……

這幾天，村裡人討論的話題都是「誰家的豬病了」、「誰家的豬死了」，見面都是搖頭惋惜。

沈家的豬逐漸成為村裡人的重點關注對象。

剛開始，大家都唏噓。「這次沈慶家得賠個底朝天了，那麼多豬！」

可漸漸地，村裡的豬死了大半，沈家居然沒有傳出死豬的消息。

田間地頭幹活的時候，大夥兒難免開始討論這事，話題由「沈慶家的豬到底什麼時候死」變成「沈慶家的豬會不會死」。

直到四月初，這場豬的傳染病平息，沈家的豬也沒有傳出噩耗。

此時，灣溪村家裡還有豬的人家不超過五戶，沈家就是其中一戶。但大家心裡明白，這五戶中，另外四戶家中不過一頭豬，是死是活更多是運氣，而沈家不同，沈家可是養了九頭豬，能在這場豬的傳染病風波中一頭沒折，絕對稱得上是養豬能手了。

一打聽，沈家的豬都是沈元伺候的，一時間，村裡人一忙完田地裡的農活，總會來找沈元打聽養豬的秘訣。

更有甚者，直接來找沈母，想把女兒嫁給沈元。

都是鄉里鄉親的，宋雁茸倒也沒有讓沈元特意隱瞞什麼。

當然，事實上，沈元也說不出個甲乙丙丁，只道：「家裡養豬，就不要吃外面的豬肉，也不要讓外人隨意進豬舍，春天的時候，還得給豬餵些中草藥，這樣豬不容易生病。」

眾人這才頓悟。

沈慶月休回家的時候，看到自家小院裡圍著一群人，還以為家中出事了，緊趕慢趕的衝了過來，扒開人群，竟發現被圍在中間的是二弟沈元。

沈元見自家大哥回來了，忙對村民道：「我大哥回來了，今天大家先散了吧，省得耽誤我大哥讀書。」

第三十五章

村裡人見是沈慶回來，都知道沈慶今年要科考，以他的本事，很快就要成舉人，自然不敢耽誤沈慶讀書，紛紛告辭。

沈慶這才問沈元。「家中這是發生了什麼事？你嫂嫂她們呢？」

沈元便將最近的事情跟沈慶簡單說了。「這兩天一直有人來家裡跟我學養豬的本事，大哥你也知道，我哪裡有那本事，都是嫂嫂教的。可嫂嫂不想應付這些，非讓我來。」

沈慶伸手往沈元肩上拍去，想鼓勵一下沈元，沈元卻一扭身躲開了，朝沈慶道：「大哥剛回來，先去洗一洗，我先去換身衣服，一會兒還要去豬舍翻堆。」

沈慶的手僵在半空。洗一洗？他現在回家還被二弟嫌髒了？

不過轉念想到宋雁茸之前的「過病氣」一說，又豁然開朗了，二弟這是怕他帶了病氣，所以才會讓他洗一洗，二弟自己也因剛接觸那麼多村裡人要換洗。

沒想到不過月餘不見，如今二弟是把養豬這活做得越發像樣了。

正想著，就見沈念從沈母房中跑了出來。「大哥回來啦？怎麼這麼多行李？」

沈慶見宋雁茸和沈母也從屋中出來，臉色瞬間柔和，朝宋雁茸道：「快要科考了，書院為了讓我們能訂到合適的客棧，就直接放假，讓大家準備趕考。」

「這才四月就要準備趕考了？」宋雁茸對這些還真不大清楚。

沈慶點頭。

沈念與宋雁茸幫忙沈慶將他的行李拿去屋中，沈念識趣地立刻出了門，將屋子留給大哥和嫂嫂。

沈慶從包袱裡拿出兩本書遞給宋雁茸。「這是給妳的，耕者的話本。」說完，生怕宋雁茸又怪他不好好讀書，竟去逛話本，立刻補充道：「是遠航去外頭，我讓他順道帶回來的。」

宋雁茸到嘴邊的責怪也收了回去，畢竟她現在確實喜歡耕者的故事，喜歡耕者的字，便接了過來。「謝謝。」

接著，沈慶又遞給宋雁茸一個錢袋子。「這段時間，妳又是蓋房子、又是填補家用，花了不少銀子，這些是我抄書掙的，約莫有六十幾兩，先給妳補上，填不滿的，等往後我有了銀子再給妳。」

宋雁茸的目光立刻從耕者的書上轉移，驚呼道：「六十多兩？你最近是不是都不讀書，盡忙著抄書掙銀子了？你還要不要……」

沈慶連忙哄道：「妳先別生氣，最近能掙這麼多，其實也都是借了妳的光，並不是全靠著我抄書掙的。妳想想，我抄書才掙幾個錢，就是沒日沒夜地抄一年，也掙不了這麼多。」

宋雁茸聞言，這才緩了心神。「真的？」

「真的。」沈慶回得極為肯定。「我這次是用燕公子和高神醫送的那些紙筆抄的書，那些紙本就價格不菲，如此抄出來的書自然不便宜。」

聽到沈慶這麼說，宋雁茸這才徹底放心。

沈慶沒有因此耽誤讀書就好，她是真怕沈慶這次又會如原著中那樣，堪堪考中，要知道頭名還是很重要的。

雖然她想與沈慶和離，離開沈家，然而這大半年的相處，她與沈家眾人已經有了感情，自然是希望沈家越來越好，也不枉她費盡心思幫沈家眾人躲過原著中不利他們的劇情。見識了男主梁燦的另一面後，她更是突生正義之心，甚至私心裡也希望沈慶能比梁燦走得更遠。

「最近你學業上怎麼樣？」宋雁茸問起沈慶的學習情況。

「先生說，我只要能穩住，發揮出平常的水準，這次考試問題不大。」

「那就好。那最近你與梁燦哪個學問更好？」宋雁茸還是忍不住問出心中的疑惑。

沈慶眼中的暗沈一閃而逝，很快垂下眼眸，悶悶道：「最近梁燦進步很多，先生都誇他。」

「他比你厲害？」

聽著宋雁茸語氣裡滿滿的不服氣，沈慶抬頭。

她不是關心梁燦，是擔心他被梁燦超過？不過還是老實回答。「最近幾次的文章，先生都誇他作得好，引經據典，頗有見地。」

宋雁茸深吸一口氣，這人怎麼總答不到點子上？

「你這麼誇他做啥？你到底哪裡不如他了？是不是最近抄書耽誤學業了？往後不許再抄書了，從現在開始，你要好好讀書，不求你能得榜首，但至少也得拿下潼湖鎮的頭名！」

看著宋雁茸一副為他著急、給他打氣的模樣，沈慶心中立刻又被暖意填滿，突然覺得自己又發現了宋雁茸新的一面。

沈慶覺得，自從兩人將「和離」的事情說開後，宋雁茸在他面前越發鮮活，會生氣、會毫不顧忌地踹他，會怒喊「沈慶」，如今還會擔心他，為他打氣，再不是那個朝他笑得疏離，嘴裡只會喚他「夫君」的人了。

沈慶決定一定好好讀書，不能辜負宋雁茸的期盼，他要拿下潼湖鎮的頭名，更要讓宋雁茸往後歡歡喜喜地喚他「夫君」。

沈慶與宋雁茸說完話，就主動將衣服換洗了一遍，他也聽說了最近豬瘟的事情，只是沒想到這麼嚴重，村裡餘下的豬，居然是他們家占了大半。

等沈慶出了屋子，宋雁茸直接拿來牧老的滅菌熏料，將她與沈慶的屋子熏上一遍。

剛忙完，就見一輛馬車行至院前，宋雁茸與沈念以為是牧老來了，忙迎了過去，沒想到下來的人竟是青山，高神醫也緊跟著從馬車裡出來。

「青山，高神醫，你們今日怎麼有空過來了？」宋雁茸驚喜道。

沈念忙跑去豬舍喊沈元。「二哥，青山和高神醫來了！」

青山這次跟以前似乎有些不大一樣，他繃著臉，看到宋雁茸和沈念，倒是露出了幾分笑容，點頭應了一聲。

高神醫道：「這孩子聽說最近有豬瘟，生怕你們這裡的豬出事，非要我來看一看。」讓大名鼎鼎的神醫來給豬看病？

宋雁茸「噗哧」笑出了聲。「您是神醫，那是給人看病的，又不是獸醫，您怎麼不勸著青山？」

高神醫呵呵笑道：「其實這孩子是想你們了，什麼給豬看病，不過是他的藉口罷了。」說話間，沈元跑了過來，跟高神醫打過招呼，一把拉住青山去屋裡說話了。

宋雁茸也將高神醫引到新蓋的屋子裡，喚了沈慶一同過來作陪。

高神醫剛落坐，沈母聽說高神醫來了，就端來了茶水。「神醫您用茶！」

高神醫見沈母臉色比上次已經好了很多，便道：「老夫人如今可覺得身子好些了？」

沈母連連點頭。「多謝高神醫，吃了這麼久的藥，我現在覺得如今精神好多了。」

高神醫點頭。「這次我跟來，一來是不放心孩子，二來也是要替您重新診脈，以便調整藥方。」

沈母感激。「給神醫添麻煩了，太感謝神醫了。」說著就想給神醫行跪謝禮。

高神醫連忙起身，虛扶沈母。「老夫人切莫如此，若不是您家收容了小兒，我與內子或許這輩子都沒法找回孩子，沈老夫人就莫要折煞我了！」

兩方人各自表達了感謝，高神醫這才開始替沈母診脈。末了，高神醫說：「往後我定期讓人來送藥吧！外頭買的藥總歸沒有我親手炮製的藥效好。」

這回沈慶與宋雁茸也都隨沈母一起起身感謝高神醫。

沈母知道高神醫此次過來，指不定有什麼話要同兒子與兒媳說，便告辭回屋了。

高神醫主動對宋雁茸道：「想必剛才沈夫人也看到瑞瑞與之前不同了。」

宋雁茸點頭。

高神醫又道：「他恢復了些記憶。」

宋雁茸與沈慶對視一眼，宋雁茸開口道：「那神醫是否知道了些什麼？」

高神醫神情有些凝重，緩緩點頭道：「確實。」

於是將高梓瑞為什麼以為自己叫「青山」的經歷緩緩道出。

高梓瑞身邊的貼身小廝名喚青山，高梓瑞現在只記得，他與青山被抓到一個地方訓練，兩人天天遭受毒打，在一次訓練中，好幾個孩子被關進鐵籠，還有人把惡狗放進籠裡。青山為了保護高梓瑞，被惡狗活活撕咬至死，高梓瑞最後的記憶裡全是自己一聲聲撕心裂肺地喚「青山」。

之後就什麼都不記得了。

或許是高梓瑞也嚇昏過去，那裡的人以為他也死了，就隨意扔到了亂葬崗。被老乞丐撿到，高梓瑞什麼都不記得，腦子裡只有「青山」，便誤以為自己的名字叫「青山」了。

高神醫與夫人得知此事，覺得自己的心都被人挖了去，真不知道是誰這麼狠心！

「那高神醫如今可查出那處地方的背後主使？」宋雁茸適時問了出來。高神醫替太子做事，想必這個忙，太子還是會幫的吧？其實這事或許根本不需要太子出手，有燕家大概就夠了。

高神醫卻搖頭。「燕家的人查了，到現在還沒有查出來。這次我也是想來提醒一下你們，既然燕家都查不出來，那處地方八成是宮中哪位貴人秘密訓練死士的地方。」

宋雁茸的心咯噔一下。

不知道為什麼，她腦中閃出一個答案——太子的對手，三皇子！

宋雁茸的心怦怦直跳。「神醫覺得，青……不，高梓瑞與青山是被人故意抓去那裡的嗎？」

高神醫卻搖頭道：「這倒不至於，若是故意抓走瑞瑞，他們肯定不會將他們送去那處地方，因為我的孩子丟了，太子這邊定然會幫忙尋找，他們的地方就更容易暴露。瑞瑞和青山被送去那處，應該是湊巧。」

宋雁茸又問：「那神醫跟我們說這些，是想提醒我們什麼？」

第三十六章

高神醫壓低聲音道：「我是想說，你們如今要注意安全。」

說完這話，高神醫又換上若無其事的口吻。「聽說燕家已經給你們在省城找好了安置的地方，依我看，左右沈學子如今要去考試，你們不如早點動身。」

宋雁茸與沈慶對視一眼，沈慶道：「如此緊迫？」

高神醫點頭，又壓低聲音道：「當年我也是因為給貴人醫治，才連累我兒被人抓走。「如今，我正在為瑞瑞醫治，我一定會讓他早日想起他怎麼被人抓走的。」高神醫說到此處，眼眶微紅，帶著刻骨的痛與恨。

宋雁茸和沈慶心裡都知道，高神醫此番能與他們說這些，是真心關心他們，兩人誠懇地道謝。

宋雁茸想了想，對高神醫道：「神醫，有個問題我不知道您方不方便回答，若是不方便回答，您大可直說，我也知道這問題有些逾矩了。」

高神醫定神略一思索，微笑道：「我大概能猜到妳想問什麼了。問吧，能說的我一定知無不言。」

「貴人的病為什麼需要雞腿菇？貴人到底哪方面需要調理？」宋雁茸自然知道高神醫不

能隨意洩漏太子的病情，高神醫能側面回答，就已是足夠信任他們了。

高神醫思索了會兒，斟酌道：「貴人身子弱，需要調理，尤其是脾胃。」

「多謝神醫相告。」宋雁茸站起來朝神醫施禮，這一次，高神醫倒是坦然受了她這一禮。

宋雁茸又道：「脾胃方面，怎麼不用猴頭菇？」

高神醫露出讚賞的目光。「沈夫人懂得倒是挺多，不怕妳知道，猴頭菇也有在用，但貴人能弄到足夠的猴頭菇服用，雞腿菇因為保存不易，才會一直不夠用。」

「身子弱，可想過服用靈芝孢子粉？」這可是提高免疫力效果最明顯的。

高神醫卻有些疑惑。「我只知道靈芝，不知靈芝孢子粉為何物？它與靈芝相比，哪個藥效更好？」

宋雁茸簡單說了下靈芝孢子粉的概念，末了，道：「靈芝孢子粉的功效是靈芝本身功效的六十倍以上。」

聽到這個數字，高神醫驚訝過後，滿臉喜色。「當真？」

得到宋雁茸的肯定後，高神醫激動得站起身來。「沈夫人是否能收集靈芝孢子粉？」

宋雁茸這次沒有一口答應，她有些怕把自己和沈家更深地牽扯進皇權爭奪中，但她如今又迫切需要太子的保護。

按照高神醫所說，宋雁茸推算等雞腿菇送到太子那邊後，她和沈家很快就會暴露在三皇子等人的視線範圍。

指不定，現在就已經被三皇子等人盯上了。

宋雁茸想了一會兒道：「您也知道，我以前其實並沒有栽培過蘑菇，不過是看了幾本雜書，未出嫁時，在家中也只是憑空比劃過書中的手法，能不能成，我還真不敢保證。」這也是再次解釋自己為什麼會這些本事了。

高神醫卻信心滿滿。「我相信沈夫人一定能成，我回去會告訴燕家，讓他們全力支持夫人，有燕家和貴人的幫助，沈夫人定能成功。」

高神醫又與宋雁茸探討了一會兒靈芝孢子粉的作用，眼看著天色不早，便起身道：「時候不早了，我得帶瑞瑞去鎮上燕家的別院住下，就先告辭了，等兩位到了省城，我們再好好聊。」

在高神醫的再三催促下，高梓瑞才慢吞吞地從沈元屋中出來與高神醫上了馬車，離開沈家。

沈元和沈念還樂呵呵地沈浸在剛才與高梓瑞的重逢中，得知高梓瑞恢復了一部分記憶，兄妹倆打心底為他開心。

沈元和沈念高興得沒有注意到宋雁茸和沈慶的面色沈重。

小夫妻對視一眼，一同轉身回屋。

一進屋，宋雁茸就垂頭道：「對不起，沈慶，我給沈家惹麻煩了。」宋雁茸情緒有些低落。

沈慶拍了拍她的後背，溫聲道：「瞧妳說的，若不是妳，家裡如今哪裡能過得這麼好？如今二弟和小妹能吃好穿好，就連娘的身子都快要養好了，那兩間屋子也是妳修的，我如今穿的、用的，哪樣不是妳掙來的？總不能好處我們都拿了，有點什麼事情，就將妳推出去讓妳一個人承擔。妳放心，我們沈家沒有那樣的人。這事先不告訴母親，省得她擔心，回頭我與二弟、小妹說。」

宋雁茸心裡還是挺內疚，若不是她急著想攢錢和離，也不會在初次見到牧老等人，就冒險將自己能栽培雞腿菇的事說出來。當時就是賭他們很需要，後來猜到他們身分不凡，便教了牧老一些基本功。

這也是她在跟牧老及他身後的人投個誠，這樣的技術若只掌握在她手裡，就憑她如今的境地，根本守不住，指不定最後還會因此丟了性命。

藏拙雖然能保命，可怎麼掙錢？

不掙錢，她就得忍饑挨餓，吃不飽、穿不暖。

可為何偏偏就又扯上了太子？

「沈慶，要不咱們現在就和離吧，先不告訴你家裡。到了省城就把這事說出來，這樣就不會連累你們了。」宋雁茸聲音有些悶悶的，她也不知道，怎麼心中會覺得空落落的，或許是她貪生怕死吧？

沈慶卻一把拉過宋雁茸，雙手握住她的肩頭，認真道：「茸茸，妳將我沈慶當成什麼人了？我在妳眼中就是那等貪生怕死，大難臨頭各自飛的人？」

「不是，我知道你不是那樣的人，可是……」

沈慶這才放緩了聲調。「既然妳覺得我不是那種人，那這件事情就交給我，我會處理好家裡的事情，以後不管發生什麼事，都是我的決定，與妳沒有任何關係。妳累了，先歇一會兒吧，我去跟二弟和小妹交代一番，這事大家早點知道也好有個防範。」沈慶說完就要出門。

宋雁茸一把拉住沈慶，看著他的眼睛堅定道：「我跟你一塊兒去。」

沈慶扭頭看向宋雁茸抓著自己的手，點頭道：「嗯，我們一同去。」

沈念此刻正在廚房忙活，沈元也在幫著燒火，兩人邊幹活、邊說話，見到沈慶和宋雁茸進來的時候，沈念還笑著說：「大哥和嫂嫂是餓了嗎？我這邊一會兒就好了，廚房煙大，你們先去屋裡等著吧。」

沈慶和宋雁茸對視一眼，沈慶開口道：「我們有事同你們說一聲，這事先不要讓娘知道，省得她擔心。」

沈元兩人見沈慶和宋雁茸神情嚴肅，也不自覺緊張起來。「大哥，你說，我們都聽你們的。」

沈慶便簡單將事情說了一遍，末了，道：「所以說，如今咱們家也很可能會面臨我們想不到的災難，神醫那邊建議我們全家趁我這次去省城科考，直接搬過去，在燕家的地盤，有燕家的庇佑，我們才有可能避過災難。」

一聽，居然與太子有關，沈元、沈念腦子一陣暈。

他們見過最大的官就是村裡的里正，縣衙的縣令他們都未曾見過，怎的就扯到太子了？還有，那燕公子看著挺和氣的，居然是太子的表哥？那些皇親國戚不是應該趾高氣揚的嗎？

沈元嚥了嚥口水。「大哥，我都聽你的。」

沈念也連連點頭，表示贊同。

看見兄妹倆一副被嚇到的樣子，宋雁茸低聲道：「對不起，都是我連累大家了，若不是我賣雞腿菇給牧老，咱們也不會惹上這麼多事。」

沈元和沈念卻立刻道：「怎麼能怪嫂嫂呢？」

沈元說：「若不是嫂嫂認識了牧老，我們哪裡能掙這麼多銀子，我雖然沒讀什麼書，也知道富貴險中求，我與小妹不但不怪嫂嫂，反而感謝嫂嫂，若不是嫂嫂，如今我連飯都吃不飽。」

「謝謝你們。」沈家兄妹這一次的表現，再一次讓宋雁茸體會到什麼叫「家人」。

家人，大概就是這樣吧？

「為了安全，我們就一起去省城，家裡的豬這段時間處理一下，都賣了吧。」宋雁茸提議道。

沈慶點頭。

四人又商議了一番，最後決定先不處理家裡的蘑菇，明天去鎮上問問牧老，看看牧老有什麼打算。

畢竟現在雞腿菇正在出菇，而平菇也剛栽培，不久也能出菇了，籬笆下的木耳也正在出第二批。

當然，牧老肯定不會在意那些平菇、木耳，只不過左右要照看雞腿菇，平菇和籬笆下的木耳自然可以一併讓牧老練練手。

果然，第二日，沈慶與宋雁茸去逐鹿書齋說了他們打算舉家搬去省城，家中的蘑菇想請牧老幫忙照看的時候，佟掌櫃直接替牧老一口應承了下來。

佟掌櫃也沒多問他們為什麼要舉家搬去省城，想必大家都心知肚明。

沈家那九頭豬也差不多到了出欄的時候，沈元到鎮上聯繫了屠夫，這場豬瘟過去，附近的豬已經死得差不多了，如今還有人送豬過來，屠夫也很高興。沈家這幾頭豬竟賣出了比平常更好的價格。

家中，沈慶只跟沈母說，科考在即，他需要提早去省城待考，宋雁茸也要去省城幫神醫栽培些蘑菇，需要沈元和沈念一起過去幫忙，如此一來，他希望沈母跟著一起過去，也省得大夥兒擔憂，他也會因此分心。

沈母一聽，二話不說就同意了，如今還有什麼事比沈慶科考重要？

四月，沈家一直忙碌著處理家中事宜，轉眼就到了四月底，佟掌櫃直接派了三輛馬車來沈家接人。

第三十七章

沈元與佟掌櫃一輛馬車，直接在最前頭開路。

沈母與沈念一輛馬車，緊跟著佟掌櫃的馬車。

再後面就是沈慶與宋雁茸的馬車。佟掌櫃帶著的兩輛貨車在隊伍的最後，整個車隊頗有陣仗地離開了灣溪村。

宋雁茸原本以為只有他們與佟掌櫃帶著的五、六個壓貨的隨從，沒想到，出了城，官道上竟然有十來個全副武裝的人等著他們。

佟掌櫃介紹道：「燕公子擔心路上有意外，特意派了他們保護各位。」

「燕公子有心了。」沈慶抱拳謝過。

沈家兄妹與宋雁茸自然心領神會，唯獨沈母，心中忽然生出不安。「念念，怎麼這麼多人圍著咱們？是不是出什麼事了？」

剛好被沈慶聽到，沈慶安慰道：「娘放心，是佟掌櫃他們這次的貨很貴重，自然人手就需要多些。」

沈母這才稍稍寬心，與沈念一同回了馬車，隊伍繼續朝省城的方向前進。

原著中，沈慶在趕去省城的途中，遭遇了埋伏，宋雁茸一路上一直提著心。

佟掌櫃給沈慶安排的這輛馬車行駛時很平穩，天氣甚好，沈慶便撩開車簾在車中讀書，宋雁茸則拿著一本沈慶新給她找來的耕者的書，心不在焉地讀著。

沈元坐在馬車的車轅上，曬著太陽，聽著佟掌櫃和手下幾個夥計講述著走南闖北的見聞。

天黑前，佟掌櫃帶著眾人進了一個小鎮，鎮上早已訂好了客棧，這個客棧不大，佟掌櫃等人全部包了下來。

有燕家安排的人輪流守衛，客棧裡又都是自己人，宋雁茸覺得總算能睡個安穩覺了。

當夜，客棧卻潛入了幾個黑衣人。

也是燕家的侍衛訓練有素，沒有吃客棧的飯食與水，當夜，佟掌櫃帶著的那五、六人和沈家眾人全部昏睡不起。

若不是有燕家派出的侍衛隨行，他們這一行人怕是就了結在此處了。

宋雁茸再次醒來的時候，沈慶已經守在她床邊。「妳醒了？可有哪裡不舒服？」

宋雁茸有些莫名。

「怎麼了？」

說完這話，宋雁茸準備起身，這才發覺身體軟綿綿的，使不上力，臉色一變。「我被人下藥了？」

沈慶點頭。「確切的說，是我們都被人下藥了。」

「都被下藥了？你怎麼還……」沈慶身子不是不太好嗎？怎麼還比她先醒過來？

「燕家的人查了，藥下在水裡，昨晚我用得不多，所以先醒來。母親和小妹也是剛醒，現下，恐怕就二弟還沒醒過來了。」沈慶將他知道的情況告訴了宋雁茸。

宋雁茸才知道，原來昨夜這裡竟然發生了一場激烈的打鬥，她還真是一點也不知道，看來這藥著實厲害。

宋雁茸揉了揉太陽穴，在沈慶的攙扶下坐了起來，看著外頭的光亮，強忍著喉嚨的乾澀，問道：「我昏睡了多久？」

沈慶等宋雁茸坐好，轉身給她倒了杯溫水。「還好，還沒到午時，佟掌櫃那邊擔心昨晚的人還會有什麼後手，所以想問問妳，如果可以的話，今天開始，咱們就要加快行程了，離省城越近越安全。」

宋雁茸喝了溫水，覺得喉嚨不再那般乾澀，這才道：「我沒事，左右馬車寬敞，我也能歇著，只是不知道二弟那邊怎麼樣？」

「他就更不用擔心了，已經找大夫看過了，等他睡醒了就沒事了，如果妳覺得沒有問題了，那就現在出發？」

宋雁茸點頭。

沈慶去屋外說了聲，很快就聽到外頭傳來走動的聲音，想是大夥兒準備出發了。

宋雁茸在沈慶的攙扶下上了馬車，又問了沈母和沈念的情況，得知大家都安好，宋雁茸也就安心了。

或許是藥效沒散盡，馬車搖晃間，宋雁茸很快又睡了過去。

再次醒來，已經快到晚上，又要在新的小鎮客棧住下了。

這一次眾人都謹慎了許多，直接借了客棧的小廚房，每一樣食材都細細檢查，自己人動手做飯。

用過晚飯，佟掌櫃見宋雁茸精神不錯，這才凝重地開口。「沈夫人，昨日我們清點了貨物與行李，您那一箱菌種全部都被砸爛了，我瞧著是用不了了。」他可不敢當著沈慶的面，叫人家媳婦「姑娘」的。

或許是那天被高神醫叫了半天的「沈夫人」，宋雁茸此時竟沒有覺得有什麼不妥。

宋雁茸皺眉。

「什麼東西都沒丟，只有菌種全部都壞了？」

佟掌櫃和沈慶都點頭。

宋雁茸反而鬆了口氣，看來這批人是衝著菌種來的，那就不是原著中會傷了宋雁茸性命的那些人。

如今，菌種已毀，至少沈家人沒有性命之憂，再往後有事也就衝她來了。

她惹出來的麻煩，她願意自己一個人承擔。

佟掌櫃卻道：「不知今後可會影響夫人的打算？」

宋雁茸給了佟掌櫃一個安心的笑容。「佟掌櫃放心，無非是從頭再來，貴人要的雞腿菇家中正在出菇，等出菇了，派人直接將蘑菇與栽培料一起鏟了帶去省城，我重新製種就可以了。只是別的蘑菇，又得重新去山裡採樣了。」

聽到不會耽誤雞腿菇的栽培，佟掌櫃和燕家那些侍衛都鬆了一口氣。

宋雁茸吃過晚飯，雖然還是覺得身體沒有力氣，不過因為白天睡得多了，這會兒倒是怎麼也睡不著了。

她現在已經能坦然的面對與沈慶同床不共枕這事了。

這會兒，宋雁茸盯著帳頂，垂眼看到沈慶拿了書坐在床尾不甚認真地看著，便道：「沈慶，你往後有什麼打算嗎？」

沈慶不過是拿著書避免兩人獨處的尷尬，可他實在不知道如何挑起話頭，他怕因為這次的意外，宋雁茸會更加堅定和離，在宋雁茸醒來之後，他都避免說話。

這會兒宋雁茸主動挑起話題，沈慶也就放下書本，認真回答。

「我往後自然是好好讀書，妳不是要我成為潼湖鎮的頭名嗎？我會努力的，我希望將來能金榜題名，加官進爵，如此，你們就可以放心地做自己喜歡的事情了。」

安心地做自己喜歡的事情？

沈慶這是在為她著想吧？如今，不就是她栽培食用菌惹出許多事情嗎？

沈慶這是打算罩著她了？

「謝謝你，沈慶。」

沈慶原本以為宋雁茸又會跟他劃清界線，沒想到她這次竟是溫和地道謝，是不是表示她正在慢慢接受自己？

正想著，就聽到宋雁茸又開口道：「這次母親跟著受罪，因為是迷藥，還能糊弄過去，下次若是遇上刀光劍影的，嚇著母親可如何是好？要不，咱們這次去了省城就先分開住吧？那幫人明顯是衝著我來的，你們好好住在城中燕家的別院裡，我去佟掌櫃幫我找的莊子上，有燕家護著，料想也出不了意外，還能避免母親再受連累。」

因為這次大家中的是迷藥，沈母本就有些暈車，是以，大家很容易就把晚上遭人暗算的事情給瞞了下來。

沈慶也擔心沈母的身子，可他也不放心宋雁茸自己去城外的莊子，思量過後，便道：「這樣吧，我們先在城中安頓好，等妳莊子處理好後，我與二弟再跟妳一起去莊子，畢竟莊子才是咱們花銀子置辦的，小妹就在城中燕家的別院先照顧娘。等考試近了，學子們都來省城了，到時候肯定會有許多詩會，我得去參加，那時候我再去城中照顧娘，讓小妹和二弟一同去莊子上，也好跟妳有個照應。等科考結束，我就帶著娘一起到莊子上，那時候娘的身子也好了，大家也不用再為此擔心了。」

聽著沈慶有條不紊地安排，宋雁茸一時竟不知該如何推拒。她甚至並沒有覺得沈慶說的「莊子是咱們花錢置辦的」這話有什麼問題。

「可是……」

宋雁茸話未說完，沈慶便截斷她的話。「別可是了，若不這麼安排，我如何放心科考？」

宋雁茸只得同意，如今除了性命，最重要的事情莫過於沈慶的科考了。

沈慶顯然也是拿捏準了這事。

第三日，車隊就到了省城「洛城」。

在佟掌櫃的帶領下，眾人順利來到燕家安排給沈家暫住的那處別院。

雖說是別院，但離集市很近，日常採買十分方便，也離沈慶將來的考場不遠，走路不到兩刻鐘就能趕到。

宋雁茸等人也是後來才知道，這附近的客棧早就已經被高價訂完了，若是沒有燕家，他們根本住不到這麼好的地段。

這是一個兩進的院子，前院有四間偏房，後院有正屋兩間，廂房四間，院中還有一口水井。

「不知這院子各位可還滿意？」佟掌櫃領著眾人進了院子，介紹各處情況後，問道。

沈慶連連作揖感謝。「佟掌櫃說笑了，您也知道我們家什麼情況，這樣的院子，我們哪裡還會不滿意。煩勞佟掌櫃替我們夫妻跟燕公子道謝。」說完就是一禮。

過了半月，沈家這邊剛安頓完畢，還沒來得及去城外看那處莊子，梁燦、周遠航等潼湖鎮的同窗也都陸續來了省城。

梁燦的倒楣事也傳進了宋雁茸的耳裡。

第三十八章

這日，天氣甚好，沈慶見宋雁茸和沈元、沈念又要出門去採買，便道：「我跟你們一同去，順道去這邊的書齋轉轉，也好知道如今洛城學子都讀什麼書。」

宋雁茸覺得沈慶能有這個想法很好，便點頭答應。

幾人出了巷子就到了集市，沈元這段時間被宋雁茸安排負責熟悉市場，以備將來需要購買原料，便乾脆陪沈念去採買米麵油和各種蔬菜、肉類。宋雁茸就陪沈慶一起去逛了幾家洛城的書齋。

沒想到，洛城居然也有耕者的話本。

據原主的記憶，這個時代交通並不便利，一些話本都是在當地或附近謄寫販售。可那日沈慶不是說他對耕者有些了解嗎？宋雁茸還以為耕者是潼湖鎮的人，沒想到省城也有耕者的書，看來，耕者的話本挺受大眾喜愛的。

店小二見宋雁茸喜歡，連忙推銷道：「這位小娘子真有眼光，這可是小店昨日剛到的書，最近耕者的話本在咱們洛城賣得很快，您現在要是不買，保不準出去轉一圈回來，這書就被人買走了。」

沈慶見宋雁茸喜歡，便道：「將這兩本與我剛才挑的一道包起來吧。」

店小二喜孜孜地應聲去忙活了，沈慶這才微笑著對宋雁茸道：「據我所知，耕者是潼湖鎮人。」

「那他可真厲害，你認識他嗎？」宋雁茸忍不住好奇。

沈慶不答反問。「妳很想見他？」

「那倒談不上，就是有點好奇，能寫出這麼精彩的故事，字還這麼好看的人，會是什麼樣子？」宋雁茸見店小二已經將包好的書籍交給沈慶，邊說邊往外走去。

沈慶連忙跟上，兩人剛出書齋，就碰上熟人周遠航。

周遠航很是驚喜，大步走過來喚道：「沈兄。」又朝宋雁茸抱拳一禮。「見過嫂嫂。」能在異鄉遇見好友，沈慶顯然也挺高興的，眼中的歡喜明眼人都能看得出來。「你何時到的？現在住在哪裡？」

周遠航笑著道：「我們是前幾天剛到的，沒想到我們已經來得這麼早，這附近的客棧卻都已經訂光了，現在我們住的地方離這邊挺遠的，我也是瞧著今天天氣好，出來轉轉，看能不能買些可心的紙筆回去，沒想到這麼巧，就遇上了沈兄與嫂嫂。對了，沈兄與嫂嫂如今住在何處？」

「你嫂嫂認識一個洛城的朋友，如今她朋友借了處院子給我們住，就在這附近，遠航不如去我們那處坐一坐？」

聽完沈慶的話，周遠航滿眼都是羡慕。「這附近的院子？沈兄能娶到嫂嫂這樣的妻子真是三生有幸。」

沈慶眼中滿是寵溺地朝宋雁茸看去。「確實三生有幸。」

只可惜，宋雁茸根本沒接收到。她聽到沈慶要帶朋友去家裡，心裡正盤算著家中有什麼能待客的點心。

夫妻倆帶著周遠航來到小院的時候，周遠航看著兩進的院落很是驚訝，等宋雁茸離開，去幫兩人準備茶水的時候，周遠航才忍不住對沈慶嘀咕道：「沈兄，能在這裡有這樣小院的人，非富即貴吧？沈兄是不是有什麼門路？」

這段時間，洛城好幾位老先生都會舉辦詩會，到時候他若是也能藉著沈慶的光，多弄到幾個帖子，多參加幾場詩會見見世面，絕對比他悶頭苦讀收穫更大。

沈慶自然知道周遠航心中所想，他本就沒打算丟下周遠航，便道：「放心，到時候我若能得到什麼帖子就帶上你一起。」

周遠航本只是想探探沈慶的態度，再決定要不要求他帶上自己，沒想到沈慶竟未等他開口，便直接表態會帶上他，一時感動與激動交加，不顧沈慶阻攔，起身朝沈慶深深一揖。「遠航在此先謝過沈兄大恩了。」

宋雁茸端來熱茶的時候，周遠航和沈慶剛談妥詩會帖子的事情。

這會兒，只聽周遠航道：「沈兄往後出門小心些，咱們潼湖鎮就數你和梁燦兄讀書最厲害，梁燦兄這趟來省城的路上遭遇歹人，肩膀都被砍傷了，所幸傷的是左邊肩膀，不然這次科考他恐怕參加不了。」

周遠航只當是善意的提醒，沈慶和宋雁茸卻是一愣，兩人不動聲色地對視一眼。

沈慶道：「怎麼回事？」

周遠航這才恍然。「哦，對，你們還沒聽說吧？就是這趟我們鹿山書院好幾個同窗約了一起來省城，也好路上有個照應，沒想到遇到山匪，見我們沒有銀子，就惱羞成怒想教訓我們，梁燦就是在推搡間被歹人砍了肩膀。那些人見我們是去省城考試的，見了血，他們也嚇到了，就跑了。」

「山匪會搶你們一群學子？」沈慶不敢認同。

周遠航叩了下桌子，道：「梁燦兄也是這麼說的，沈兄也這麼認為？」

沈慶問：「梁燦怎麼說的？」

周遠航想了想，道：「我記得他當時說，這些土匪怕不是我們想得這般簡單，土匪一般是求財，不可能劫我們一幫窮學子，沒有錢，更不會節外生枝。他覺得是有人暗算他。然後有幾個同窗也這麼覺得，認為是有人覺得梁燦此次高中的希望很大，所以故意傷他。我就想著，沈兄讀書也好，往後可也得小心些才是。」

聽到這裡，宋雁茸覺得自己沒什麼聽下去的必要，便跟兩人打過招呼，自行出去了。

看來，梁燦還是沒有躲過原著中的劇情，只不過原著中有原主宋雁茸那個傻子替他挨了一刀，這次沒有人替梁燦擋刀，他才傷了肩膀。

不過梁燦該不會以為這次被人砍傷與沈慶有關吧？

畢竟原著中，因為沈慶妻子的死，梁燦不會懷疑沈慶，可這一次，沈慶是梁燦看得見的最強的競爭對手，梁燦既然會往這上頭想，指不定就會懷疑到沈慶頭上。更何況，這次沈慶偏偏是單獨行動，並沒有與哪個同窗一道過來。

如今他們一家早早來省城，還找了個這麼好的住處，難保不遭人嫉妒，若是梁燦再說點什麼，宋雁茸還真怕會影響沈慶科考。

思及此，宋雁茸轉身朝沈慶與周遠航的屋子走去，她敲了下門，朝裡道：「夫君，你出來幫我拿個東西。」

沈慶聽得一愣，宋雁茸已經許久沒喚他「夫君」了，不過他也知道，她之所以這麼叫他，是因為周遠航在。

他也知道，宋雁茸不會無緣無故打斷他與周遠航的談話，這會兒八成是有什麼急事，當下對周遠航道：「失禮了，我先去看看。」

宋雁茸見沈慶出來，也不囉嗦，直接將心中對梁燦的猜測說了出來。

「所以，我想著左右如今這院子裡屋子挺多，我聽周遠航的意思，他如今住的地方遠，條件也不好，不如你邀他來家裡一起住，反正外院空屋子還多著，讓他隨便挑。一來，將來萬一有什麼流言，還能有一個幫你說話的人；二來，你們一道唸書、考試，也互相有個照應。」

沈慶眼中如同淬了星光，沒想到宋雁茸竟然為他考慮了這麼多，當下也不管別的，只想順著宋雁茸。「夫人有心了，我這就去與遠航說。」

宋雁茸聽沈慶這語氣感覺甜膩膩的，抬頭便撞進他寵溺的目光中，當下有些不適，推了沈慶一把。「別站在外頭了，周遠航還在屋裡等你呢。」

說罷，轉身就走開了。

沈慶看著宋雁茸的身影消失在轉角，這才一臉笑意地回到屋裡。

周遠航一眼就看出了沈慶的好心情。「沈兄，可是有什麼好事？」

沈慶斂下眼中的溫柔，道：「你嫂嫂聽說你現在住的地方很不方便，如今我們外院還空了好幾處屋子，若是你不嫌棄，讓你搬過來與我們同住，我們也好有個照應。」

周遠航一臉驚喜。「真的嗎？嫂嫂也太好了，如今這附近的屋子可是有銀子也住不了，他日但凡嫂嫂有吩咐，周某一定赴湯蹈火，在所不辭！」

「行了行了，你少在這兒貧嘴了，若是來得及，我現在就與你一同去你的住處收拾行李，今晚就住這邊吧。」

周遠航連忙擺手。「不敢耽誤沈兄溫書，我自己去一趟就行。」

「該怎麼跟與你同來的人說，你自己把握好。」沈慶交代。

周遠航連聲應道：「自然，沈兄如此這般待我，我定不會給沈兄添麻煩。」

卻是沒想到，縱使周遠航已經很注意行事分寸，卻還是埋下了禍端。

周遠航搬來後，宋雁茸在外院專門給兩人收拾出一間屋子當書房，中間擺了一個小屏風，兩人各自在屏風兩邊的書桌上學習，既能有各自的空間，又方便互相討論。

沈慶與周遠航在書院時就是住在一處，如今相處起來自是十分融洽。

沒過幾天，佟掌櫃就找上門來，還帶了許多筆墨贈與沈慶。

佟掌櫃直接將東西遞給沈慶，道：「這是燕公子讓我送來的，沈學子若是還缺什麼儘管開口，別的不敢保證，筆墨紙硯這些東西，我們逐鹿書齋管夠。」

「替我多謝燕公子關照。」沈慶說著就是一禮。

佟掌櫃替主子受下，又道：「原本早該來拜訪，又恐耽誤沈學子溫書，今天來，是想問沈夫人是否得空，若是家中安排妥當，今日就可去城外看看那處莊子是否合適，若是不合適，我這邊也好盡快再尋一處。」

沈慶知道燕家對他禮遇有加，就是需要宋雁茸幫忙栽培雞腿菇，這才是燕家眼中的正事，連忙道：「家中早已收拾妥當，我這就去喚夫人與舍弟。」

佟掌櫃笑著點頭。

如今的廚房雖然在內院，但與外院其實也就一牆之隔，沈元毫不例外，又待在廚房幫沈念燒火，自己也順便吃點瓜果、點心。

這段時間，因為家中沒什麼事情給沈元做，連柴都是買現成的，他每天除了陪沈念逛街買菜就是吃，眼見著胖了一圈，衣服都有些不合身了。

這會兒聽說要與嫂嫂看莊子，自知有活了，立刻起身跟著宋雁茸往外頭去。

因為要去城外，還得趕回來，大家也沒耽誤，互相問過好就上了佟掌櫃停在外頭的馬車。

宋雁茸見沈慶也準備上車，有些不悅道：「你快回去溫書，別跟著出去了，省得耽誤你讀書。」

「我不放心你們。」沈慶試圖打動宋雁茸。

宋雁茸卻道：「我跟二弟一起，還有佟掌櫃帶著的這些人，又是在這附近，能有什麼事？你快去好好讀書，等確定了地方，再帶你一起去看看，也讓你散散心。」

宋雁茸自己都沒發現，說這話的時候，語氣裡明顯帶著哄人的味道。

沈慶自然聽出來了，點頭應下。

宋雁茸坐在馬車裡，佟掌櫃與沈元則坐在外頭的車轅上，有燕家的令牌，出城十分便利。

出了城，大約行駛了小半個時辰，佟掌櫃指著前方一處院子道：「沈夫人，您瞧，莊子就在前頭，這兒依山傍水，附近的山又不是太高。」

說完又指向一處山澗。「那裡陽光照不太到，通風也還不錯，正符合沈夫人說的栽培蘑菇所需要的條件。」

宋雁茸看著眼前的地勢，還有山間那條蜿蜒的水道，覺得十分滿意，這個地方簡直就是為食用菌栽培量身打造的。

一行人下了馬車，宋雁茸站在小院外，指著院子後面的小山問道：「山上的地，我們能租或買幾畝嗎？」

佟掌櫃笑著，一臉驕傲地指著剛才說適合栽培蘑菇的山澗說道：「這處地契包含這一處屋舍，還有那兩座小山，等辦理完過戶，山都是您的，還愁幾畝地？只怕您種不過來。」

宋雁茸十分驚喜，不過又擔心起來。「這麼大的地得多少銀子？我那點家底想必佟掌櫃也清楚，肯定是遠遠不夠的。」

佟掌櫃笑著拿出一張摺好的紙，遞給宋雁茸。「沈夫人莫慌，我們公子都為您考慮了，這契約您看看是否妥當，若是沒問題，就請您簽字畫押，我待會兒回城就將這張地契過戶到沈夫人名下。」

「哦？」宋雁茸有些疑惑的接過，快速掃了一遍，十分慶幸這段時間認真識字，不然這會兒就尷尬了。

看完之後，宋雁茸有些不敢相信。「這處莊子直接給我？不用銀子？這樣燕公子豈不是虧大了？」

佟掌櫃不贊同地道：「沈夫人說笑了，這裡頭說了，要沈夫人一直給燕家提供雞腿菇，直到燕家不再需要。」

「可是，這裡頭也說了，我栽培雞腿菇所需的材料，燕家也會幫著尋，如此一來，我只要動動手就賺了這麼大的院子和兩座山？這似乎對燕公子很不公允。要不，您回去同燕公子商量，我還是照價買下這莊子，只是銀錢方面，容我慢慢還清，利錢我也會按照市價給。」宋雁茸總覺得白撿這麼大的便宜，心中不安。

佟掌櫃卻道：「沈夫人說笑了，您覺得不過是動動手的事情，我們公子卻是尋了好些年也沒能尋出一個能如您這般動動手，就把雞腿菇給種出來的。再說，這莊子在我們公子眼中也不過爾爾，哪裡比得上雞腿菇重要？」

見佟掌櫃態度堅決，宋雁茸知道，這定是燕公子的意思。

想到這個時代，確實沒有人能種出蘑菇，而這雞腿菇又是太子所需，和太子的身體比起來，這處莊子在燕家眼中自然不值一提。

宋雁茸只好答應了下來。「那我就恭敬不如從命了，還望佟掌櫃替我感謝燕公子，煩請轉告燕公子，往後但凡我能種出來的蘑菇，都會先緊著燕家供給。」

佟掌櫃見宋雁茸如此上道，甚是滿意，心裡也替主子高興。「那在下先謝過沈夫人了。」

語畢，眾人這才推門進了那處院落，在院子裡的石桌上，宋雁茸簽了兩份契約，一份自己收好，另一份雙手奉給佟掌櫃。

佟掌櫃接過，一邊收好、一邊道：「沈夫人也看看這院子吧，若是還有哪一處不合適需要修建的，您儘管開口。」

「修建的事我自己之後慢慢來就行，就不麻煩佟掌櫃了，不過來都來了，自然是要看一看的，那就有勞佟掌櫃了。」

佟掌櫃點頭應著，讓人將院裡的屋門都打開，宋雁茸與沈元一一看過。

接著又帶著宋雁茸在院子裡走了一遍。

宋雁茸發現這也是一個兩進的院子，比洛城那處寬敞許多不說，後院還有好幾處花壇，屋後還有個小園子，小園子裡有幾塊被翻過的菜地，想是這處院子原先的主人在這裡種過菜。

這個小院比宋雁茸想像得還要完美，她心中已經規劃好了，如何搭建培養室和接種室等。

宋雁茸的神情，佟掌櫃也看在眼裡。「沈夫人對院子可還滿意？」

「自然十分滿意，佟掌櫃有心了。」宋雁茸毫不吝嗇地誇讚道。

「沈夫人滿意，在下也算是完成差事了。」佟掌櫃顯然心情也很愉悅，說話都輕快不少。

該看的地方都看了，契約也都簽好了，佟掌櫃便帶著大夥兒往院外走去。他想早點回去，趁衙門還沒歇息，趕緊去把過戶手續辦好，也算是了卻一樁事情。

將院子落了鎖，佟掌櫃直接將鑰匙交給了宋雁茸。「沈夫人，這是小院的鑰匙，您收好。」

宋雁茸也不與佟掌櫃客氣，道了聲謝就接過鑰匙。

一行人往馬車方向走去，準備回城。

沈元全程努力忍住驚訝，直到這會兒還不太確信，趁沒人注意，悄聲問宋雁茸。「嫂嫂，這麼大的院子還連著兩座山，這就要過戶到嫂嫂名下了？咱們將來就要住在這兒了？」

宋雁茸笑著點頭。

沈元稍微信了些，可還是覺得如在夢中。

路上，佟掌櫃仔細給宋雁茸說了來這邊的路線，末了，道：「莊子離洛城還是有些距離，若是往後你們住在莊子上，馬車怕是少不了的，否則去洛城採買會很不方便。沈夫人可需要在下幫忙尋一輛合適的馬車？」

「暫時不用，我們都不會趕車，等二弟學會趕車，我們再添置馬車吧。」

佟掌櫃卻熱心道：「若是因為車伕的原因，沈夫人儘管放心，我家公子也說了，到時候會給沈夫人派些人手，一來方便夫人行事，二來也是為夫人的安全著想，若是夫人這邊沒有合適的車伕，我回去和公子說，到時候直接給夫人派一個懂些功夫的車伕過來吧？」

宋雁茸自從經歷那次迷藥的事情，對於安全問題，她就更在意了，有燕家的人保護，她自然不會傻到拒絕。

見宋雁茸欣然接受，佟掌櫃又道：「沈夫人放心，燕公子派去的人會住在你們那處院子的周圍，到時候既不會打擾到你們，又能及時應對意外。」

宋雁茸對此十分滿意，能有自己的私人空間，還能保障安全，這自然再好不過，倒是沒想到燕公子考慮得如此周全。

回了洛城暫住的小院，沈元就激動地將今天看到的大院子和山山水水與家裡人分享，大家也都很開心。

佟掌櫃辦事效率不錯，還沒到晚飯時，他就將已經過戶的地契送了過來，一併送來的還有一張孟夫子的帖子。

孟夫子是洛城有名的先生，與當今太傅乃是同門師兄弟的關係，在洛城，想拜在孟夫子門下的學子不知多少。

尤其科考在即，孟夫子舉辦的詩會，那帖子可以說是千金難求。

沈慶沒想到自己收到第一張詩會的邀請帖，居然是洛城的孟夫子，一時心潮澎湃，手不自覺顫抖地接過帖子。

佟掌櫃鼓勵道：「這幾日沈學子可要好好準備一番，莫要辜負了我們公子的期望。」

沈慶壓下激動。「沈慶定不負所望。」

第三十九章

這天對於沈家眾人來說，絕對可以稱得上「喜事連連」了。

莊子定了下來，沈慶收到孟夫子的邀請帖，高中似乎也更有勝算了，沈慶能高中，沈家也就更有奔頭了。

一高興，晚飯便多了幾道菜，沈元還去打了一壺酒回來。

看著沈慶手裡的帖子，周遠航也是真心替沈慶高興，舉起酒杯朝沈慶道：「遠航先恭喜沈兄能得到孟夫子的帖子，在這裡先祝沈兄詩會上能嶄露頭角、旗開得勝！」

沈慶端起酒杯與周遠航碰了一下。「同喜！」

「同喜？」周遠航有些莫名。「我有何喜？」

沈慶笑道：「帖子上說了，我可攜一名好友一同前往。」

周遠航滿眼驚喜，一下子坐直了身子。「沈兄的意思是會帶我一同前往？」後半句帶著小心翼翼的不確信。

沈慶也難得好心情地反問道：「難不成在座還有誰比你更適合去詩會？」

周遠航這才鬆了口氣，原來是真的，他也可以去孟夫子的詩會了！

周遠航站起身來，正兒八經地朝沈慶和宋雁茸鞠了一躬。

「遠航再次謝過沈兄與嫂嫂的照顧，他日但凡沈兄和嫂嫂有任何差遣，殺人放火遠航也不眨眼。」說完拿起桌上的酒杯。「遠航先乾為敬！」

一桌子人都笑出了聲，宋雁茸今天心情也很好，打趣道：「還殺人放火，就你這樣手無縛雞之力的書生，讓你去殺人放火，只怕你還沒動手，別人就把火燒到你身上了。」

沈念笑嘻嘻地附和。「就是，再說，我大哥和嫂嫂才不會幹那樣的事呢。」

周遠航作勢打了自己的嘴巴。「對對對，瞧我這張破嘴，我自罰一杯。」說著又是一杯下肚。

沈慶提醒道：「你若是喝多了酒，耽誤了詩會，可別怪我沒提醒你。」

周遠航自然又連連認錯。「對對，沈兄說得對，我不能再喝了，我要保持清醒的頭腦，這幾日好好用功，絕不在詩會上給沈兄丟人。」

一桌人笑鬧著又互相打趣一陣，吃過晚飯，沈慶和周遠航自然又去書房挑燈夜讀了。

這段時間，沈慶經常挑燈夜戰，院中屋子也多，便沒有與宋雁茸歇在一處。

這晚，沈慶和周遠航都比往日更用功，他們想在詩會前讓自己多掌握些知識。

另一頭，燕家。

燕回韜聽完佟掌櫃的稟報，也對宋雁茸很是滿意。

不貪心，還能知恩圖報，夫君還是這一屆學子中的佼佼者，燕回韜有意將這對夫妻當成太子的勢力培養，只希望他們兩人莫要辜負期望才好。

高神醫有提過靈芝孢子粉的事，但高神醫不確定宋雁茸有幾分把握，怕給宋雁茸惹麻煩，就沒和燕回韶提這事是從宋雁茸那裡知曉的，因此，燕回韶還不知道宋雁茸就能栽培靈芝，並收集靈芝孢子粉。

畢竟，在燕回韶看來，靈芝是藥材，蘑菇是菜，這是兩種東西，他從沒想過靈芝也是一種蘑菇。

所以，在宋雁茸栽培出靈芝的時候，燕回韶的心情相當複雜，驚喜慶幸交織，讓他半天都沒辦法做出反應。

當然，這是後話。

第二日，宋雁茸對沈元和沈念道：「今天咱們分頭行動，二弟去訂麩皮、小麥、紅糖等材料，我與小妹去購置一批鍋碗瓢盆，等佟掌櫃那邊的馬車到了，咱們就先帶一批東西去莊子上。」

兩人歡喜地答應著，尤其是沈念，她還沒見過那處院子呢，聽說比現在住的這裡還寬敞。

沒想到，三人剛走到巷子口，就有一輛馬車朝巷子口駛來。宋雁茸抬頭看去，正巧馬車裡的人掀開車簾與車伕說話，來人竟是佟掌櫃，宋雁茸連忙出聲喚道：「佟掌櫃，您來啦。」

佟掌櫃轉頭見是宋雁茸等人，直接下了馬車，道：「這不是怕你們急著用車，給你們送馬車來了。你們準備出去買東西？」

「嗯，我剛還說呢，打算先將需要的東西都置辦好了，等您那邊的馬車到了，我們就可以先拉些東西過去。這會兒正是蘑菇多的時候，我們得趕緊去山上找找蘑菇，您也知道，之前的菌種都被毀了。」宋雁茸笑著說道。

於是，宋雁茸三人又和佟掌櫃一行人一同折回了院子。

沈元先往回跑去，將院門打開，讓馬車駛進前院。

佟掌櫃介紹道：「這位是白師父，人稱白叔，你們也可這般喚他，白叔功夫不錯，往後就跟著你們了。」

那位被稱作「白叔」的中年男子上前與宋雁茸等人見禮，三人連忙扶著白叔，宋雁茸道：「往後就辛苦白叔了。」

佟掌櫃知道宋雁茸如今需要去山上採蘑菇，還得準備材料，等牧老那邊將雞腿菇連蘑菇帶栽培料一起弄過來後就得馬上製作菌種，也不敢耽擱，便道：「那我先回去了，你們也快去添置材料吧，有什麼需要可以直接和白叔說，他解決不了的可以找我們公子。」

佟掌櫃離開後，宋雁茸等人也出門了，不過這一次他們的隊伍裡多了一個白叔，白叔便與沈元一起去買原料。

宋雁茸與沈念先將需要的生活用品都買好，又挑了些製菌需要的陶罐。

店小二見兩人買的東西多，十分熱情。挑完東西後，宋雁茸問道：「小哥，你們這裡可以訂製一些瓷器或陶罐類的東西嗎？」

「自然可以，不知道兩位有樣品或圖紙嗎？不過能不能做出來，我們燒製的師傅說了算，我也不太懂。」

宋雁茸笑道：「那是自然，若是可以的話，我打算先訂一百套，不知需要多少銀子？」說著從袖子裡拿出早就畫好的圖紙遞給小二。

小二打開圖紙，見上面的的圖案並不複雜，直接道：「這種樣子的，我們負責燒製的師傅能燒出來，不過，因為是訂製，夫人需要先給訂金，畢竟這些東西恐怕除了夫人，別人也用不了。至於多少銀兩，我先去問問掌櫃的。」

宋雁茸自然沒有意見，這一次，她手裡有些銀子，也不想再將就著使用那些小碗小罐，便畫了些培養皿、罐頭瓶的樣子。與前世不同的是，她的罐頭瓶只有一圈螺紋，還有配套的陶瓷蓋子，這樣方便蓋子能扣上，又不至於密封扣死，培養菌種的時候不易污染，又不至於缺氧。

見宋雁茸沒有意見，店小二便轉身去櫃檯問掌櫃的價格。

掌櫃的看了圖紙，聽說要一百套，倒是親自出來了。「夫人這些東西大約什麼時候要？一百套若是不加急，夫人給十兩銀子，大概一個月能做好。若是加急，還需要再加二兩，大概十天就能取。」

不過也就二十天，反正她還能用小碗和陶罐先湊合著用，銀子能省就省。「那就不加急。」

掌櫃的依舊笑容滿面，道：「行，那夫人就先付一半銀兩當作訂金吧，另外五兩，等我們交貨時夫人再付就成。」

宋雁茸付了訂金，店小二道：「夫人，大約五天後，我們會先出一套未經燒製的樣品，您過來看樣品，要是滿意，我們就按照出的樣品給您燒製了。」

「行，我沒有別的要求，只希望能做得光滑些，到時候我若是用得順手，還會跟你們訂。」

聽見以後還有生意，掌櫃的自然高興。

因為這一次宋雁茸她們買的東西也挺多，掌櫃的直接提出，可以免費幫忙把東西送去府上。

宋雁茸報了地址，就帶著沈念開始採購下一樣東西了。

鋪蓋、糧食、瓜果蔬菜，宋雁茸和沈念迅速採購，並加了點銀錢直接讓店家送貨上門。

等宋雁茸和沈念回家的時候，很多東西已經送到了家中。

看著一院子的東西，沈慶問道：「你們這是打算過去住了？」

宋雁茸點頭。「先過去住幾天，將那邊收拾好，等牧老將雞腿菇帶過來的時候就能製種了。」

說完又對沈母道：「這幾日，夫君和周學子要讀書，家裡就辛苦母親了。」

沈母一口應下。「你們放心吧，不過是做幾頓飯菜，母親還不至於這都應付不來。你們早去早回。」

於是眾人一起將東西裝上馬車，馬車被塞得滿滿當當，宋雁茸等人只能坐在車轅上。白叔駕車很穩當，不過這一次，因為車上東西實在太多，馬車行駛得有些慢，宋雁茸等人趕到莊子的時候，已是午後。

四人齊心合力，趕緊裡裡外外將屋子收拾一番，草草吃了頓晚飯，宋雁茸又將自己的行李在屋中擺放好，等忙完一切，幾乎一沾枕就睡了過去。

第二日一早，四人喝了些粥，宋雁茸與沈念就帶著小簍去山上採蘑菇了，留下白叔和沈元在家中裝幾個架子，到時候放在培養室，方便擺放那些瓶瓶罐罐。

如今溫度適宜，山中蘑菇很多，小山也不陡峭，宋雁茸很快就找到了好幾株木耳。

宋雁茸將看到的木耳全都採了下來，這次不但採到了黑木耳，還採到幾朵碩大的毛木耳。

宋雁茸心中已經有了打算，到時候黑木耳露天栽培，毛木耳就放到山中搞林下栽培。

如今有了這麼大的地方，她可以栽培很多食用菌，只是可惜了她之前的那幾樣菌種，尤其是靈芝，也不知道這裡還能不能採到靈芝？

沈念在不遠處驚喜喊道：「嫂嫂，快來看看，這是不是上次妳採的榆黃菇？」

宋雁茸聽見呼聲，趕緊循著聲音來到沈念身邊，這一看，可不就是榆黃菇？

「小妹真棒，這就是榆黃菇，等榆黃菇栽培出來了，嫂嫂多分些銀子給妳。」

如今沈念聽到分銀子，也不再像當初那般推辭了，而是欣然接受。「那我就先謝謝嫂嫂了，到時候我也給嫂嫂買耳環去。」如今沈念和沈元都學會了靠勞動賺銀子，再給嫂嫂買禮物。

於是，這一上午宋雁茸與沈念就採到榆黃菇、毛木耳、黑木耳這三種食用菌。

兩人回家時發現，院子附近有兩處地方正在修房子。

進了院子，發現家中除了白叔和沈元外，居然還有兩個不認識的年輕人在幫忙打架子，以及收拾宋雁茸準備暫時用作栽培室的那間小屋。

白叔和沈元見宋雁茸回來，忙上前來接過宋雁茸手裡的小簍，白叔朝宋雁茸介紹道：「夫人回來了，我給您介紹，這兩位是公子派來住在院子附近的侍衛，將來他們會負責夫人一家的安全。」

那兩人聞言，準備放下抬著的架子過來見禮，被宋雁茸制止了。「大家別太客氣，你們先忙，往後還需要各位多多照應呢。」

聽到外頭的說話聲，一個婆子從廚房走出來，笑呵呵地將手在圍裙上擦了擦，道：「還有老婆子呢，這往後呀，夫人、姑娘若是不嫌棄，就由老奴來操持廚房裡的活兒了。」

說著幾步走過來，朝宋雁茸恭敬道：「夫人，我們公子聽說夫人今天來莊子上了，怕夫人忙不過來，就遣奴婢過來幫忙。夫人不要有負擔，公子說了，等夫人這邊理清了頭緒，若是不需要老奴，老奴就回燕家去當差；要是覺得老奴用得順手，到時候公子就一併將老奴的身契送來夫人這邊。老奴夫家姓張，夫人和姑娘喚老奴張嬤嬤就成。」

聽了張嬤嬤的話，宋雁茸只覺燕公子安排得如此周到，自然只有感謝，忙拉著張嬤嬤道：「張嬤嬤辛苦了。」

張嬤嬤是個爽利人，忙搖頭道：「不辛苦、不辛苦，老奴原本就是做這些的，夫人太客氣了。飯菜已經準備好了，夫人和姑娘現在用飯嗎？老奴去打盆水來讓夫人和姑娘淨手。」

說完就去廚房打來溫水放在內院中的石桌上，招呼著宋雁茸與沈念一道洗手。

兩人剛洗完手，馬上就有乾毛巾遞到手裡。

饒是宋雁茸，也被如此周到的服務弄得有些不適應，更別提沈念了。

姑嫂倆相視一眼，各自回屋換了身乾淨衣裳，再出來的時候，飯廳裡已經擺好了飯菜，張嬤嬤正在門口招呼兩人過去用飯。

桌上碗筷都已擺好，四菜一湯，葷素搭配得也很好，沈念偷偷往宋雁茸的方向瞧了一眼，心道：張嬤嬤這手藝，她往後怕是幹不了廚房的活兒了。

宋雁茸似有所覺，伸手拍了拍沈念的腦袋。「先好好吃飯。」

沈念點頭。

張嬤嬤也察覺出沈念有些失落，溫聲道：「姑娘這是怎麼了？可是飯菜不合口味？」

沈念站起身來連連擺手。「沒有沒有，張嬤嬤手藝可比我強多了。」說起飯菜，宋雁茸看著桌上那道筍絲炒肉，對張嬤嬤道：「對了，張嬤嬤，有件事我得先同您說一聲。」

張嬤嬤聞言立刻「欸」了聲，認真聽吩咐。

宋雁茸指著那道肉菜。「因為我們還打算自己養豬，所以往後家裡不要從外面買豬肉，飯桌上不要有外面的豬肉。大家也就堅持大半年，等我們自己的豬陸續出欄，就有豬肉吃了。」

張嬤嬤雖然不大明白自己養豬為什麼不能吃外面的豬肉，但還是毫不猶豫的應下，畢竟公子可是交代了，沈夫人的吩咐都要聽從，如有違背，她也不用幹了。

看著桌上那道筍絲炒肉，張嬤嬤有些擔憂道：「那今天這菜……」

宋雁茸擺擺手。「沒事，今天吃了就吃了吧，反正咱們的豬還沒開始養呢，往後注意就行。」

張嬤嬤這才放心。

吃完飯，張嬤嬤立刻上前來收拾，姑嫂兩人實在插不上手，便攜手去後面的園子散步消食。

沈念走出內院小飯廳的時候，隱約聽到外頭傳來沈元邊吃飯、邊說著什麼的聲音，忍不住問道：「嫂嫂，往後我們與二哥都不能在一處吃飯了嗎？」

沈念以往和村裡小姊妹一起玩的時候，也聽過大宅院的規矩多，今天家裡突然來了這麼多人，院子也這麼大，張嬤嬤那通身氣派讓她感覺有些壓抑。廚房的婆子都有這氣勢，若是真來了大宅院的管事婆子，她非得被震懾得不敢大口喘氣。

宋雁茸笑著拉著沈念的手道：「我們一家人想怎麼吃飯就怎麼吃飯，只是往後家中或許人會多些，男子多在外院，我們在內院也方便些。小妹不要多想了，往後妳就只管幫我配置培養基就可以，這方子我可不敢交給別人。」

沈念這才又找回點存在感。對呀，往後嫂嫂不需要她做飯了，可配置培養基這活兒，嫂嫂只信任她，她應該高興才對。「嫂嫂，那明天開始，妳的衣服我也一併洗了。」

宋雁茸正要拒絕，沈念瞧準了宋雁茸不會答應，趕緊道：「嫂嫂不許拒絕，不然平日我都沒活可幹了，我可不是什麼大宅院裡的嬌小姐，若是沒活幹，我會渾身不自在的。」

宋雁茸這才改口道：「行，往後呀，我的髒衣服都歸妳管了，小管家婆！」說著還捏了捏沈念的鼻頭。

姑嫂兩人剛敲定髒衣服的分配問題，第二天一早，沈念還未曾動手，院外又來人了。

這次來了一位婆子和兩個小廝，白叔跟宋雁茸介紹道：「這位是府裡的劉嬤嬤，公子派她過來幫忙灑掃、漿洗，這兩小子一個是劉嬤嬤的兒子劉全，一個是張嬤嬤的兒子張福，公子讓這兩人也一併過來幫忙，看門、打雜、跑腿，都由夫人安排。這些人將來的去留也都隨夫人。」

聽見說劉嬤嬤是來漿洗的，沈念一時哭笑不得，輕聲道：「嫂嫂，這下我還真只能幫妳做培養基了。」

燕公子一波波送來人手，足見對宋雁茸，準確地說是對雞腿菇的重視。

宋雁茸也不扭捏，既然有人幫忙，她自然也想快點將基礎設施搭建起來。

當天就召集大家分派活計，劉嬤嬤和張嬤嬤自不必細說，兩人的差事很明確。

兩個侍衛和劉全、張福被分派的活兒，是搭建出菇棚和新的培養室、接種室。

出菇棚自然是建在兩山之間，培養室和接種室則建在後面園子的空地處。

宋雁茸跟四人細細說了建造的要求，就將事情全權交了出去，她只需要定期看著，哪裡有不對的地方，及時指正就行。

沈元與白叔被安排去附近收棉籽殼、木屑、麩皮等廢棄物，因為馬車由白叔負責，兩人還得定期去城裡採買家中所需的生活用品等。

沒兩日，大家也都適應了各自手裡的活計，宋雁茸和沈念倒是輕鬆起來，兩人又上了趟山，之後也只有採到一次平菇，並無新的收穫。

將新採的蘑菇做完組織分離，放入臨時培養室培養後，宋雁茸與沈念就準備回洛城看看沈母和沈慶，畢竟沈慶的詩會就在這兩天了，而與賣碗筷的鋪子訂下看樣品的日子也到了。

幾天不見，再見到宋雁茸的時候，沈慶突然明白書中所說的「一日不見，如隔三秋」了。

「茸茸、小妹，妳們回來啦，後日我就要去孟夫子的詩會了，我還以為在這之前見不到妳了。」

後面那句話明顯是對宋雁茸一個人說的，沈念知趣地跑去內院找沈母訴說她這幾天的精彩經歷了。

到了孟夫子詩會這天，沈慶與周遠航早早起床，穿上各自準備好的新衣裳。白叔前一天就趕了馬車來城中的院子候著了，這會兒馬車就停在巷子裡。

沈慶與周遠航都有些緊張，不過沈慶比周遠航沈穩，並未表現得太過明顯，但宋雁茸還是看出他不同於平常的緊繃狀，便道：「我也同你們一起過去吧，送你們到孟夫子的園子再回來。」

幸好宋雁茸這趟跟著去了，不然真到了孟夫子的園子門口，沈慶與周遠航兩人還應對不來。

第四十章

這會兒還早，路上的行人不是很多，馬車很快就到了城外孟夫子舉辦詩會的青園外頭。想不到，這會兒青園外頭居然比城中還熱鬧，外頭來了許多學子，甚至有精明的小販擺攤賣些吃食，這盛況比之宋雁茸上一次在潼湖鎮見識的花燈節毫不遜色。

宋雁茸忍不住輕聲感嘆。「到底是科考在即的省城，讀書人都趕上整個潼湖鎮上的居民了。」

周遠航原本見到這麼多人，心中還有些犯突，聽到宋雁茸的感嘆，倒是放鬆了不少。也是，科考在即，附近的學子都聚集在洛城。孟夫子的詩會，大夥兒就算沒收到帖子，消息肯定也是一傳十地傳開了，不能進去青園，學子們也不想錯過一睹孟夫子與洛城知名先生們的風采，自然要來看看了。更何況，指不定能在外頭遇上志同道合的人。

宋雁茸又對兩人道：「你們看看，這麼多人進不去呢，你們能進去近距離接觸孟夫子就已經夠別人羨慕了，不管今天你們表現如何，你們在孟夫子那邊露臉，總比他們在外頭巴巴的張望要強，所以別緊張，加油，我等你們的好消息。」說完還做出握拳打氣的動作。

兩人這才露出笑臉。

周遠航忙說：「嫂嫂放心，我一定不給沈兄丟人。」

說完兩人就先後下了馬車。

沒想到，沒走幾步，竟然有七、八個人圍了過來，其中有人大喊道：「你們看，果然是沈慶和周遠航，我就說那馬車上的人看著像他們！」

說話間，那些人就到了沈慶和周遠航跟前。

宋雁茸抬頭望去，梁燦也在其中，她心中頓生不妙的預感，也跟著跳下馬車，對白叔道：「白叔，您先去將馬車停好，快點過來，我怕他們會對沈慶和周遠航不利。」

白叔聞言，立刻將馬車趕去空地。

宋雁茸說完就快步追到沈慶身後，剛到近前就聽到對方有人酸氣沖天地道：「看來我們的沈學子果然是尋了好地方，難怪早早來了洛城，這是生怕被咱們這些人拖累呀！」

沈慶還未曾開口，周遠航就護在沈慶身前，怒道：「陳鵬，你休要胡說，沈兄才不是你說的那樣，他……」

那個叫陳鵬的卻鄙視地朝周遠航冷哼一聲，道：「你自然覺得他好了，現在誰不知道你在洛城是沈慶接濟的？我就說，那日你出門一趟，怎麼回來就匆匆收拾行李走了，原來是攀上沈慶這棵大樹了。怎麼著，今兒難不成還得了孟夫子的帖子，現在要進園子參加詩會？」

「你……」周遠航一時氣憤，卻詞窮得不知道該怎麼懟回去。

「怎麼了？你們怎麼還不進去？」宋雁茸故意在沈慶和周遠航身後問道。

「他們……」周遠航氣急。

宋雁茸故意道：「怎麼，他們也去嗎？那快進去呀，早點進去等孟夫子吧，可不能讓夫子和老先生們等你們，這太沒禮貌了。」

那個叫陳鵬的聽了宋雁茸的話，吃驚得張大嘴巴。「不是吧？你們真的有帖子？沈慶，你的帖子哪裡來的？」

「夫君，這人是誰啊？孟夫子的門房嗎？帖子的來源歸他查驗？」宋雁茸裝出一臉懵懂的樣子朝沈慶問道。

沈慶知道宋雁茸是故意的，她這模樣實在是可愛又好笑。沈慶忍住笑，一本正經地解釋道：「夫人說笑了，這是為夫的同窗，陳鵬。」

「同窗？那來洛城也是為了此次的科考吧？我怎麼瞧他一點規矩都沒有，這樣的人也能科考？」宋雁茸假裝壓低聲音與沈慶說悄悄話，可音量卻足以讓旁邊幾人都聽得清清楚楚。

陳鵬又不傻，自然看出宋雁茸是故意為之，面紅耳赤地指著宋雁茸道：「妳！今日這裡乃是孟夫子舉辦詩會的地方，豈有妳說話的分？」

宋雁茸一臉驚訝地朝沈慶問道：「夫君，你這同窗莫不是連字都識不全？帖子上明明寫著詩會在青園內舉行，怎麼你同窗覺得是在外面這道上？」說完還一臉同情地看向陳鵬，那眼神分明寫著「這怕是個傻子吧」。

陳鵬哪受得了這等侮辱，當即就要衝過來，卻被梁燦一把拉住。

梁燦幾步走到沈慶對面，道：「沈兄，你真的有孟夫子的帖子？」

沈慶抿唇點了下頭，明顯對陳鵬剛才的舉動很不滿。

梁燦卻道：「我聽人說，持帖者可帶一、二好友同去赴會，沈兄與我皆是潼湖鎮本屆最有希望高中的學子，不知道沈兄可否容我一同赴會？」

宋雁茸覺得梁燦這人真是好笑，明明是要求人，居然說什麼容他？還先點出他與沈慶是最優秀的，所以沈慶若是不答應，就是心胸狹窄，故意打壓對手？

果然，陳鵬立刻道：「就是，你可不能什麼好事都自己一個人占了！」

說得那叫一個義憤填膺。

周遠航都不敢做聲了，擔憂地看向沈慶。

宋雁茸不想沈慶因此有任何麻煩，於是趕在沈慶開口前道：「這位學子真是說笑了，你要去青園去便是，我夫君又沒攔著不讓你去，倒是你們這一幫人，現在攔著我夫君不讓進去，不知道是什麼意思，是因為我夫君太厲害，你們怕被他甩得太遠？」

宋雁茸這話明顯是衝著梁燦去的，她聲音也不低，旁邊已經圍了不少看熱鬧的學子。

陳鵬見宋雁茸根本不搭理自己，他便直接衝沈慶叫囂。「沈慶，你還是不是個男人，不過一句話的事情，怎麼什麼都躲在你婆娘身後？難不成今天的詩會，你也打算讓你婆娘幫你作答？還是懼內到根本做不得主？」說完還哈哈嘲笑幾聲。

「哈哈你個死豬頭，虧你還自稱是讀書人，尊重髮妻怎麼在你眼裡就這麼上不得檯面了？還是說，你對你的髮妻就是整天婆娘長、婆娘短的呼來喝去？沒本事的男人才會像你這般……」

宋雁茸話未說完，沈慶就將她拉到身後。「對，我就是懼內，與你何干？」

陳鵬顯然沒想到沈慶竟會在大庭廣眾下大剌剌的承認自己懼內，一時間，陳鵬的嘲笑都僵在了臉上。

沈慶自然懶得理陳鵬，剛才宋雁茸衝在他身前與人爭執，他明白，她都是為了保護他的名聲，可他又何嘗願意她因此落下個不好聽的名聲？

宋雁茸這些時日是什麼性子，沈慶心裡都清楚，何曾這般不管不顧地朝人大喊大叫？沈慶猜出宋雁茸的打算，無非是將自己塑造成無知婦人的形象，也讓對方落下個與婦人當街對罵的名聲，她這是傷敵一千，自損八百，看似占了便宜，卻平白將自己搭了進去。

宋雁茸還在沈慶身後輕輕扯著他的衣衫，沈慶轉頭，就見她一副「讓我來」的模樣，沈慶寵溺一笑。「放心，我心中有數。」

梁燦眼見話題似乎有些跑偏，明明在討論讓沈慶帶他去青園，怎麼就變成沈慶懼內了？

梁燦清了清嗓子，出聲提醒。「沈兄？」

陳鵬似乎也發現了問題，趕緊跟周圍看熱鬧的人說了起來。「唉！我們這位同窗呀，有了帖子，竟然不肯帶同窗一同赴宴，真不知道什麼心思！」

周遠航立刻站了出來。「誰說沈兄不肯帶人了？他本就是帶我一同前往的！」

陳鵬搖搖頭。「你？你的學識能和梁燦比嗎？帶你去豈不是白白浪費機會？你也是個黑心的，自己沒本事，幹麼占著名額不讓梁燦去？」

外面這些學子本就是去不了青園的，聽陳鵬及梁燦身後那幾個學子一通言語，這會兒竟真有幾個人加入了他們的陣營，開始指責沈慶心胸狹窄，不願幫扶同窗，甚至還有人說，沈慶這樣不為人著想的性子，就算日後為官，怕也是會不顧百姓死活。

也有人開始說周遠航，說他不知好歹，有福同享，有難卻另攀高枝，說甩了他們就甩了他們。

這一切發生得太快，幾乎是瞬間，周圍就討論開來了。

「這位學子未免有些急功近利了吧？」

人群中總算還有明白人的。

卻不想人家剛開口，陳鵬卻道：「我怎麼急功近利了？我又不是讓他帶我進去，我就是覺得孟夫子的帖子難得，大家都是同窗，我自然希望我們潼湖鎮鹿山書院這次能考出好名次。我覺得孟夫子的詩會值得最優秀的人去，而我們鹿山書院的梁燦和沈慶，是眾所周知最厲害的，難道不應該是這兩人去嗎？為什麼沈慶要帶一個處處遠不如自己的周遠航，卻不肯帶此次有希望高中的梁燦？他這是何居心？不就是怕梁燦超過他嗎？」

周遠航被這麼一說，一時又羞又怒，被當眾說成一個白占名額的差生，還連累了沈慶，周遠航低頭咬牙道：「沈兄，要不你別帶我了，本來帖子就是邀請你的，若不是我，也沒有這些麻煩事。」

梁燦聽聞周遠航主動放棄，眼中的光彩一閃而逝，又溫聲道：「沈兄，你看……」

沈慶卻不理會梁燦，直接朝陳鵬問道：「陳鵬，請問你是何居心？」

陳鵬聳了聳肩膀，道：「我能有何居心？當然是為了鹿山書院，我又不是為自己爭這名額，對吧？」

這麼歪的理，旁邊居然還有些人點頭贊同。

「是嗎？那您可真是高尚！」宋雁茸都要被陳鵬那副站著說話不腰疼的嘴臉氣笑了。

陳鵬沒有回宋雁茸的話，但他臉上表情就差沒寫「算妳識相」四個大字了。

沈慶想攔住宋雁茸，手卻被宋雁茸輕輕捏了捏，他一時只覺渾身像觸電一般，等再回神，宋雁茸已經走到了前面。

只見她指著不遠處蹲在牆角的乞丐，對陳鵬道：「你快將銀兩和身上的衣裳給他呀，你看看，他可比你需要衣裳，我這也是為了洛城少一個凍死或餓死的人罷了，我能有什麼別的用心？我又不是讓你把銀子和衣裳給我，對吧？」

那口吻和神情都像極了剛才的陳鵬。

陳鵬惱羞。「我憑什麼聽妳的？」

宋雁茸理所當然道：「對，所以我夫君又憑什麼聽你的？說白了你就是站著說話不腰疼，慷他人之慨誰不會？還真覺得自己多高尚？我呸！」

「妳誤會了……」梁燦生怕事態惡化，趕緊上前幾步，做出一副和事佬的模樣。

宋雁茸卻不吃他那套。「妳什麼妳？沒說你，你還覺得自己多無辜？事情的起因不就是你想去青園又沒帖子，現在看到我夫君準備帶周遠航進去，你就帶人來攔路，試圖逼退周遠航，好搶了他的名額換你去。話裡話外引導陳鵬這樣沒腦子的人來替你衝鋒陷陣，現在還想來當和事佬？你也配？還不給我讓開，再不讓我就喊人了！」

梁燦何曾在大庭廣眾下被人如此羞辱？一時間臉色變幻莫測，身子卻沒有動。

宋雁茸扯了嗓子朝青園方向喊了起來。「快來人啊，有人想搶我們的帖子！」

宋雁茸這一嗓子，又引來圍觀的人，青園門口的小廝本就注意到這邊不尋常的聚集，這會兒聽見聲音，還真過來一個人。

眾人見此，紛紛讓路。

梁燦眼中有一絲陰狠一閃而逝，若不是宋雁茸看過原著，知道梁燦是男主，對他格外注意，恐怕在場根本沒人發現。

宋雁茸見此，緊緊盯著梁燦，生怕他會對沈慶不利。

已經有青園的小書僮過來了，看著場中幾人，直接朝宋雁茸問道：「請問夫人剛才喊我們可是有什麼事情？」

到底是孟夫子手底下的人，瞧瞧這說話水準。

梁燦立刻一副謙謙君子的模樣道：「誤會，我們是來赴詩會的。」

我們？宋雁茸簡直不敢相信自己的耳朵，都這會兒了，梁燦莫不是還不肯放棄？

「這位小哥，我家夫君收到孟夫子的帖子，便與好友一同來赴會，可這幾個人非逼我夫君帶他去青園，還說如果不帶他，我夫君就是心胸狹窄，不能容人。我夫君是個老實人，物以類聚，朋友自然也是老實人，不會與人爭吵。我氣不過與他們理論，他們還……」宋雁茸說完，一副自己也不知道該怎麼說下去的樣子。

心裡卻是想，不是要演戲嗎？那咱們就看看誰演得更好。

宋雁茸說完，沈慶與周遠航也很是配合。

只見沈慶走到宋雁茸身邊，輕輕攬了下宋雁茸的肩膀。「夫人莫怕。」一副自己夫人被對方嚇到了的護妻模樣。

梁燦那邊的人都傻眼了，剛才宋雁茸多潑辣？他們才是被欺負的好嗎？

周遠航也一副委屈的樣子，還兀自堅強地安慰道：「嫂嫂莫與他們一般見識。」

那個書僮瞪了陳鵬和梁燦一眼。「夫子的帖子發給誰也是你們可以指手畫腳的？」說完朝沈慶和周遠航客氣道：「兩位既然已經到了，那就去園子裡候著吧，夫子一會兒就要來了。」

梁燦何曾被一個小書僮如此羞辱？當下握緊拳頭，而後偷偷摸向自己的手腕處。

沈慶禮貌頷首。「我這就過去。」

說罷拍了拍宋雁茸的肩頭，朝青園邁步而去。

突然一道細光從宋雁茸身邊劃過，朝沈慶飛去，宋雁茸嚇得靈魂出竅，卻只聽到細微的破空聲響起，轉身就看到白叔正站在她身後，面色嚴肅地衝她微微點頭。

順著白叔的視線，宋雁茸看到地上掉落一枚泛著綠光的細針。

宋雁茸也不知道白叔是怎麼做到的，剛才站在這裡的明明是沈慶，可這會兒沈慶卻毫無所覺地與周遠航一同朝青園行去。

宋雁茸怕影響沈慶，並沒叫住他，眼見青園的小書僮也轉身離開，宋雁茸餘光瞥見沈慶與周遠航已經將帖子交給青園門口的書僮驗證，兩人正邁步進園子，便乾脆與梁燦直接撕破臉。

她依稀記得梁燦是傷了左邊肩膀，便故意用力抓了一把梁燦的左肩，聽著梁燦的抽氣聲道：「耍陰招是吧？」

話落，就被梁燦一把甩開。

梁燦還故意道：「夫人請自重！」

白叔剛才露的那手，別人沒看見，下黑手的梁燦可是看得清楚，知道宋雁茸身邊有高手，他心中又驚又怕。剛才那毒針是貴人給他保命用的，他一直將機關帶在身上，本是打算用來防身，可剛才沈慶和宋雁茸著實可惡，他才動了殺心，那麼細小的銀針刺入體內，連針眼都看不見。

「自重？我倒是不知道，梁學子還知道自重這個詞？」宋雁茸指著地上那枚泛著綠光的銀針，大聲道：「光天化日之下，梁學子沒搶到帖子就準備對我夫君下毒手？」

梁燦眼神一縮。「我聽不懂妳在說什麼……」
宋雁茸冷哼。「你不知道？行，那報官吧，在場的人都別動，省得待會兒被梁學子賴上就不好了。」
「妳！我什麼時候說要賴人了？分明是妳！」梁燦覺得這女人這副無賴樣，沈慶怎麼受得了？
梁燦見宋雁茸絲毫不在乎，也有些慌了，他剛才也是急火攻心，一時情急才出手，現在也後悔了，不管如何，目前最重要的是科考，至於這個詩會，不過是錦上添花，他怎可本末倒置，因小失大？
於是道：「不知道妳這瘋婦在鬧什麼，我還有傷在身，現在要去找大夫換藥了，可沒工夫跟妳瞎扯。」說完轉身就走。
宋雁茸伸手想攔，卻被白叔輕聲制止了。「夫人且慢。」
宋雁茸疑惑地看向白叔，現在證據確鑿，難道不應該乘勝追擊，將人拿下嗎？
白叔看出了宋雁茸的心思，輕聲道：「夫人，我們去馬車那邊說。」
宋雁茸見白叔神情嚴肅，看樣子似乎發現了什麼她不知道的秘密，也就不再多問，畢竟這裡人多，便跟著白叔去了馬車那邊。
梁燦見宋雁茸沒有追上來，心裡著實鬆了口氣，若是真報了官，即使有貴人幫忙，將來這事也少不得會被對手拿來當成他的不良紀錄打壓詆毀。

而另一邊，與白叔走到自家馬車旁的宋雁茸，正等著白叔給她一個解釋。

白叔朝四周看了一圈，確定沒有第三個人了，才低聲道：「夫人，那個叫梁燦的恐怕是三皇子的人，剛才若是報案走官府的話，他最後也不會有什麼事。您應該知道，我們公子不過是太子的表哥，自然不能跟皇子相提並論，所以這事，我覺得我們得先告訴公子，讓他向太子商議如何定奪。」

原本這些事，白叔不會與宋雁茸直說，可公子吩咐了，往後但凡不是太子或燕家的機密，他都可直接與她說。

白叔這些話一出口，宋雁茸愣住了，她也朝四周看了一圈，結巴問道：「白、白叔，宮裡貴人的事情，您就這麼和我說，不、不太好吧？」她不想知道得太多，只想多活幾年。

白叔一看宋雁茸的表情就知道，她怕是真如公子所料，早已猜出雞腿菇是誰需要的了，遂笑著道：「公子說了，如今夫人已經算是在為太子辦事，有些事情多知道些才能有所防範，如此能避免一些不必要的麻煩。」

宋雁茸只想捂住耳朵，可事實上她不可能這麼做，只得乾笑道：「你們公子考慮得還真是周全。」周全到她現在想掐死自己或掐死燕公子。

詩會一時半刻也結束不了，白叔便先送宋雁茸回家，自己又去了趟燕府，跟燕回韜說了今天的事，這才又折回到青園等沈慶和周遠航。

燕府，燕回韜將此事和燕老爺子說了，老爺子聽得瞇起了雙眼。

「如此說來，三皇子果真已經將手伸到了洛城？那個叫梁燦的是哪裡人？」

「潼湖鎮。」

燕老爺子頓悟。「潼湖鎮？哼，太子上次就是去潼湖鎮看雞腿菇被黑衣人盯上的，若不是那孩子命不該絕，上次怕是真就折在那個小村了。上回太子的人不是說，將對方人手都清理了嗎？只逃出一人，還是那群人誓死護著的，如今看來，逃出去的八成是三皇子本人了。當時他身受重傷，若非遇到什麼人，也不能平安離開，派人去潼湖鎮查查，那個梁燦是不是就是當初救三皇子的人。」

父子倆又商量了會兒，燕回韜便去安排人手了，一面讓人去潼湖鎮徹查，一面讓人暗中盯著梁燦，又派人將消息秘密傳給太子。

宋雁茸那邊，剛回家不久，家裡又來了老熟人。

第四十一章

「牧老？您什麼時候到的？怎麼也不讓人提前說一聲？」見到牧老，宋雁茸顯然很高興，如今莊子也有了，就等著牧老送雞腿菇過來了。

牧老見宋雁茸回來了，也站起身，沒有回答宋雁茸的問題，關心道：「聽說你們路上遇到了刺客，你們沒傷到吧？」

沈念笑道：「嫂嫂，牧老都問我好多遍了，我告訴他我們沒有受傷，他就是不相信。」

「我們沒事，就是菌種都被砸了，所以現在要重新採蘑菇然後製種。」宋雁茸道。

牧老感嘆。「人沒事就行。對了，聽說今天妳夫君去參加孟夫子的詩會了？那今天我們還能做雞腿菇的菌種嗎？我聽念丫頭說你們這邊是臨時做菌種的地方。」

宋雁茸笑道：「他參加他的詩會，我們做我們的菌種，沒什麼影響，但是牧老，您剛跋山涉水來洛城，不用先歇歇嗎？」

牧老擺擺手道：「我昨晚就到了，已經休息了一晚上，不礙事。」

如今最重要的就是栽培雞腿菇，既然雞腿菇送來了，牧老也表示沒問題，宋雁茸也不再推託，吩咐沈念先去將接種室和接種箱點起熏料，又道：「牧老，我在前頭的瓷器鋪子訂了新器具，以後就用那種器具專門製種，今天可以看樣品了，早點定下樣子，往後就能早點做出來，熏蒸還需要些時間，要不您先歇會兒，我去看看樣品？」

「哦？還做了新器具？左右我也不累，我跟妳一起去。」牧老顯然對新器具很有興趣。

宋雁茸便與牧老去了鋪子，小二見到宋雁茸，忙迎了出來。

「夫人今天有空來啦，昨天沒見著您，小的還以為您忘記了，還想著這兩天您要是不來，就帶著樣品上門給您看呢。」

「昨日有些忙，一時抽不出時間，今天趕緊過來了，我也想早點做出來呢。」

店小二進了櫃檯，從裡頭拿出一個木盒打開，推到宋雁茸眼前。「夫人，您看這樣如何？成品做出來會比這個光滑亮堂。」

宋雁茸仔細察看了一番，並無不妥，便道：「就按照這個做吧！」

敲定了取貨時間，宋雁茸與牧老就往回走。

前面一個藥鋪突然有人被推搡出來。「走走走，愛賣不賣，我們還不稀罕呢！」

一個身穿一套洗得發白的粗布衣衫男子被推出了藥鋪，看模樣也就十五、六歲，他護著胸前的包袱，憤怒地掙扎著。「你們放開我！賣不賣都行，可你們把我的靈芝扔壞了就得賠，你們賠我靈芝！」

靈芝？

宋雁茸和牧老對視一眼，原本兩人都不是管閒事的人，這會兒卻是相視一眼，不約而同朝人群走去。

藥鋪的夥計也很生氣。「你這小子說的什麼話，誰知道你的靈芝是什麼時候壞的，我們一打開，你那包袱裡的靈芝就已經是壞的了，我們掌櫃見你可憐，給你一兩銀子，你倒好，不賣就不賣，竟然倒打一耙，要我們賠靈芝！」

「你們說謊，明明是你們想要一兩銀子買下我所有的靈芝，我不肯，你們就推了我的靈芝，靈芝被你們推到地上，這才摔壞了！你們還想耍賴，快賠我靈芝，現在摔壞了根本就賣不上好價錢了！」

推搡間，少年的包袱掉落在地上，一大堆靈芝散落在地，其中還有好幾朵紫芝。

宋雁茸粗略一看，好傢伙，這大大小小一包大概有二、三十朵靈芝，那幾朵紫芝的菌蓋格外肥厚。

可能是被外力所傷，這些靈芝沒幾個是完好的，好幾朵折了菌柄，大多數是把菌蓋碰缺了。

把靈芝弄成這樣，絕不是不小心從桌上掉下去能做到的，若是這少年沒說假話，那就是藥鋪的人故意用力摔壞靈芝，好讓少年能低價出售。

畢竟，藥店可以將靈芝切片了再賣，這外頭好不好的，對切片銷售的靈芝影響不大。但藥店在回收的時候，可以以靈芝殘缺來壓價，如此，這中間的差價就大了。

少年與店鋪的夥計們還在爭吵，牧老卻低聲問道：「宋丫頭，我瞧這些靈芝咱們好像能用，要不咱們買下？」

宋雁茸點點頭。「若真如這少年所說，這家店怕是黑店，他們如此做，只怕是看這少年好拿捏，想黑了他的靈芝，我們直接出手，會不會惹……」

「麻煩」兩字還沒出口，牧老就道：「能用就行！」

牧老直接走上前，朝拉扯的人中氣十足道：「都給我住手！」

牧老氣勢十足，還真將場面鎮住了，少年趁對方愣神，一把掙開被箝制的胳膊，去撿地上掉落的靈芝，嘴裡嘟囔著。「我就是扔了也不賣給你們。」

牧老卻道：「這些靈芝我都要了，二十兩夠不夠？」前面那話是衝店鋪夥計說的，後面那話卻在問少年了。

那少年撿靈芝的動作一頓。

二十兩，他聽錯了吧？

牧老又道：「二十兩不夠嗎？那你開個價。」他也聽說了靈芝孢子粉對太子的身體有益的事，只是他一直只知道靈芝，還真不知道孢子粉是個什麼樣的玩意兒，既然宋雁茸能栽培，如今有現成的靈芝，這會兒回去，他們直接就能製種了。

這可真是得來全不費工夫。

撿靈芝的少年這才確定自己沒有聽錯，忙道：「用不了這麼多，按照尋常價格，我這些靈芝頂天也就賣個五兩銀子，哪裡用得著二十兩，何況如今還摔壞了。」

牧老財大氣粗地擺手。「夠就行。」說完從錢袋裡抽出一張二十兩的銀票。「拿著，多出來的去前頭找個醫館看看傷。」

少年還猶豫著不敢接這麼大一筆銀子，那頭藥鋪夥計卻道：「你這老頭，莫要被這小子騙了，他就是想訛人的，這些破靈芝，哪裡值得二十兩？」

牧老冷哼。「老夫有銀子，樂意給，還輪不到你們這黑店夥計來說話。」

夥計急了。「你這老頭怎麼說話的？黑店？你怕是活膩了吧？敢在我們這裡這麼說？」

牧老解下腰牌扔了過去。「叫你們掌櫃的出來說話！」

夥計接過腰牌，只見上面寫著一個「牧」，心中一沈。

這人莫不是藥神牧老？不是說他醉心養生，已經很久沒有製藥嗎？怎麼突然來了洛城？

夥計當下就放低了姿態，拿著令牌轉身進了藥鋪。

等掌櫃的一頭冷汗出來時，牧老正接過少年手裡那包靈芝。「放心，老夫心中有數。」

「不知藥神大駕光臨，有失遠迎，還望藥神莫怪。」掌櫃的一出來就是一揖到底，雙手奉回牧老的腰牌。

牧老接過腰牌掛回腰間。「製藥也需醫者仁心，不要為了那幾兩銀子就做出仗勢欺人的事，若是心裡、眼裡都是銀子，乾脆做別的生意，莫要再開藥鋪了。」

「牧老教訓得是，往後不敢了，明日我們去城外施藥一日，以示決心。」

聽了掌櫃的這話，牧老才點頭離開。

宋雁茸趕緊追上來，一臉震驚與驚喜。「牧老，原來您是藥神？您怎麼一直沒說？」原著中怎麼沒有提到？

「那都是虛名，有什什麼好提的，難道當初告訴妳我是藥神，妳就肯收我為徒了？」牧老調侃道。

宋雁茸一邊接過牧老手裡那包剛買回來的靈芝，一邊呵呵笑道：「那更不敢了，您這麼一說，我覺得當初您還是不提自己是藥神的好，否則我恐怕連您的銀子都不敢收了。」

牧老笑道：「妳這丫頭……」

「不過，牧老怎麼確定是那家店搞鬼，而不是那個少年撒謊呢？」宋雁茸笑著問。

「原本我也不知道是不是那個少年撒謊，畢竟那靈芝碎成那樣，誰知道是不是少年自己摔跤給摔壞的。可我提出給他二十兩銀子買下這些靈芝的時候，那少年卻沒有立刻答應，而是告訴我這些靈芝不值那麼多銀子。他若是個訛錢的，不是應該高興地接過銀票嗎？」

「果然是藥神牧老！」宋雁茸豎起大拇指誇讚道。

兩人回去就埋首在臨時接種室，開始做雞腿菇與各種靈芝的組織分離。

因為今天買的靈芝有些多，還需要一一記錄每一個品種的外形與顏色特點，再給每個接種完成的小碗一一編號。

忙完這些，再出來沒多久，沈慶與周遠航就回來了。

見沈慶與周遠航的神情，宋雁茸就知道兩人定是表現得不錯。「今天的詩會怎麼樣？與我們說說，牧老也在家中。」

沈慶今天可以說是滿面的春風得意，見到宋雁茸，眼中又多了感激，他拉住宋雁茸道：「茸茸，妳猜我今天見著誰了？」

宋雁茸自然是不知道的，她對沈慶那個圈子其實並不熟，知道的也就那麼幾人，便猜測道：「除了孟夫子，你還見到很多有名的先生了？」

「嗯！」沈慶只覺得宋雁茸真是冰雪聰明。「今天不僅孟夫子到場了，洛城幾位有名的夫子也都來了，除此之外，還來了一位京中的貴人，我們誰也不曾想到，那人居然是太傅袁老先生。」

周遠航顯然也十分激動。「對對對！今天夫子們並沒有讓大家比試詩詞，就是大家一起品茶論政，袁太傅是什麼時候到的，根本沒有人知道，我瞧當時大夥兒那反應，怕是只有孟夫子知道袁太傅來了。嫂嫂妳是沒瞧見其他夫子們的反應，若不是不合時宜，我都想笑了，尤其是張夫子，先前還跟幾位夫子辯得那叫一個激動，得知袁太傅在場，我瞧他那樣子，怕是悔得腸子都青了，哈哈哈！」

宋雁茸一聽這話，便猜到那位張夫子的政見八成與袁太傅相左。傳言當今太子與袁太傅相處得十分融洽，那麼袁太傅的政見大約也就代表了太子的意思，那位張夫子怕是作夢也沒想到，自己慷慨激昂的言辭，剛好被太子的人聽了去，想來也是個沒氣節的，不然之後也不至於表現得那般明顯。

宋雁茸笑著問道：「那你們兩人呢？」

說起這個，兩人似乎都很高興，沈慶道：「袁太傅誇了在場好幾位學子，我與遠航均在列。」

周遠航立刻補充。「可不是？沈兄這次還得到了袁太傅的單獨點評，其實沈兄這次的觀點就是上回他做的那篇文章，在鹿山書院，因為觀點與書院的一位老先生相差甚遠，被那位老先生打了丁級，而梁燦得了那位老先生的甲級評分，書院裡別的先生給他們兩位也都只是甲、乙的區別，沈兄就是在那位老先生那裡吃了個大虧，被梁燦比了下去。早知道今天袁太傅會來，我還真該主動將名額讓給梁燦，也好讓他被袁太傅好好訓斥一番。」

宋雁茸笑著聽他們說話，大致猜測著這其中的曲折，沈慶道：「牧老來了，你們今天可是還要忙？」

周遠航見夫妻兩人話題已經轉到別處，識趣地道：「既然你們家中有客人，我就先不打擾了，你們先忙。」

「行，那你先回屋休息，等我這邊忙完了，我們再詳談。」

「嗯，沈兄與嫂嫂先去忙吧，不用管我。」說完，周遠航就回屋了。

牧老知道沈慶今日去了孟夫子的詩會，一見面就問道：「怎麼樣，今日表現不錯吧？老夫見你紅光滿面，料想差不了。」

沈慶連忙抱拳。「謝牧老吉言，您老與茸茸忙前忙後的，我沒幫上什麼，倒是盡讓我沾光了。」

「說的是哪裡話，往後供你作為的天地更是廣闊，你如今只須好好考試即可，我與宋丫頭也就只能在這一畝四方裡忙活，你將來可不一樣。」牧老說得頗為認真，可見這話絕不是恭維話。

沈慶連忙應是。

又聊了幾句，得知沈家如今也就沈慶科考的事情，別的也沒什麼了，牧老便道：「要不咱們明天一同去莊子上瞧瞧？看看那邊還缺什麼，好及時添置。」

沈慶道：「左右我如今也無事，明天也與你們一道去看看吧，之前忙著準備詩會，我都還沒去那邊看過，心裡也好奇得緊。」

宋雁茸想著沈慶最近一直大門不出的看書，也確實該出門散心了，便道：「這段時間天氣都不錯，要不明天大家一起過去吧？也帶上母親一起過去瞧瞧。周遠航那邊，若是你覺得沒問題，也可以一起去，這樣的話，等白叔回來，讓他幫忙再去租輛馬車。」

牧老連忙道：「哎！租馬車幹麼？老夫明天帶馬車過來，沈學子與他的同窗若是不介意，與老夫同坐一輛馬車就可以了。」

宋雁茸連忙說：「那就多謝牧老了。」

宋雁茸沒有拒絕，沈慶就很滿意了，哪裡還會不同意，當然是宋雁茸說什麼他都答應。

——未完，待續，請看文創風1088《賺夠銀子和離去》下

途圖

都怪他以前從不理府中事，再加上家裡也沒個可靠的賢內助，
以至於除了宅子跟田地外，一家子幾乎快喝西北風，
如今有了魄力十足、聰明能幹的夫人，自是不同了，
往後他的俸祿、獎賞一律交給她，每月發五十文給他便是，
……五十文是底限，可不能再少了，不然要短了她的面子啊！

將軍百戰死，
壯士十年歸

8/16、8/23（二）出版

文創風 1091-1094《夫人好氣魄》全四冊

意外發生前，沈映月是獨力掌控百億業務、手下菁英無數的高階主管，
豈料一睜眼，她就穿成了大旻朝赫赫有名的鎮國大將軍莫寒的夫人，
原來大婚當日，將軍接到了邊關急報，於是撇下新娘，率軍開赴邊疆，
然而世事無常，幾日前將軍戰死的消息傳回了京城，原身便傷心得一命嗚呼。
將軍夫人是嗎？這頭銜倒是新鮮，也算是史無前例的跳槽了，那便試試吧！
說起這莫家，確實是忠臣良將，畢竟誰家會將「忠君愛國」放在家訓第一條？
且府門前還佇立著一座巨大英雄碑，是開國皇帝親賜並親題「流芳百世」四字，
碑上刻著的一個個名字都是為國犧牲的莫家兒郎們，包含將軍及其父兄、姑姑，
但如今的將軍府只剩老弱婦孺，還有好賭的二叔、酗酒的四叔及流連青樓的堂弟，
這堂弟莫三公子一向是紈袴的代言人，偏偏他還是莫家此輩中僅剩的男丁，
外有政敵虎視眈眈，內有廢柴無數，身為將軍的遺孀，她決心好好整頓一番，
她知曉大家族裡一榮俱榮、一損俱損的道理，讓莫家不受人欺是當務之急，
還好她這人向來不知何為難事，執掌中饋後就一肩挑起將軍府內外的大小事，
三公子有心疾不能習武無妨，改走文臣仕途一樣能帶領莫家走出康莊大道，
即便他莫老三再是坨爛泥，她也會把他穩穩地扶上牆，成為莫家的頂梁柱！

✦ ✦ 戀戀夏日，途圖另部作品也很HOT！✦ ✦ ✦ ✦ ✦ ✦ ✦

兩套合購價 1500元

文創風 986-989《登唐入室》全四冊

一穿過來就是大婚之日，她的小心臟實在承受不住這般大的驚嚇呀！
她唐阮阮，個性就跟軟糖一樣，軟軟的、甜甜的，誰都能捏一下，
重點是她唯一拿得出手的長項就只有做零食，除此之外啥都不會，
這般沒才能的她竟是天選之人？這中間是不是有什麼誤會啊？天大的那種！
莫名其妙讓她穿越過來，要她救夫婿一家、救大閔朝，是否太為難她？
偏偏她這人又不愛與人爭，上天叫她嫁，她也只能嫁了，連回個嘴都不敢，
幸好這被賜婚的新郎官似也有滿腹委屈，撂下話就甩頭走人，真是可喜可賀啊！

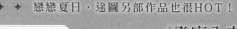

2022 狗屋 暑假書展

歡樂小時光

姊姊妹妹們，

看完書一起來動滋動滋一下吧！

活動1 ▶ 狗屋2022年暑假書展問卷調查活動

抽獎辦法 活動期間內，請至 f 狗屋天地 或是掃描下方QR Code，皆可參加問卷活動。

得獎公佈 9/14(三)於 f 狗屋天地 公佈得獎名單

獎項 3名《旺仔小後娘》全二冊

找是QR Code

活動2 ▶ 購書友回饋

抽獎辦法 活動期間內，只要在官網購書並成功付款，系統會發e-mail給您，並附上抽獎專用之流水編號，買一本就送一組，買十本就能抽十次，不須拆單，買越多中獎機率越大。

得獎公佈 9/14(三)於狗屋官網公佈得獎名單

獎項
- 10名 紅利金 200元
- 3名 文創風 1095-1096《全能女夫子》全二冊
- 3名 文創風 1097-1099《娘子別落跑》全三冊

暑假書展 購書注意事項：

(1)請於訂購後三日內完成付款，最後訂購於2022/8/26前完成付款才算有效訂單喔！

(2)購書滿千元(含)以上免郵資。未滿千元部分：
郵資65元(2本以下郵資50元)／超商取貨70元(限7本以內)／宅配100元。

(3)特賣書籍因出書時間較久，雖經擦拭、整理，仍有褪色或整飾痕跡，故難免不如新書亮麗。
除缺頁、倒裝外無法換書，因實在無書可換，但一定會優先提供書況較良好的書給大家。
若有個人原因需要換書，需自付來回郵資。

(4)各書籍庫存不一，若遇缺書情形可選擇換書或退款。

(5)歡迎海外讀者參與(郵資另計)，請上網訂購或是mail至love小姐信箱
(love@doghouse.com.tw)詢問相關訊息。

狗屋有權修改優惠活動的實施權益及辦法。

為流浪貓狗加油 和貓寶貝 狗寶貝

廝守終生(一定要終生喔！)的幸福機會

對人來說，貓寶貝狗寶貝只是生活的一部分，但妳（你）對牠們來說，卻是生活的全部，領養前請一定要考慮清楚——

▲ 花甲男孩寶刀未老 爺爺

性　　別：男生
品　　種：米克斯（有混到梗犬）
年　　紀：12歲
個　　性：親人活潑、愛玩耍
健康狀況：已結紮，曾患艾利希體，每個月有固定投藥（全能狗S）
目前住所：臺中市霧峰區

本期資料來源：朝陽科技大學動物保護志工社

第333期推薦寵物情人

『爺爺』的故事：

爺爺，是校園狗舍裡的一隻流浪犬，十餘年來，在社團歷屆同學們的細心照顧下，和相處的同學培養出深厚的感情和珍貴的回憶，如今因社團即將走入歷史，爺爺也正在等待著有緣人能給牠一個溫暖的家。

一隻活潑可愛的小狗狗，為什麼會取名叫做爺爺呢？因為牠的毛是鬈鬈的，毛色偏灰黑色，看起來和藹可親，所以才會取名為爺爺。但是別小看爺爺，牠有著最真最可愛的一面，常喜歡站起來，將前肢貼在人胸前玩耍，沒事的時候會咬著小球球，也很喜歡玩玩具，對牠下達指令時都會乖乖照做，性情穩定又很好照顧。

爺爺的個性十分親人，食慾和食量都非常好，體力更是一級棒，而且跑起來超級快，不玩個二、三十分鐘可是不夠的呢！不過帶爺爺出去運動之前，幫牠繫牽繩時，要隨時注意爺爺偶爾會有興奮得跳起來咬牽繩的狀況喔！

希望有緣的領養人能好好愛護爺爺，並且常常帶牠出去跑跳釋放精力，享受以往未曾享受過的自由。歡迎敲敲朝陽狗狗粉絲團FB，試試與爺爺的契合度吧！

認養資格：

1. 認養人須年滿20歲，男性役畢，有穩定的經濟能力。
2. 須同意簽認養寵物切結書。
3. 須同意送養人日後之長期追蹤，對待爺爺不離不棄。

來信請說明：

a. 個人基本資料：姓名、性別、年齡、家庭狀況、職業與經濟來源等。
b. 想認養爺爺的理由。
c. 過去養寵物的經驗，及簡介一下您的飼養環境。
d. 若未來有結婚、懷孕、出國或搬家等計劃，將如何安置爺爺？

2022年7月出版

分家後財源滾滾

文創風 1083～1084

生意做得好好的，卻突現危機，
說是富紳家千金看她不順眼？
哼！誰怕誰呀？別想擋她的發財路！

自立不黏膩，幸福小情意／圓小辰

於末世生存，身懷異能的唐書瑤已經習慣當個女強人，
原以為要在這和平的古代當小女子很容易，孰不知這才是難點……
她身為一個普通農家女娃，上山打獵可是會把家人給嚇壞的，
這世的家人雖有懶惰的毛病，可十分疼愛原主，她不願辜負這份情。
被迫分家後，她只能耐心引導，讓散漫習慣的爹娘願意努力做營生。
所幸她有的不只是異能，還有上輩子末世前資訊爆炸的一些點子，
吃食營生做得十分順利，從包子攤車到在店裡涮串串香，生意興隆，
連新搬到對街的鄰居貴公子都聞香而至，當天就派人上門作客。
可貴人就是與眾不同，串串香得就著滾燙的高湯涮才好吃，
偏偏他們不坐大堂，也不要包廂，卻是提出了要外帶？
她不禁懷疑這是哪間同行僱的人，特意過來找麻煩的。
如今她這間店人力有限，若開了外帶的先例，那可要亂成一團了！
但來人客客氣氣，她只得在心裡祈求這貴客不是什麼奧客，
然後大著膽子講出難處，再提出解決方案──
「這樣吧，你們跟我從後門將這些鍋啊、串啊搬過去如何？」

文創風 1087

賺夠銀子和離去 上

國家圖書館出版品預行編目資料

賺夠銀子和離去 / 京玉著. --
初版. -- 臺北市 : 狗屋出版社有限公司, 2022.08
冊 ; 公分. --（文創風 ; 1087-1088）
ISBN 978-986-509-346-4（上冊 : 平裝）. --

857.7　　　　111010642

著作者	京玉
編輯	王冠之
校對	沈毓萍
發行所	狗屋出版社有限公司
地址	台北市104中山區龍江路71巷15號1樓
電話	02-2776-5889～0
發行字號	局版台業字845號
法律顧問	蕭雄淋律師
總經銷	知遠文化事業有限公司
電話	02-2664-8800
初版	2022年8月
國際書碼	ISBN-13　978-986-509-346-4

本著作物由北京晉江原創網絡科技有限公司授權出版

定價280元

狗屋劃撥帳號：19001626

網址：love.doghouse.com.tw　E-mail：love@doghouse.com.tw